EEN GEZIN VOOR HELGA

Seija Berends

EEN GEZIN
VOOR HELGA

KOK VCL – KAMPEN

CIP-GEGEVENS KONINKLIJKE BIBLIOTHEEK, DEN HAAG

Berends, Seija

Een gezin voor Helga / Seija Berends. - Kampen : Kok. -
(VCL, ISSN 0923-134X)
ISBN 90-242-1975-2 geb.
Trefw.: romans ; oorspronkelijk.

© Uitgeverij Kok - Kampen, 1994
Omslagontwerp Walt de Rijk

HOOFDSTUK 1

Een voor een schuifelen de passagiers naar de ingang van de bus. De chauffeur, die tevens als reisleider fungeert, is behulpzaam bij het instappen. Het zijn overwegend oudere mensen die zich voor deze reis, die hen richting Schwarzwald zal voeren, hebben laten inschrijven. Enkelen van de reizigers zijn wat slecht ter been en hebben een steuntje nodig bij de hoge opstap. De anderen wachten geduldig op hun beurt. Ze hebben de tijd met drie weken vakantie in het vooruitzicht. De stemming is goed, maar nog niet uitbundig. Dat zal wel liggen aan het vroege tijdstip van vertrek. Het is namelijk nog geen zeven uur, en de meesten zijn al uren in de weer.

Bram de Jager wacht ook rustig zijn beurt af. Het is een grote, wat gezette man met een nog volle haardos en een gezonde bruine gelaatskleur. Voor deze gelegenheid heeft hij zich een gcruit kolbertje aangeschaft wat goed staat bij zijn donkergroene pantalon. Zijn regenjas zit in zijn koffer die de chauffeur in de laadbak heeft gedeponeerd. Bram de Jager draagt alleen een handtas met zijn papieren en de leesbril, waar hij niet meer buiten kan. Het spannende avontuurlijke gevoel dat hij vroeger had als hij op reis ging, is niet meer aanwezig. Hij kijkt wat gelaten alsof het hem allemaal niet zo bar interesseert. En dat is eigenlijk ook zo. Hij gaat mee omdat de kinderen dat zo hebben gcorganiseerd. Deze reis was een verrassing voor zijn zestigste verjaardag. Een jaar lang hebben ze daar voor gespaard. Heel lief natuurlijk, hoewel het voor hem niet zo nodig hoefde. Als Bram aan zijn kinderen denkt komt er een zachte uitdrukking op zijn gezicht. Daan, zijn oudste, is negentien. Dick zeventien en Sandra is dertien jaar oud. Een gedeelte van hun zuurverdiende geld hebben ze voor dit doel in een potje gestopt. Zelfs Sandra heeft haar deel bijgedragen met het geld dat ze verdiende door op twee kinderen te passen. Welk kind doet ze zoiets na? Nee, wat zijn kinderen betreft mag Bram niet mopperen. Menig ouder kan jaloers op hem zijn. Bram zou ook wel gelukkig zijn als dat grote verdriet niet aan hem knaagde, het verdriet om het verlies van Lidy, zijn vrouw. Het is al weer vijf jaar geleden maar het verdriet is er niet minder door geworden. Lidy was zo'n vrolijke vrouw, Bram is vijftien jaar met haar getrouwd geweest. Dat is niet lang, hoeveel mensen halen hun gouden bruiloft wél. Voor Lidy en Bram was dat niet weggelegd. Maar laat hij nu niet gaan piekeren en proberen om te genieten van de vakantie. Toch weet Bram dat juist de herinneringen komen als hij niets te doen heeft. Daarom verlangt hij niet naar die drie vrije weken waarin hij niets om handen heeft en op zichzelf is aangewezen.

,,Je moet er eens uit pap,'' zeiden zijn kinderen.

,,Wat afleiding zal je goed doen,'' zei Dick er wijs achteraan.

,,Jullie hebben gelijk,'' heeft hij geantwoord, terwijl hij zijn drietal even warm aankeek. ,,Als ik jullie niet had zou ik het soms niet meer weten.''

Daarbij probeerde hij te glimlachen wat niet helemaal lukte. De kinderen waren blij dat hun plan wel was gelukt.

Bram hoefde niet veel klaar te maken voor de reis. De twee oudsten blijven thuis en gaan overdag gewoon naar school. Ze hebben hem ervan overtuigd dat ze het best kunnen redden. En daar is Bram ook wel zeker van want dat hebben ze de laatste jaren wel laten merken. Bram heeft hun hulp vaak nodig omdat hijzelf zijn werk als boekhouder nog steeds doet. Sandra mag deze weken bij haar vriendin logeren. Dat is een geruststelling voor Bram. Sandra is nog een kind en zij heeft dagelijks leiding nodig.

Daar had Lidy het juist zo moeilijk mee, om afscheid van de kinderen te nemen. Lidy met haar bruine krullen en lachende

6

blauwe ogen. Brams kaken klemmen zich op elkaar als hij haar gezicht voor zich ziet. Het is zijn beurt om in te stappen. Hij weigert met een glimlach de uitgestoken hand van de chauffeur. Hij is nog kwiek genoeg om die paar treetjes op te stappen. De chauffeur ziet hem zeker als een oude heer. Zo voelt hij zich niet, al is hij 's avonds wel moe na zijn dubbele dagtaak. Zijn dagen zijn zeker gevuld, maar dat vindt Bram niet erg. Hij wil moe zijn zodat hij meteen in slaap valt als hij 's avonds zijn bed induikt.

Zijn plaats is naast een oudere dame, dezelfde waar de passagiers zo lang op moesten wachten bij het instappen. Zij heeft zich al breeduit geïnstalleerd. De stok, haar hulp bij het lopen, houdt ze tussen de knieën. Haar felle oogjes zijn op Bram gericht en zij volgt al zijn handelingen als hij de plaats naast haar inneemt. Hij groet beleefd en hoopt op een rustige start. Hij merkt al gauw dat hij dat laatste wel kan vergeten. Als de vrouw haar mond heeft opengedaan is er geen houden meer aan. De woordenstroom bruist als een waterval uit haar mond. Er is een voordeel aan, dat hij niets terug hoeft te zeggen maar alleen maar hoeft te knikken. Toch ergert hij zich eraan als dat steeds maar zo doorgaat. Zou er geen andere plaats zijn waar hij wat rustiger kan zitten? Als hij rondkijkt ziet hij dat alle plaatsen al bezet zijn. De manlijke passagiers zijn ver in de minderheid. Er zijn wel enkele echtparen. Een man alleen komt er niet zo snel toe voor zo'n reis te boeken. Het is dat de kinderen... anders zat hij nu hier niet naast die kwebbelende tante.

Bij de grens wordt gestopt om koffie te drinken in een restaurant. Beleefdheidshalve is Bram zijn medepassagiere behulpzaam bij het uitstappen. Maar in het restaurant waar de tafels gereed staan, zoekt hij een plaatsje naast een echtpaar. Nu even niet die steekoogjes. Al spoedig vervolgen ze de rit. Voorbij München, als de chauffeur de binnenwegen opzoekt, wordt er gestopt voor het diner. De mensen zijn kennelijk moe van de lange reis want er wordt niet veel meer gesproken. Iedereen is dan ook blij als ze op de plaats van bestemming zijn aangekomen. De bus rijdt een oprijlaan in en stopt voor het pension dat op de beboste helling is gebouwd. Weldra heeft ieder zijn kamer opgezocht. De kamer van Bram de Jager is niet groot, maar groot genoeg voor hem alleen. Ineens mist hij Lidy weer. Wat zouden ze samen van het uitzicht genieten als ze nu naast hem stond uit te kijken over het dal waar een smal riviertje zich doorheen kronkelt. Erachter weer begroeide bergen, nu reeds verwaasd door de nachtelijke nevel. Bram ziet het paadje dat vanuit het pension via een houten brugje naar het bos leidt. Daar zal hij morgen eens een kijkje gaan nemen. Er zijn ook tochtjes georganiseerd, maar ieder is vrij daar aan deel te nemen. Bram weet nog niet zeker of hij zich bij het gezelschap zal voegen. Het zal waarschijnlijk van zijn stemming afhangen.

Een zachte klop op de deur maakt dat hij zich omkeert. Op zijn 'ja' gaat de deur open. Een vrouw kijkt aarzelend naar Bram. Ze houdt een dienblad in de hand met daarop een potje koffie, melk en suiker, het kopje staat er naast.

,,Wilt u koffie of liever thee?'' vraagt ze.

,,Graag koffie,'' antwoordt Bram. Dat is nu net waar hij behoefte aan heeft.

De vrouw schenkt het kopje voor hem in.

,,Bitte,'' zegt ze met een vriendelijke glimlach.

,,Bent u hier de eigenaresse?'' vraagt Bram terwijl hij haar oplettend aankijkt.

,,Nee-nee,'' is het antwoord, ,,ik ben hier zoiets als gast-vrouw.''

,,Danke schön,'' zegt Bram als hij het kopje aanpakt.

Hij zou nog wel meer willen zeggen, wat meer willen vragen. Ineens zou hij het fijn vinden als die vrouw een kopje koffie met hem meedrinkt en ze wat zouden praten, zodat dat verlaten, eenzame gevoel dat hem daarnet overviel, van hem zou afvallen.

8

Maar hij durft het niet te vragen. Ze moet waarschijnlijk nog meer gasten van koffie of thee voorzien. Toch loopt ze nog niet weg. Het lijkt wel alsof ze aanvoelt wat Brams gedachten zijn.

,,Hoe is uw naam?'' vraagt Bram, ,,de mijne is Bram de Jager.''

,,Ik heet Helga,'' zegt ze, ,, Helga Trôtschke.''

,,Trôtschke...?'' gaan Brams wenkbrauwen omhoog, ,,dat is geen Duitse naam.''

,,Hongaars,'' legt ze uit, ,,mijn man kreeg hier werk in Duitsland. Hij is gestorven... tien jaar geleden. Daarna ben ik hier in dit huis gekomen.''

Haar lach wordt breder, ze lijkt jonger zoals ze nu kijkt. Ze heeft mooie witte tanden, en haar donkere haar ligt in een vlecht om haar hoofd.

,,Neemt u ook een kopje koffie...?'' vraagt Bram aarzelend.

Ze schudt haar hoofd. ,,Andere keer graag, ik moet nu naar de andere gasten.''

Hij knikt, hij heeft er begrip voor.

,,Andere keer dan,'' legt hij zich erbij neer.

Ze ziet de onzekere uitdrukking op zijn gezicht. Helga Trôtschke heeft in de loop der jaren veel mensen leren kennen, vriendelijke mensen, maar ook lastige mensen. Ze heeft ze geobserveerd en er haar conclusies uit getrokken. Zelf is ze altijd vriendelijk gebleven, al kostte dat haar weleens moeite. Maar de klant is koning, dat is nu eenmaal zo. En voor ieder die daar behoefte aan heeft maakt ze af en toe wat tijd voor een praatje, zoals voor deze man. Ze zag meteen dat die man zich hier niet erg op zijn gemak voelde. Jammer dat ze niet langer kan blijven. Maar misschien kan ze morgen tijd vinden om wat met hem te babbelen. De uitdrukking op zijn gezicht doet haar een beetje aan Janos denken. Janos, die hardwerkende man van haar die geen kans kreeg nog een poosje onbezorgd te leven. Wat dat laatste betreft mag zij niet mopperen. Zij heeft het goed getroffen met

9

haar werk in het pension. Ze heeft een warm onderdak en goed te eten. Dat kunnen veel van haar landgenoten haar niet nazeggen. Het is alleen zo jammer dat Janos en zij daar niet samen van kunnen genieten. Nee, zij mag niet mopperen al is ze een enkele keer weleens eenzaam. Maar dat zijn meer mensen, dat zie je nu aan die Hollander die toch voor zijn plezier op reis is, zou je zo zeggen. Misschien is hij weduwnaar en mist hij zijn vrouw. Dan wenst ze hem welterusten en gaat ze verder met haar bediening. Bram de Jager drinkt zijn koffie op die er intussen niet warmer op is geworden. Hij kijkt op zijn horloge. Half tien, eigenlijk nog te vroeg om naar bed te gaan. Maar wat moet hij anders doen? Toch is hij moe van de reis en besluit zich gereed te maken voor de nacht. Hij heeft een wastafel op zijn kamer en kan dus hier zijn tanden poetsen. Terwijl hij zich uitkleedt denkt hij aan de kinderen. Zouden de jongens zich redden, en Sandra, zijn zorgenkind? Die dochter van hem is zo'n echt vaderskind, zo aanhankelijk. Maar dat zal wel komen omdat ze geen moeder heeft. Hij moet nu voor vader en moeder spelen. Als ze maar geen heimwee krijgt, denkt hij bezorgd. Maar dat zal wel niet, ze kan goed met die mensen opschieten. Voor Sandra was hij liever thuis gebleven. Maar kom, die paar weken komt hij wel door, al lijken drie weken als ze voor je liggen een hele tijd. Hij strekt zich uit op bed. Ja, nu voelt hij pas goed dat hij moe is.

Leuk dat er nog koffie werd gebracht. Het leek een aardige vrouw die Helga Trôtschke. Ze keek hem zo begrijpend aan. Ze is weduwe, dus net zoals hij alleen. Zou ze kinderen hebben? Ze had het er niet over. Valt ook niet mee om in zo'n vreemd land terecht te komen. Hoewel, als je samen gaat is het niet zo'n ramp. Als hij met Lidy indertijd... Ach Lidy, waarom kan hij haar toch nooit eens uit zijn gedachten zetten. Hij wordt altijd zo verdrietig door aan haar te denken. Maar hij kan het gewoon niet tegenhouden. Soms denkt hij, was ik maar bij Lidy. Maar hij kan de kinderen toch niet alleen laten. En wat moet die kleine Sandra

10

zonder vader en moeder. Bram zucht diep en rolt zich op zijn zij. Hij hoopt dat hij spoedig zal inslapen, dan vergeet hij alles weer even. Morgen zal hij de jongens bellen of alles goed gaat. Bram geeuwt hardgrondig en na een paar minuten wordt de berglucht hem te machtig.

De andere dag lijkt alles wat vrolijker. Iedereen laat zich het ontbijt goed smaken. Helga loopt bedrijvig heen en weer om het de gasten naar de zin te maken. Af en toe vangt Bram een blik van haar op en soms schenkt ze hem een glimlach.

Die middag zit Helga Trôtschke in haar kamer. Het is een mooie kamer, ruim en met openslaande deuren naar het balkon. Die deuren staan nu open en Helga kijkt uit over het dal. Dit is háár uurtje, het uur waar ze altijd intens van geniet.

Ze heeft een lange, drukke ochtend achter de rug, en ze heeft zojuist voor de thuisgebleven gasten de lunch verzorgd. Na de lunch trekken de meeste gasten zich terug op hun kamer. Die tijd benut Helga om wat te lezen of een brief te schrijven naar een ver familielid in Hongarije. Veel familie heeft Helga niet meer over. Alleen twee oude ooms en een verre nicht met haar gezin. Toch wil Helga niet alle banden verbreken die haar nog binden aan het land waar ze geboren is en waar ze haar jeugd heeft doorgebracht. Dat kleine dorp aan de rivier trekt haar nog steeds. Daar heeft Helga ook Janos leren kennen. Even kijkt ze naar de foto van Janos die op de kast staat. Het is een mager gezicht wat daarop is afgebeeld. Het haar is donker evenals de ogen, die echter een vriendelijke uitdrukking tonen. Janos was een goed mens, de groeven in zijn gezicht doen een beetje zorgelijk aan. Dat is geen wonder, want haar man heeft een zorgelijk leven gekend. Janos is opgegroeid in het gezin van een oom en tante. Zijn moeder kon zelf niet voor hem zorgen, omdat ze in een inrichting werd verpleegd. Zijn vader heeft hij nooit gekend. Dat hij in dat gezin niet veel liefde ontving kon hij zijn oom en tante niet kwalijk nemen. Het was daar al geen vetpot met hun eigen zes kinderen en dan nog Janos erbij. Er moest hard gewerkt worden om het hoofd boven water te houden. Janos leerde al vroeg zijn handen uit de mouwen te steken. Hij accepteerde ieder baantje dat op zijn weg kwam. Tot hij in een garage kon werken waar hij het best naar zijn zin had. Daar heeft hij zich opgewerkt, en hij leerde in die tijd Helga kennen. Om het wat beter te krijgen zijn ze na hun trouwen via een kennis, langs illegale weg, in Duitsland terecht gekomen. Daar vond Janos werk in een autofabriek. Ze hadden het goed samen, en na zeven jaar ontvingen ze de Duitse nationaliteit. Helga heeft ook niet stilgezeten, temeer daar ze geen kinderen kregen. Zij is erbij gaan naaien. Aan die mooie tijd kwam plotseling een eind toen ze Janos verloor als gevolg van een bedrijfsongeval.

Daar zat ze, alleen, in een vreemd land. Maar Helga is geen type om bij de pakken neer te zitten. Ze solliciteerde naar een baan als gastvrouw in een pension. Zo werd ze hier aangenomen. Helga heeft daar nooit spijt van gehad. Ze is gaan houden van dit land met zijn groene bergen. Ze heeft het wel druk, maar er heerst een goede sfeer in het pension waar Herr und Frau Grüben de scepter zwaaien.

De man zorgt voor het werk om het huis zoals de tuin en de reparaties. De vrouw kookt en verzorgt de administratie. En Helga heeft als taak de mensen te bedienen en te zorgen dat hun kamers in orde zijn. Ook zijn er nog twee vrouwen die de boel schoon houden. Wat Helga betreft wil ze hier wel oud worden. Ze houdt van haar kamer met de lichte meubels, maar ook van de mensen om haar heen. En ze houdt van de omgeving, de bergen en bossen. Intens blij kan Helga zijn als na een koude winter de sneeuw langzaam smelt door de eerste zonnestralen, en het water in de rivier zwelt en kolkend zijn weg zoekt door het diepe dal. Zo voelt Helga het leven ieder jaar opnieuw door zich heenbruisen. Vol energie gooit ze in het voorjaar de ramen en deuren wijd open om het huis weer fris en blinkend te maken voor de komende gasten. Hoewel er ook in de kersttijd steeds meer mensen zijn die een kamer bespreken. Idyllisch vinden ze dat, een kerst in de sneeuw. Daar is Helga het wel mee eens, hoewel ze weet dat een omgeving niets te maken heeft met het echte kerstfeest. Toch geniet Helga ook als ze op kerstmorgen de besneeuwde weg oploopt naar de kerk waar het ijle geluid van de klokken klingelt langs de bergen. Ze kan ook met bewondering kijken als 's avonds de maan haar licht over de besneeuwde bergen laat schijnen en de sterren aan de hemel pinkelen. Op zo'n moment voelt Helga zich zo klein in die natuur die niet door mensenhanden is gemaakt. Dan voelt ze heel sterk de aanwezigheid van God die altijd haar steun is geweest. Maar ook mist ze Janos op zo'n moment. Ze had hem zo graag nog wat onbezorgde jaren gegund. Janos en zij scheelden tien jaar. Hij was toen hij stierf al ouder dan Helga nu is. Dat ze geen kinderen kregen, ja, daar had ze weleens verdriet van, maar ook dat heeft ze aanvaard.

Als Helga's ogen afdwalen ziet ze een wandelaar langs het bospad door de bergen lopen. Hij loopt langzaam, hij heeft geen haast. Ze herkent hem, het is die Hollander. Sympathieke man, dat zag ze meteen al toen ze hem koffie bracht. Ze had een beetje met hem te doen gisteravond. Vanmorgen leek hij weer wat vrolijker. Het zou beter zijn als zo'n man zich wat zou aansluiten bij de anderen. Maar misschien wil hij dat niet. Als hij weer vraagt of ze een kopje koffie met hem wil drinken zal ze dat zeker doen. De baas heeft liever niet dat het personeel zich teveel met de gasten bemoeit. Er moet afstand blijven is zijn mening, en daar heeft hij gelijk in. Maar een kopje koffie is niet zo erg.

Ze volgt de man met de ogen. Bij het riviertje blijft hij staan. Hij steunt met zijn armen op de brugleuning en tuurt in het water. Hij ziet er goed uit, echt zo'n Hollands figuur, groot en blond. Helga mag dat wel, een figuur waar je op kunt steunen.

13

Hoewel, wat dat laatste betreft ziet hij er meer naar uit dat hijzelf wel een steuntje kan gebruiken. Misschien is hij gescheiden, of is hij weduwnaar. Ze schat hem op een jaar op zestig, een man nog in de kracht van zijn leven. Wel een heel ander type dan Janos was. Die was klein en donker en tenger. Maar hij was heel zorgzaam voor haar. Bram keert zich om en loopt langzaam op het huis toe. Als ze nu eens... het is toch bijna theetijd. Opeens voelt Helga zich opgewonden als ze opspringt om naar de keuken te gaan waar ze de ketel met water opzet. De keukendeur staat open als Bram de Jager er langskomt. Verrast kijkt hij op als hij Helga ziet staan.

,,Kopje thee?'' vraagt ze met een rode blos op haar wangen.

,,Graag,'' lichten Brams ogen op. Dan aarzelend: ,,Drinkt u misschien een kopje mee?''

Helga knikt. ,,Ga maar vast, ik kom zo meteen.''

Ze haast zich het blaadje klaar te maken. Toch wat onwennig zit ze even later tegenover Bram. Om zich een houding te geven is ze druk bezig met inschenken.

,,Suiker en melk?''

Bram schudt met zijn hoofd. ,,Geen van beide.''

,,Koekje dan?''

,,Graag.''

Hij kijkt naar haar handen die gewend zijn te zorgen.

Hij glimlacht. ,,Leuk om weer bediend te worden, zoals Lidy vroeger deed.''

,,Lidy?''

,,Mijn vrouw,'' legt hij uit, ,,ruim vijf jaar geleden stierf ze.''

,,O,'' klinkt het zacht, ,,geen kinderen?''

,,Nou en of, twee jongens van negentien en zeventien en een meisje van dertien jaar.''

,,Dan hebt u meer dan ik.''

Zijn glimlach wordt breder. ,,'k Ben ook heel blij met m'n jongens. Heeft u geen kinderen?''

,,Nee, tot mijn spijt niet, maar mischien is het zo beter, nu hoef ik alleen voor mezelf te zorgen.''

,,De jongens hebben me er doorheen geholpen.''

Helga begrijpt dat. ,,Dat heb ik met mijn werk, mijn jongens zijn hier de gasten.''

Bram lacht. ,,Beetje oud.''

Ze lacht mee. ,,Soms hebben ze mij ook nodig.''

,,Zoals ik nu,'' zegt Bram wat ernstiger ineens.

,,Ach, iedereen heeft weleens een ander nodig.''

Weer glimlacht hij. ,,Een kop thee doet soms al wonderen. En de natuur hier, die ook.''

,,Ja,'' knikt ze, verrast dat Bram dat ook zo aanvoelt. ,,Het is hier een heerlijk plekje, 'k zou hier nooit meer weg willen.''

,,Nooit... ook niet naar Hongarije?''

,,Ach, soms verlang ik wel naar mijn geboorteland, maar ik zal daar niet meer vinden wat ik er achterliet. Mijn leven is nu hier. Janos mijn man had het ook zo naar zijn zin al woonden we toen in de stad. Maar hier kan ik zo genieten van de seizoenen. Nu de zomer en straks de herfst, als de bladeren kleuren en de herten tot vlakbij het huis komen. Zelfs in de winter is het hier prachtig. Alleen als het regent zit je hier wat opgesloten. Woont u in de stad?''

Bram knikt. ,,Daar is het ook niet leuk als het regent, maar dat is het nergens.''

Helga schenkt nog eens in. Ze vindt het fijn om hier zo samen te zitten en te praten over zijn land en zijn kinderen. Zelfs als hij over zijn werk vertelt, al is daar niet veel over te vertellen. Iedere dag hetzelfde eentonige werk, wel met aardige collega's.

,,En thuis het huishouden natuurlijk,'' zegt hij.

,,Helpen de kinderen niet?''

,,O ja, zoveel mogelijk, maar 's zaterdags hebben ze zelf een baantje voor wat ruimer zakgeld. En daar hebben ze mijn busreis van betaald,'' vertelt hij trots.

,,Lief,'' vindt Helga, ,,dat meisje ook?''

Hij knikt. ,,Ze past 's zaterdags op een paar kleine kinderen, de ouders hebben een zaak. Sandra kan goed met die kleintjes overweg.''

,,Leuk, zo'n dochtertje,'' zegt Helga peinzend, ,,dat heb ik weleens gemist.''

,,Kom maar eens kijken,'' nodigt hij haar spontaan uit.

Ze geeft daar geen antwoord op, maar vertelt hem van Janos en haar familie in Hongarije en ook over haar werk.

,,Maar ik moet gaan,'' schrikt ze ineens op, ,,ik zit hier al te lang.''

,,Jammer, kom je nog eens?'' Het klinkt vriendelijk zoals hij dat vraagt.

,,Graag,'' zegt ze, terwijl ze het blad opneemt. ,,Graag,'' herhaalt ze nogeens.

Tevreden schopt Bram zijn schoenen uit en strekt zich behaaglijk uit in de luie stoel die bij het open raam staat. Heerlijk land hier, goed dat hij gegaan is. Lekker lui leventje, hij zal de jongens schrijven dat hij het erg naar zijn zin heeft.

Tijdens haar werk keren Helga's gedachten steeds weer terug naar die Hollander, zoals ze hem in gedachten noemt. Hij heeft indruk op haar gemaakt, ze zou meer over hem willen weten, bijvoorbeeld hoe hij als jongen leefde. En ook wat voor vrouw zijn Lidy was. Lief klinkt die naam... Lidy... Wat jong was ze nog toen ze stierf. Het kan raar lopen in het leven, eerst ken je elkaar niet en leef je kilometers van elkaar verwijderd. Dan ineens ontmoet je elkaar. Zou dat toeval zijn of is dat zo voorbestemd? Helga is een gelovig mens. Iedere zondag als ze geen dienst heeft bezoekt ze de Evangelische Kirche in het dorp. Daar vindt Helga de blijdschap van het samen luisteren en bidden tot die God waar ze altijd in geloofd heeft, en voelt ze zich verwant met de gemeente die hetzelfde ondergaat als zij. Helga

16

hoop dat Bram de Jager ook in die God gelooft. Ze zal eens opletten of hij zijn ogen sluit voor de maaltijd. Door de drukte in de keuken ontgaat haar dat echter. Ze moet zorgen dat de gasten niets tekort komen en dat de maaltijd goed smaakt. De mensen zijn het er allemaal over eens dat er een goede kok, in dit geval een kokkin, in de keuken staat. Alleen de vrouw met de steekoogjes heeft nog weleens iets te mopperen en maakt Helga soms verlegen met haar opmerkingen. Helga weet echter dat er bij elk reisgezelschap wel een mopperkous zit. Ook Bram weet dat en hij geeft Helga een veelbetekenend knipoogje waarop hij luidkeels meedeelt dat de maaltijd weer grandioos was, en daarmee stemt ieder in.

Helga mist Bram de Jager als hij zich de volgende dag bij het gezelschap heeft gevoegd voor een excursie. Het lijkt opeens zo stil als iedereen weg is. Als Helga de kamers gaat opruimen blijft ze in het eenpersoonskamertje wat langer dralen dan nodig is. Ze ziet de foto op het kastje staan en pakt die op om hem beter te kunnen bekijken bij het raam. Dit zijn dus zijn kinderen begrijpt ze. De twee oudsten zijn blond en groot net als hun vader. Het meisje is donkerder, met bruin krullend haar. Lijkt misschien meer op de moeder. Ze kijkt niet zo vriendelijk in de lens als haar broers, hoewel de oudste van de twee een wat zorgelijke trek om zijn mond heeft. Maar van een foto kun je overigens niet veel zeggen. Voorzichtig zet Helga de foto weer op z'n plaats en gaat het bed opmaken. De pyjama, die al opgevouwen op de stoel ligt, vouwt ze opnieuw. En ineens houdt Helga de pyjama tegen haar gezicht. Ze schrikt er zelf van, het is net alsof ze de man die deze nacht die pyjama droeg zelf aanraakt. Een vleugje van de aftershave die hij gebruikt vindt ze erin terug. Als betrapt legt ze de pyjama snel onder het kussen. Hij moest eens weten, denkt ze. Ze verlangt ernaar dat de bus weer terug zal zijn, ze had gehoopt weer met hem thee te drinken. Maar wat haalt ze zich eigenlijk in haar hoofd. Toch heeft Helga nog nooit zo gepraat als met Bram de Jager. Maar voor hem is het misschien niets bijzonders. Helga heeft zich nooit meer dan formeel ingelaten met de gasten. En nu ze een keer met een man heeft thee gedronken verliest ze haar hoofd. Ze moet zich niet gaan verbeelden dat zo'n man een onbekende huishoudster uit het Schwarzwald nodig heeft, want dan slaat ze de plank goed mis. Helga Trôtschke moet zich niets gaan inbeelden, maar zich houden aan haar taak.

,,Nicht persönlich werden mit den Gäster,'' zou Herr Grüben zeggen.

Ze zet de schoenen die er staan op een kleedje en trekt de deur achter zich dicht. Zo, nu de volgende kamer, daar is meer te doen zoals ze ziet.

Toch vinden ze elke dag wel even tijd om een poosje met elkaar te praten, meestal in de late avond als Helga's taak erop zit. Als Helga die zondag aanstalten maakt om naar de kerk te gaan, staat Bram ineens naast haar.

,,Naar welke kerk ga je?'' vraagt hij.

,,Evangelische,'' antwoordt ze stugger dan haar bedoeling is.

,,Vind je het goed dat ik met je meeloop?''

Helga bijt op haar lip, ze ziet vanuit het kantoortje meneer Grüben naar haar kijken. Dan denkt ze, er steekt toch niets achter om samen naar de kerk te gaan.

,,Wacht,'' zegt ze, ,,even m'n baas groeten.'' Ze steekt haar hoofd om de deur van het kantoortje en zegt: ,,Meneer de Jager wil naar de kerk.''

,,Wijs hem de weg maar, jij moet toch ook die kant op,'' is het advies.

Opgelucht stapt Helga achter Bram naar buiten.

,,'t Wordt goed warm vandaag,'' merkt Bram op, ,,heb je een vrije dag?''

,,Vanmiddag een paar uur,'' is het antwoord.

,,Heb je al plannen of wil je me dan gezelschap houden voor

een wandeling?'' vraagt Bram weer.

,,Graag,'' zegt Helga.

En met een blij gevoel loopt ze naast Bram naar de kerk. Er zijn veel vreemde mensen in de kerk te zien, zoals altijd in de zomermaanden. Maar hier en daar kijken dorpelingen nieuwsgierig Helga's kant uit. De boodschap wordt meteen doorgegeven: ,,Kijk eens, Helga Trôtschke met een man.'' Helga weet hoe ze dat fluisteren. Heimelijk moet ze erom lachen, en met opgeheven hoofd zoekt ze haar plaats op. Bram is zich nergens van bewust en schuift naast Helga in de kerkbank. Ze ziet er leuk uit in dat witte pakje met die gebloemde blouse. Het staat haar jeugdig. Dat is ze eigenlijk ook nog, ze is vierenveertig heeft ze hem verteld. Hij dacht eerst dat Helga veel ouder was, dat komt zeker door dat haar. Ze zou het kort moeten dragen, dat zou haar goed staan. Als ze in Holland komt zal ze zelf wel zien hoe modern de vrouwen er daar bij lopen. Misschien gaat ze dan vanzelf wel naar de kapper. Denkt hij dan werkelijk dat ze naar Holland zal komen als hij weer thuis is en als hij haar dat gevraagd heeft? En wil hij dat dan zo graag? Ja, ineens weet Bram dat hij dat heel graag wil. Ineens is hij ervan doordrongen dat Helga een diepe indruk op hem gemaakt heeft. Ook dat hij er zich gisteren op heeft betrapt dat hij de hele dag niet aan Lidy heeft gedacht. Dat is hem nog nooit overkomen. Hij heeft er zich schuldig om gevoeld. Maar nu hij naast diezelfde Helga zit en ze uit het boek de liederen zingen, dezelfde liederen die bij hem thuis in de kerk ook worden gezongen, is dat schuldgevoel ook verdwenen. Hij is nu alleen maar blij dat ze hier zo samen zitten en zingen. Hij voelt dat ze voor hetzelfde doel hier bij elkaar komen waarvoor hij thuis het moderne stadskerkje bezoekt. Hij weet nu ook dat het niet verkeerd is als hij Lidy af en toe vergeet. Het leven gaat immers verder, en hij is Lidy altijd trouw gebleven. Bram heeft veel van zijn vrouw gehouden en ze blijft de moeder van zijn kinderen. Maar Bram is nu ook weer niet zo oud dat hijzelf nooit

19

meer naar een lieve vrouw kan verlangen. En ook naar een moeder voor Sandra, want zo'n meisje heeft een moeder hard nodig. Tersluiks kijkt hij naar het opgeheven gezicht van Helga als ze aandachtig naar de preek zit te luisteren. De preek ontgaat Bram een beetje, ten eerste door de vreemde taal maar ook vanwege zijn gedachten. Wel zingt hij later uit volle borst de geloofsbelijdenis mee. Helga lacht zacht om de overgave waarmee Bram zijn geloof belijdt. Het ontroert haar een beetje en op dat ogenblik zou ze het liefst haar armen om hem heenslaan en zijn hoofd tegen zich aandrukken. Ineens weet Helga dat ze van die man houdt. Zou hij dat nu ook zo aanvoelen? Vluchtig kijkt ze naar zijn gezicht. Als ze zijn blik ontmoet weet ze dat ze het goed heeft aangevoeld.

Die middag lopen ze samen door het bos. Ze praten en praten, het meest over hun beider huwelijk dat achter hen ligt. Beiden beseffen de ernst van dit gesprek en het doel daarvan, met de beslissing die erop zal volgen.

,,Zou je het aandurven Helga, om te gaan wonen in een vreemd land?'' vraagt Bram. ,,Het is niet zo'n mooie plek als hier, mijn huis staat in een gewone straat in een buitenwijk van de stad. Geen bergen met witte sneeuw in de winter. Wel veel regen en wind, en kinderen die de aandacht vragen. We zullen niet alleen zijn, Helga.'' Bram wil het niet mooier maken dan het is.

Helga luistert, ze zal veel moeten achterlaten, haar mooie kamer met het uitzicht op de bergen, haar werk. Ze zal geen glooiend wit tapijt meer zien als het winter is, niet de fleurige pracht van de wilde bloemen in de zomer. Ook niet de roestbruine blaadjes die neerdalen als de herfst komt, die de lucht boven de bergen grijs kleurt. Ze zal het land moeten verlaten waar Janos en zij zo gelukkig waren. Maar ze zal er iets anders voor in de plaats krijgen, namelijk een gezin waar ze altijd naar verlangd heeft. Al zijn die kinderen dan niet haar eigen vlees en bloed. Ze zal een eigen huis hebben waar zij het voor het zeggen heeft en ze kan dan haar dag indelen zoals zij dat graag wil. Maar bovenal zal ze een man als Bram hebben, een man die haar zal steunen en die van haar zal houden. Een man die naar haar zal luisteren en er altijd zal zijn. Op dat moment schiet dezelfde ontroering door Helga heen die ze die ochtend in de kerk voelde.

Ze kijkt Bram aan en glimlacht als ze zegt: ,,Ik geloof dat ik het zal aandurven samen met jou. Maar laten we niet te hard van stapel lopen, ik wil eerst kennis maken met je kinderen. Zij moeten mij ook accepteren, tenslotte zal ik een beetje de plaats gaan innemen van hun moeder.''

Bram knikt. ,,Ik geloof dat dat wel goed zit, mijn kinderen dringen er altijd op aan dat ik iets leuks zal gaan doen, nou en dat doe ik nu.'' Opeens klinkt zijn lach helder door het stille bos terwijl hij Helga tegen zich aandrukt. ,,Het zal een verrassing voor ze zijn te merken dat hun vader ook nog vrolijk kan zijn. Weet je,'' vervolgt hij dan wat ernstiger, ,,hoe blij ik ben dat ik na al die jaren nog zoiets moois mag beleven. Dat me dat overkomt vind ik gewoon een wonder.''

Helga voelt dat net zo aan. Ze legt haar hoofd tegen Brams schouder die haar al zo vertrouwd aanvoelt, vooral als ze hetzelfde geurtje ontdekt dat ze vaag in zijn pyjama rook. Ze lacht hardop. Als Bram vraagt waarom ze lacht vertelt ze het hem.

,,Mooi is dat,'' zegt hij, ,,doe je dat altijd als je de bedden van de gasten opmaakt?''

,,Dit was de eerste keer,'' bekent Helga, ,,en tenslotte was het jouw pyjama.''

Herr Grüben heeft al gauw door dat er meer achter die wandeling zit. Hij vindt het maar zo-zo.

,,Raken we je nu kwijt Helga?'' vraagt hij, ,,wat moeten wij zonder jou?''

,,Ik ben nog niet weg,'' troost Helga hem. ,,Dit jaar ben ik in ieder geval nog hier. In oktober ga ik eens een kijkje nemen in Holland.''

Meneer Grüben zucht maar eens, hoewel hij het haar wel gunt. ,,Goede gastvrouwen zijn dun gezaaid,'' moppert hij nog wat. Helga lacht, het is een compliment voor haar. ,,Als het me daar niet bevalt kom ik weer terug,'' troost ze lachend.

In stilte hoopt meneer Grüben het laatste, maar hij uit het niet.

Ze houden zich aan de afspraak zich tegenover de gasten neutraal op te stellen. Bram maakt ook nog enkele uitstapjes met de anderen en Helga doet haar werk in huis. Alleen het late avonduurtje is van hen samen. Dan wandelen ze wat of ze zoeken het gezellige restaurant op in het dorp waar ze nog iets drinken. Ze maken plannen voor de toekomst, hoe hun leven er uit zal gaan zien. Ook praten ze erover hoe en wanneer ze gaan trouwen. Bram heeft nog niets aan de kinderen geschreven, hij wil ze het zelf vertellen.

En ineens zijn die drie weken, die zo somber begonnen, voorbij. Samen met meneer en mevrouw Grüben neemt Helga afscheid van de gasten. De laatste die instapt is Bram. De avond ervoor heeft hij zelf afscheid van Helga genomen. Nu nog een laatste handdruk. Als de bus wegrijdt zwaait Helga hem nog lang na. Er ligt een stille glans in haar ogen als ze zich omkeert en op het huis toeloopt. Ze bekijkt nu alles met andere ogen, het huis en de weg naar het dorp waar de toren van de kerk bovenuit steekt. Ze kijkt naar de bergen die nog verscholen liggen achter een lichte nevel. Ja, het zal moeite kosten zich los te maken van deze plek waar ze zich zo thuisvoelt. Wat staat haar te wachten in dat land, in de stad die ze niet kent en de vreemde kinderen waarmee ze zal gaan samenleven, een andere taal... Misschien wordt ze daar niet geaccepteerd, ze is immers een Duitse. Veel Hollanders leven nog met een wrok tegen het Duitse volk vanwege de laatste wereldoorlog. Ze zijn de wandaden nog niet vergeten die ze daar hebben uitgevoerd, om nog niet eens te

22

spreken van de martelingen tegen de Joden en politieke gevangenen. Helga weet daarvan en ze is zich er terdege van bewust. Het zal niet veel uitmaken dat ze zich kan verdedigen door te vertellen dat ze van geboorte Hongaarse is. Haar taal wekt misschien al agressie op. Bram heeft ook van die oorlog verteld, hoewel hijzelf toen nog een heel kleine jongen was. Maar vooral, hoe zullen zijn kinderen reageren als hun vader met een vreemde vrouw komt aanzetten? Helga onderschat al die vragen niet hoewel Bram er haar ervan probeerde te overtuigen dat het best mee zal vallen. Het leven van zijn kinderen zal er immers gezelliger door worden als er weer een vrouw in huis is? Bram zei ook dat de Hollanders tolerant zijn. Als Helga aan Bram denkt stroomt haar hart vol warmte voor die man. Ze had nooit kunnen denken dat ze weer zoveel om iemand zou kunnen geven. Ze verlangt nu alweer naar hem. Ze zou hem zo wel achterna willen reizen en bij hem blijven. Maar ze moet geduld hebben. Als verstandige mensen hebben ze overlegd hoe ze dat het beste kunnen aanpakken. In oktober gaat ze dus naar hem toe om kennis te maken met zijn kinderen. Met de drukke decemberdagen zal ze weer hier zijn. Misschien heeft Bram wel zin om de kerstdagen hier door te brengen. Maar dat betwijfelt ze weer, hij zal die dagen samen met zijn kinderen willen vieren, want die komen voor hem toch op de eerste plaats. En weer komt de twijfel op bij Helga, misschien zal zij nooit op de eerste plaats komen bij Bram. Maar moet dat dan persé? Het belangrijkste is immers dat je van elkaar houdt. En dat doen ze, daar moet Helga maar op vertrouwen. De torenklok slaat negen uur. Helga kijkt naar de toren, die als een grote vinger naar de hemel wijst. Het is als een symbool voor Helga. Ze weet dat ze niet alleen staat met haar vragen, want er is er altijd Eén op wie ze kan rekenen. Hij zal ook met haar meegaan naar dat vreemde land. En opgewekt begint Helga aan haar dagtaak.

HOOFDSTUK 2

Het is al laat in de avond als Bram de sleutel in het slot steekt. De jongens liggen al op bed. Hij kijkt rond in het bekende vertrek en moet even wennen aan zijn eigen huis na deze drie heerlijke weken tussen groene bergen en onder wijde blauwe luchten. Nee, Bram de Jager heeft geen spijt van zijn vakantie. Het is het mooiste geschenk dat hij ooit heeft ontvangen. Het mooiste...? Zijn blik gaat naar de foto op de televisie, Lidy... Even voelt Bram zich schuldig. Hij neemt de foto in zijn hand en kijkt naar het lachende gezicht, omlijst door bruine krullen.

,,Heb ik er goed aan gedaan meisje?'' vraagt hij. ,,Als jij het wist zou je dan je fiat geven?''

Even zucht hij als hij de foto weer op z'n plaats zet. Lidy zal hij nooit vergeten, hij hoeft haar ook niet te vergeten, net zomin als Helga haar man zal vergeten. Ze zijn tenslotte volwassen mensen en zullen daar ook naar handelen. En eerlijk zijn tegenover de kinderen. Helga en hij mogen immers van elkaar houden.

Het is netjes in huis, de jongens hebben hun best gedaan. Er staat zelfs geen vuile afwas in de keuken. Er ligt wel een briefje op het aanrecht.

,,Welkom thuis, we zijn vast naar bed gegaan, tot morgen.''

Bram glimlacht, fijne jongens. Zou Sandra ook al thuis zijn? Zacht loopt hij de trap op naar boven. Haar deur staat op een kier. Ja hoor, ze ligt in bed. Vaag ziet Bram de omlijsting van haar gezicht op het kussen. Zo'n kind nog, denkt Bram vertederd. Hij loopt naar het bed en kust zacht haar wang. Meteen slaat ze haar ogen op.

,,Ben jij daar pap, heb je het leuk gehad?''

,,Heel leuk, en jij?''

,,Ook leuk, maar ik ben toch blij dat je er weer bent.''

,,Ik ook lieverd,'' zegt hij gemeend en hij stopt behoedzaam de deken om haar heen. Even trekt ze zijn hoofd tegen haar warme wang.

,,Slaap lekker, kind.''

Met een glimlach zoekt Bram zijn eigen kamer op. Door het raam kijkt hij de stille straat in, geen bergen meer. Helga zal moeten wennen als ze hier komt. Hij stapt in bed. Toch weer fijn, zijn eigen bed. Over een poosje zal hij datzelfde bed delen met Helga. Helga op Lidy's plaats. Zal dat pijn doen? Voor Helga zal het allemaal moeilijker worden dan voor hem, want zij laat alles achter. Voor hem wordt het er alleen maar beter op. Hij kijkt door de kier van het gordijn naar de donkere avondlucht, dezelfde lucht waar Helga nu misschien ook naar kijkt en die zich over hen beiden heenwelft. Maar belangrijker is het, dat er een God is die over hen waakt en die Helga en hem bij elkaar heeft gebracht. En dankbaar vouwt Bram zijn handen voor zoveel geluk.

Als Bram zijn ogen weer opent ziet hij tot zijn schrik dat de wijzer van zijn wekker op negen staat. Vervelend, hij had eerder op willen staan om met de jongens te ontbijten. Nu zijn ze al weg. Ook Sandra is vertrokken merkt hij. Er staat nog thee onder de muts, maar als Bram de pot pakt voelt die al aardig koud aan. Dan maar een vers bakje koffie. Hij denkt aan zijn eerste kop koffie in het pension, dat Helga hem kwam brengen. Ze maakte meteen al indruk op hem, iets wat hij nog niet eerder had beleefd met een vrouw. Er zijn nu weer nieuwe gasten in dat huis, misschien weer Hollanders. Misschien is er nu ook een arme vrijgezel bij die getroost moet worden met een kop koffie. Hè, wat zit hij nu mal te denken, het lijkt wel of hij jaloers is.

Vanavond zal hij de kinderen over haar vertellen. Hoe... dat zal afhangen van de stemming. Hij schenkt nog een kop koffie in en gaat zich dan scheren en douchen. Als hij aangekleed is, inspecteert hij de koelkast. Straks eerst maar naar de supermarkt.

25

Als het vlees voor zondag staat te braden zal hij de tuin eens induiken om onkruid te wieden. Zo gaat de dag vlug voorbij. Bram voelt een zekere voldoening als hij zo bezig is. Het is een zegen te mogen werken met een gezond lijf. Als hij klaar is maakt hij een pan soep en bakt pannekoeken, waar de jongens zo dol op zijn. Ze hebben het verdiend, en als zij vakantie krijgen is het hun beurt om uit te gaan. Daan is van plan te gaan kamperen, terwijl Dick met zijn vriend naar diens oom wil die op een boerderij woont. Sandra heeft nog geen plannen. Misschien kan ze bij Clara logeren. Clara is de zuster van Lidy en zij heeft net zo'n meisje als Sandra.

Tegelijk komen de kinderen thuis. Hongerig snuiven ze de pannekoekgeur op.

,,Mmmm, lekker pap, fijn dat je weer thuis bent.''

,,Voor de pannekoeken, of...?'' vraagt Bram plagend.

Maar Sandra legt aanhalig haar hoofd tegen Bram aan. ,,Niks leuk als jij er niet bent.''

De jongens beamen dat.

,,We hebben het ontzettend druk gehad,'' zeggen ze met volle mond.

,,Het huis ziet er keurig uit,'' prijst Bram, waarop hij twee glundere gezichten ziet. ,,Ik ben trots op jullie,'' benadrukt hij nog eens.

,,Hoe heb je het gehad?'' vraagt Daan belangstellend.

,,Heerlijk,'' zegt Bram uit de grond van zijn hart.

,,Dat kan ik wel zien,'' kijkt Dick hem aan, ,,je ziet er heel anders uit.''

,,En zo bruin,'' merkt Sandra als een echt vrouwtje op, ,,staat je goed.''

Bram lacht. ,,Het komt niet alleen door de zon, dat ik er goed uitzie.''

,,Hoezo?'' vraagt Daan, ineens op zijn hoede.

Even kijkt Bram zijn oudste aan. Daan is geen kind meer, zo

langzamerhand is hij er wel achter wat er te koop is in de wereld. Daan uit zich nooit zo, Bram moet meestal maar raden wat er achter dat ernstige voorhoofd van zijn jongen omgaat. Dat heeft hij kennelijk van zijn vader. Daan lijkt in veel opzichten op hem. Hij zal het wel begrijpen als Bram hem vertelt van Helga. Maar zal hij ook aanvaarden, dat er een ander komt op Lidy's plaats? Daan was moeders eerste, daarom heeft hij misschien wel de meeste aandacht van Lidy gekregen. Het was ook zo nieuw en verrassend voor haar, toen de eerste baby zich aankondigde. Iedere vooruitgang van dat kind was als een klein wonder in haar ogen. Bij de anderen ook natuurlijk, maar toen herkende ze het allemaal weer.

,,Ik heb daar iemand ontmoet op wie ik erg gesteld ben geraakt," vertelt Bram bedachtzaam, met zijn ogen op zijn bord gericht.

Even is het stil, dan schiet Sandra's stem hoog uit: ,,Wat... wat bedoel je, je bent daar toch niet verliefd geworden of zo?"

Even moet Bram lachen om dat "verliefd of zo". Is hij dat? Och misschien wel, of is hij daar te oud voor? Dan kijkt hij naar Daan en hij ontmoet diens ogen, groot en gewond, alsof ze vragen: ,,Dat meen je toch niet, dat kan toch niet... en m'n moeder, ben je haar dan vergeten?" Het brengt Bram van zijn stuk, hij wil die verwijtende ogen niet zien. Daarom kijkt hij naar Dick als om hulp vragend. Dick is de meest tolerante van zijn kinderen en hij kan soms onverwacht wijs uit de hoek komen. Hij ziet in Dicks gezicht de begrijpende ogen van Lidy die hem onderzoekend aankijken.

,,Is het menens?" schijnen die ogen te vragen. Maar nuchter zegt hij: ,,Misschien komt dat door die vakantie."

Bram onderdrukt weer een lachje, Dick is al eerder geconfronteerd geweest met een vakantieliefde. ,,'t Gaat wel weer over," bedoelt hij zeker.

,,Ik ben geen zestien meer," zegt Bram verontschuldigend.

,,Nou ja,'' schokt Dick met zijn schouders terwijl een vluchtig rood zijn wangen kleurt.

,,Wat dan,'' vraagt Sandra, ,,wie is zij dan wel?'' Want voor alle drie staat het vast dat het een vrouw moet zijn die de plaats van Lidy bedreigt.

,,Ze wil in oktober met jullie kennis komen maken.'' Rustig en weloverwogen kiest Bram zijn woorden.

,,En dan...?'' schiet Sandra weer uit. De pannekoeken smaken haar ineens niet meer.

,,Dan zullen jullie Helga leren kennen en merken wat voor een fijne vrouw ze is.'' Bram spreekt expres niet van een ''lieve vrouw'' om het niet moeilijker voor ze te maken dan het blijkbaar al is.

,,Moet dan maar,'' zegt Dick alsof hij zich erbij neerlegt.

Daan zegt nog steeds niets.

,,En wat zeg jij ervan als oudste?'' vraagt Bram hem.

Dan schuift Daan zijn stoel naar achteren en zegt met tranen in zijn stem: ,,Ik dacht dat we het zo goed hadden samen. Wij helpen je zoveel mogelijk, waarom kan dat niet zo blijven?'' Dan loopt hij de kamer uit, regelrecht naar boven. Ze schrikken er allemaal van, deze reactie had Bram niet verwacht. Als geslagen zit hij aan tafel. Maar Sandra krijgt medelijden met haar vader en ze kruipt op zijn schoot.

,,Laat maar even,'' zegt ze wijs, ,,en schrijf maar aan die mevrouw dat we liever niet willen dat ze hier komt.''

,,Wat...,'' zegt Bram, ,,maar ze komt wel, ík wil dat ook graag, begrijp je dat dan niet een beetje?''

Weer zoekt zijn blik steun bij Dick die er wat onbeholpen bij zit. Dick vindt het ook niet nodig dat die vrouw hier komt. Maar hij ziet ook wel hoe alleen zijn vader soms is ondanks hen. Vader zoekt zijn medewerking, maar hoe kan hij die nu geven als hij het met Daan eens is. Hij begrijpt wel dat het zijn vaders taak zal verlichten als die vrouw komt. En straks zal Daan de deur uitgaan, en later hij. Alleen Sandra zal nog wat langer thuisblijven. Moet hij er dan voor hun plezier van afzien?

,,Daan trekt wel weer bij,'' zegt hij goedmoedig, terwijl hij de tafel afruimt.

Het zal toch niet zo gemakkelijk gaan, heeft Bram wel in de gaten. Even had hij de neiging om toe te geven en zijn kinderen te zeggen dat hij Helga dan wel zou schrijven. Zolang kennen ze elkaar nu ook weer niet, en de pijn van de scheiding zal nu niet zo hard aankomen als wanneer hun verhouding diepere vormen gaat aannemen. Maar als de jongens 's avonds naar hun vrienden gaan en Sandra op bed ligt, gaat Bram er toch weer anders over denken. Ineens zou hij willen dat Helga nu bij hem was, dan konden ze er samen over praten net zoals ze daar deden. Als de kinderen haar leren kennen zullen ze vast wel begrip voor de situatie krijgen. Helga is immers geen vrouw die zich opdringt. Zij zal de kinderen voor zich weten te winnen. Nee, Bram moet sterk zijn en achter haar staan zodat ze zich hier niet alleen zal voelen. Bram is nog steeds dankbaar dat zijn kinderen zo'n offer voor hem hebben gebracht om hem die prettige reis te bezorgen. Maar dat moet niet omslaan in een soort chantage. Bram zucht, zij blijven deze avond toch ook niet voor hem thuis. En dat hoeft ook niet, ze horen bij hun vrienden. Maar dan moeten ze voor hem ook een beetje begrip tonen. Zal hij Helga bellen? Ze is nu wel zo'n beetje klaar met haar werk. Omstreeks deze tijd was het voor hen samen het prettigste uurtje van de dag.

Als hij het nummer van het pension draait krijgt hij meteen Helga aan de lijn. ,,Ik voelde dat jij het was, Bram.''

Het ontroert Bram haar stem te horen, het is net alsof ze heel dicht bij hem staat. ,,Ik denk steeds aan je.''

,,Met mij is het net zo. Heb je het al aan de kinderen verteld?''

,,Ja Helga, ik heb het ze verteld.''

,,En?"

,,Ze hebben het er nog wat moeilijk mee," zegt hij naar waarheid. ,,Alleen Dick neemt het wat gemakkelijker op. Ze moeten nog aan het idee wennen."

,,Dat zal het wel zijn." Helga zegt het berustend. Dan, aarzelend: ,,Als je... als je nog van me af wilt Bram.... ik laat je vrij hoor."

,,Ik kan niet meer buiten je, Helga. Ik wil niet meer vrij zijn, versta je." Zijn stem klinkt hartstochtelijk.

,,Daar ben ik blij om," zegt ze met een lachje. ,,Het duurt nog wel lang tot oktober."

,,Ik zal je vaak bellen."

,,Morgen als ik in de kerk zit zal ik me verbeelden dat je naast me zit en we samen zingen."

Hij lacht. ,,Pak dan niet per abuis je buurmans hand."

,,Je bent weer zover weg."

,,Nu ben ik dichtbij Helga, en morgen zal ik je weer bellen."

,,Dat is goed, welterusten Bram."

,,Welterusten Helga." En met een glimlach legt Bram de hoorn op het toestel. Hij weet hoe ze nu naar haar kamer gaat en nog even een blik zal slaan op de bergen. En steeds zal ze aan hem denken zoals hij nu aan haar denkt.

Daan is kwaad. Op de soos wil hij het niet laten merken aan de anderen, ze zijn niet gewend dat hij een boze bui heeft. Hoewel hij niet een van de vrolijksten is kan hij goed met de anderen overweg. De meeste zaterdagavonden brengt hij in hun gezelschap door. Ze hebben met elkaar een muziekgroep gevormd. Daan speelt gitaar en ze oefenen in een van de zalen onder de kerk. In de grote zaal zijn de andere jongelui bezig met hun spelletjes of ze zitten alleen wat met elkaar te praten. Het is er altijd een vrolijke boel, waar ook Dick aan meedoet. Daan zit echter liever in de wat rustiger hoek. Hij komt hier al een paar jaar. Ruud heeft de leiding van de muziekgroep. Deze avond wordt André door Ruud geïntroduceerd. André zingt, en Daan luistert met belangstelling naar zijn warme, duidelijke stem. Leuk als je zo goed kunt zingen. Daan wordt weer rustiger als hij opgaat in de muziek. Zo kan hij zijn gedachten verzetten, waar hij thuis geen raad mee weet. Toch speelt dat gesprek met zijn vader hem nog steeds door het hoofd. Hij heeft er spijt van hem die reis te hebben aangeboden. Zonde van zijn spaarcentjes, denkt hij. Als zij niet zo stom waren geweest had zijn vader ook die vrouw niet ontmoet. Wat moet zo'n mens bij hen thuis? Dick schijnt er niet mee te zitten en dat begrijpt Daan maar niet. Híj voelt het als verraad tegenover zijn moeder. En dan, zo'n oude man als zijn vader met een of andere Duitse vrouw die hem heeft ingepalmd met haar mooie praatjes. O, als hij aan zijn moeder denkt... Daan heeft zoveel verdriet gehad toen ze stierf. Soms kan hij nog om haar huilen 's avonds in bed, hoewel hij dat aan niemand zou willen vertellen. Dat ze zo'n pijn moest lijden en hij haar niet kon helpen, dat vindt Daan nog het ergste. En nu komt zijn vader zomaar opeens vertellen dat hij zo'n aardige vrouw heeft ontmoet. Hij wil natuurlijk met haar trouwen. Maar Daan pikt dat niet, nooit. Daan zal zijn moeder wel trouw blijven.

,,Hé, word eens wakker!''

Daan schrikt op van Ruuds stem. Hij zat te dromen en de anderen lachen om zijn verwarring. Hij moet beter opletten. Als ze weer spelen gaat het beter. Wat later gaan ze iets drinken in de grote zaal waar Dick is. Daan gaat zitten bij de geïmproviseerde bar waar hij koffie bestelt. Hij kijkt Dicks kant uit, die schijnt nogal veel plezier te hebben. Daan hoort zijn lach er bovenuit. Hij benijdt Dick om het gemak waarmee hij zijn weg gaat. Dick maakt nergens zo'n probleem van als hij doet. Dick lijkt meer op zijn moeder, die kon ook altijd zo lachen. Hè, nu niet weer, hij was het juist even vergeten.

31

,,Jij bent ook geen vrolijke Frans,'' André hijst zich op de kruk naast hem.

,,Gewoon de pé in,'' lacht Daan wat verlegen. ,,Zing jij allang?'' vraagt hij om André's aandacht van zijn persoontje af te leiden.

André lacht. ,,Al vanaf mijn kleuterjaren toen ik moest zingen voor de familie. 'k Heb nog steeds les. Ik zocht het eerst in het klassieke maar ik ben omgeturnd naar het wat lichtere genre. Ik zal wel zien, ik hoef er mijn brood niet mee te verdienen. 'k Ben nu bijna klaar als muziekpedagoog. En jij?''

,,Volgende week eindexamen MEAO, ik haal het vast niet.''

,,Je speelt goed gitaar.''

,,Ach, voor m'n plezier.''

,,Wel goed,'' houdt André vol.

Daan lacht, ,,'t Is een leuke groep.''

Daar is André het mee eens. Ruud komt erbij zitten.

,,Is er voor mij ook nog koffie?''

Opeens heeft Daan het gevoel er weer naast te staan. Hij laat zich van de kruk zakken en slentert langzaam naar de hoek waar Dick zit, de jongens hebben hem nu niet meer nodig. Samen met Dick gaat hij even later naar huis.

,,Hoe vind jij dat van pa?'' vraagt hij als ze naast elkaar naar huis fietsen.

,,Ach,'' zegt Dick, ,,niet leuk natuurlijk.''

,,'k Wou dat we hem die reis niet hadden aangeboden,'' barst Daan uit.

,,Het is nu eenmaal gebeurd,'' is Dicks nuchtere antwoord, ,,het is gebeurd en je kunt er niets meer aan doen. Misschien valt het wel mee.''

,,Voor mij niet,'' weet Daan zeker. ,,Als ik mijn examen haal ga ik meteen het huis uit.''

,,Dat zal best nog eens gebeuren. Maar als wij het huis uit zijn blijft pa wel mooi alleen achter.''

32

Daar geeft Daan geen antwoord op. ,,'k Heb de smoor in,'' zegt hij alleen en trapt keihard op de pedalen zodat hij vooruit vliegt. Dick volgt wat langzamer.

Met een lichter hart dan voor de vakantie begint Bram weer aan zijn werk op kantoor. De zondag is rustig verlopen. Bram heeft niet meer gezinspeeld op het bestaan van Helga. Wel heeft Daan hem af en toe wat ongerust aangekeken. Bram heeft getracht hem op zijn gemak te stellen, hij wil het even laten betijen. Bram houdt van de jongen en wil hem geen verdriet doen. Sandra deed ook opgelucht, alsof ze er vanuit ging dat de bui was overgewaaid. Bram wil zich nog niet teveel zorgen maken. Het is tenslotte nog maar net juni. Eerst moeten ze hun aandacht aan school kunnen wijden. Volgende week moet Daan examen doen en Dick zit in de overgangstentamens naar het laatste jaar. Wat hij daarna wil doen weet hij nog steeds niet. Wat Daan betreft, ze moeten nog afwachten of hij het wel zal halen. Hij staat er niet zo best voor. Soms krijgt Bram de indruk dat het onwil is van Daan. Sandra gaat naar de brugklas. Nee, het valt voor ouders niet mee om hun kinderen op de juiste weg te helpen. Toch is Bram niet ontevreden, er zijn massa's mensen die meer te stellen hebben met hun spruiten dan hij heeft, of met hun portemonnee. Niet dat het een vetpot is bij Bram, maar met een beetje overleg kunnen ze er best van komen. Wat wil je ook als boekhouder, lacht Bram bij zichzelf. Vroeger had hij piloot willen worden, er is niets van gekomen, en Lidy was een tevreden mens. Helga is het wat dat betreft ook niet zo ruim gewend geweest, dus daar hoeft Bram zich geen zorgen om te maken.

De maanden glijden voorbij. Voor Helga gaan ze toch nog vlug. Ze heeft nauwelijks tijd voor zichzelf daar de gaande en komende gasten al haar aandacht vragen. 's Avonds is ze bijna te moe om nog iets te ondernemen. Om negen uur, als haar taak erop zit, kan ze eindelijk haar benen strekken. Dat doet ze meestal op het balkon. Ze heeft een schriftelijke cursus Nederlands aangevraagd en is daar nu iedere avond een uurtje mee bezig. Op een cassettebandje leert ze de uitspraak van de woorden. Hardop zegt ze die na, want ze wil goed beslagen ten ijs komen als ze straks voet op Hollandse bodem zal zetten.

Een spannend gevoel kruipt in haar buik als die dag nadert. Ze telt de maanden, de weken, de dagen. Ze probeert het geleerde in praktijk te brengen, als Bram haar opbelt. Hij is blij verwonderd dat ze zo haar best doet. Over veertien dagen zal het zover zijn.

,,Hoe zijn de kinderen?'' vraagt ze vaak.

,,Druk op school,'' vertelt hij. Ze weet dat Daan het niet gehaald heeft en het laatste jaar over moet doen. Maar Helga bedoelt haar vraag eigenlijk anders. Ze wil weten hoe de kinderen er tegenover staan als ze straks zal komen. Bram ontwijkt die vraag en dat voelt Helga wel. Ze merkt door het gesprek heen dat ze niet op haar zitten te wachten. Ze krijgt het warm bij de gedachte dat ze niet welkom is. Het feit dat Bram wel naar haar komst uitziet houdt haar overeind. Want dat is het voornaamste, dat Bram achter haar staat. Nog meer dan zijn kinderen voor te spreken, laat hij dat zijn hart doen. Helga zou nu een zuster of een vriendin willen hebben die ze om raad zou kunnen vragen over haar twijfels, de twijfel die ze voelt om zich bij dat gezin te voegen. Wel heeft Frau Grüben haar verzekerd dat haar plaats hier open blijft tot Helga definitief haar besluit heeft genomen, als ze bij Bram is geweest. Dat geeft Helga een veilig gevoel, hoewel ze weet dat ze koste wat kost bij Bram wil blijven. Ze neemt zich dan ook voor zich helemaal aan zijn gezin te wijden en zichzelf weg te cijferen. Moeten niet alle moeders dat doen?

Helga koopt een nieuw winterpak, ze wil mooi zijn als Bram

haar komt afhalen. Even bekruipt haar het nare gevoel dat Bram misschien zal tegenvallen in zijn eigen omgeving en dat ze zich heeft laten meeslepen door het roezige van een vakantiestemming. Maar ze zijn geen kinderen meer en Helga voelt de mensen die ze benadert altijd heel goed aan. Nee, ze kan zich niet vergist hebben. En ze zal dat nu gauw genoeg te weten komen. De laatste nacht kan ze bijna niet slapen van de spanning. Zo moet ze maar goed doen, moppert ze op zichzelf, straks komt ze daar aan als een vermoeide oude vrouw. Misschien valt zij Bram dan wel tegen. Met die mogelijkheid heeft ze nog geen rekening gehouden. Enfin, dan moet ze het maar over zich heen laten komen. Ze belt de spoorwegen om zeker te zijn van haar reis. Eerst moet ze met de bus, dan per stoptrein naar München. Vandaar gaat ze in een ruk door naar Den Haag, waar Bram haar zal opwachten. Weer die spanning in haar buik. Ze kan zich niet herinneren dat ze zich ooit zo gespannen heeft gevoeld bij Janos. Met hem ging het allemaal zo vanzelfsprekend. Janos was niet zo uitbundig. Zij wel, maar ze heeft in de loop der jaren geleerd zich wat rustiger te gedragen. Tóen was er niet veel tijd voor romantiek. Ze hadden het te druk om het hoofd boven water te houden. Toch waren ze tevreden en gelukkig. De laatste zondag voordat ze weggaat gaat Helga Janos' graf bezoeken in de stad. Het is als een afscheid. Of is het een soort van schuldgevoel dat haar naar die plek drijft, net of ze op het punt staat Janos ontrouw te worden. Als je het zo bekijkt staat Bram op dit ogenblik voor hetzelfde feit. Ze heeft wat bloemen meegebracht. Terwijl ze het potje met water vult denkt ze: ik zal je niet vergeten jongen, hoe ver ik ook ga. Het geeft haar een gevoel van voldoening dat ze daar is, net of ze iets heeft afgesloten op een goede manier. Nu kan ze rustig vertrekken. Nog eenmaal kijkt ze om. Misschien komt ze hier nooit weer.

Thuisgekomen gaat ze haar koffer pakken. Ze heeft wat kleine kadootjes gekocht voor de kinderen van Bram. Niet te groot,

35

anders denken ze misschien nog dat ze op die manier hun genegenheid wil kopen. Nee, dat moet op een andere manier. Ze wil ze benaderen met vriendelijkheid om ze langzaam voor zich te winnen. Vooral niet te haastig als ze er nog niet aan toe zijn. En niets forceren.

Die avond belt Bram voor het laatst. ,,Nog twee dagen Helga, ben je zenuwachtig?''

,,Een beetje, en jij?''

,,Ik ben alleen maar blij.''

Hij vertelt haar niet wat voor tegenstrijdige gedachten op dat moment door zijn hoofd gaan. Hij vertelt haar ook niet van dat onbevredigende gesprek dat hij die middag had met zijn kinderen. Van Sandra die in huilen uitbarstte toen Bram vertelde dat hij voet bij stuk hield door Helga te laten komen. Hij vertelt ook niet hoe bezeerd Daan hem heeft aangekeken en na dat gesprek het huis is uitgelopen. Hij zegt haar ook niet hoe onbeholpen Dick reageerde toen zijn vader hem bijna smeekte: ,,Ik kan toch zeker wel op jou rekenen?''

,,Van mij zul je geen last hebben,'' was Dicks antwoord toen zijn vader pleitte voor een goede sfeer in huis.

,,Het is toch ook voor jullie?''

Want in dat laatste gelooft Dick niet zo erg. Volgens hem doet pa het alleen voor zijn eigen plezier. Maar Dick denkt ook: waarom mag pa niet blij zijn, of gelukkig, als dat woord beter op zijn plaats is. Ze willen toch allemaal gelukkig worden op hun eigen manier, Daan toch zeker ook? Dick hoopt alleen dat zijn vader een goede keus heeft gemaakt. Stel je voor dat het een naar mens is, daar moet Dick niet aan denken. Maar die paar jaar dat hij nog thuis is zal Dick er geen trammelant om maken. Hij heeft wel een beetje medelijden met zijn vader die er zo verslagen uitziet.

Nee, Bram zal Helga niet laten merken dat het niet van een leien dakje gaat. Helga zal er zelf wel achter komen. Misschien wil ze met de eerstvolgende trein alweer terug. Maar nu niet zo pessimistisch, roept hij zichzelf tot de orde. Nog twee dagen en dan kan hij Helga in zijn armen sluiten.

De maandag en dinsdag neemt Bram vrij om het huis schoon te maken. Hij koopt ook een grote bos bloemen. Bram ziet hoe Daan er een ogenblik zijn blik op laat rusten. Op dat moment denkt Bram: of had hij er beter aan gedaan een kleinere bos te kopen? Maar hij wil Helga zo graag laten zien dat ze hier welkom is. Als de kinderen het niet doen doet hij het wel op zijn manier.

Voordat hij die dinsdagavond naar het station gaat zegt hij nadrukkelijk: ,,Ik verwacht wel dat jullie haar vriendelijk zullen ontvangen en je goede manier niet vergeten.''

Alleen Dick knikt een beetje. Sandra staat op het punt weer te gaan huilen, maar daar schenkt Bram nu geen aandacht aan. Zijn ogen zijn strak gericht op zijn oudste.

,,Daan...'' zegt hij alleen. Het houdt een vraag in.

Daan kijkt even schuw op.

,,Best,'' zegt hij dan niet erg toeschietelijk.

,,Dan ga ik maar. Willen jullie intussen de boel afwassen? Het is prettig om in een opgeruimd huis te komen.''

Als Bram in de tram stapt denkt hij: het zou fijn zijn om Helga eerst alleen te kunnen ontvangen. Ineens vindt hij het jammer dat zij geen kinderen heeft, dat zou het misschien wat gemakkelijker maken. Hij voelt zich nerveus nu ze komt, vanwege zijn kinderen. Daar is hij ook kwaad om, zo klein zijn ze nu ook weer niet. Ze moeten de redelijkheid er toch van kunnen inzien. Zou Helga ook zenuwachtig zijn? En zal het weer net zo wezen als van de zomer? Drie weken is wel erg kort. Maar tijdens de telefoongesprekjes klikte het altijd weer. Bovendien hebben ze elkaar regelmatig geschreven. Op papier kun je beter je gevoelens uiten dan tijdens zo'n telefoongesprek.

Het is nog vroeg, de trein komt pas over een half uur. In het stationsrestaurant bestelt hij een kop koffie. Later loopt hij wat heen en weer. Het weer houdt zich nog goed, hij hoopt dat het zo zal blijven. Aan de andere kant zal het beter zijn als Helga ook kennis maakt met het Hollandse klimaat. Misschien is ze dan meteen genezen van haar verlangen om in Holland te wonen. Maar daar moet Bram niet aan denken. Ondanks de moeilijkheden met zijn kinderen wil Bram toch niet meer alleen blijven. Hij heeft geproefd van een klein stukje geluk dat nog op hem ligt te wachten en daar wil hij geen afstand meer van doen. En Helga... Daar is de trein. Zal ze erin zitten? Even golft de angst door hem heen als hij haar niet zo snel ontdekt tussen de reizigers. De angst maakt evenwel plaats voor een dankbare blijdschap als hij haar ineens ziet staan. Een klein figuurtje is ze zo met die grote koffer. In een paar stappen is hij bij haar.

,,Helga!''

De lange maanden vallen weg als hij haar in zijn armen sluit. Ze kussen elkaar toch nog wat onwennig. ,,Je bent er echt,'' zegt hij.

Ze schatert. ,,Dacht je dat ik niet zou komen?''

,,Ja, raar,'' vindt hij nu zelf ook. Hij bekijkt haar. ,,Je bent niets veranderd, misschien alleen knapper geworden.''

Ze lacht weer, blij. De zenuwen die ze daarnet nog voelde zakken weg. Ze kan hem weer zien, weet ook dat hij dezelfde Bram is die meteen al zo'n indruk op haar heeft gemaakt van de zomer. Hij pakt de koffer van haar over.

,,Ben je moe, wil je eerst iets drinken, of meteen naar huis?''

,,Liever direct naar huis.''

Hij roept een taxi. Ze kijkt uit het raam als ze door de stad rijden.

,,Wat druk,'' schrikt ze.

,,Wij wonen in een buitenwijk, daar is het niet zo druk.''

Voordat ze er zijn pakt hij haar hand alsof hij haar wil bemoedigen. Helga voelt zijn spanning aan. Ze stoppen voor een

38

van de huisjes in een kleine straat. In de voortuin staan nog volop bloemen waar de nachtvorst nog geen schade heeft aangebracht. Bram betaalt de taxi. Als hij de koffer weer opneemt probeert hij door Helga's ogen het huis te zien. Het huis waar Lidy en hij indertijd zo gelukkig mee waren. Het ziet er in ieder geval goed onderhouden uit. De ramen en gordijnen heeft hij gisteren nog gewassen. Als hij door die ramen de kamer inkijkt ziet hij geen van de kinderen in de kamer zitten. Ze zijn zeker in hun eigen kamer. Of ze zijn bezig de koffie klaar te maken. Dat laatste hoopt Bram dan maar.

,,Welkom thuis Helga,'' zegt hij als hij de deur opent.

Even houdt ze de adem in.

,,Lief huisje,'' zegt ze dan als ze Brams afwachtende ogen ziet.

,,Waar zijn ze toch,'' zegt hij als hij de kamer inkijkt. Meteen komt Dick wat verlegen uit de keuken op ze toe. Bram ruikt de koffie.

,,Lekker, jongen,'' snuift Bram en stelt Dick aan Helga voor. ,,Dit is Dick.''

,,Zal ik meteen inschenken?'' vraagt die.

,,Graag, en waar zijn de anderen, wil je ze even roepen?''

,,Straks, eerst zal ik de koffie halen.''

Bram is blij dat het moment nog even wordt uitgesteld.

,,Gezellig,'' kijkt Helga rond en ze denkt: dit is dus mijn toekomstige woning. Het is natuurlijk allemaal veel kleiner dan in het pension, maar 't is wel een huis om van te houden. Ze kijkt naar Bram die groot en afwachtend in de kamer staat.

,,En, Helga, lijkt het wat?''

Ze knikt met een lachje en denkt: als jij het huis maar vult met je aanwezigheid weet ik zeker dat ik me hier thuis zal voelen. En dankbaarheid vervult haar daarbij.

Dick brengt koffie en koek.

,,Neem jij niet?'' vraagt Bram.

39

,,Eerst even de anderen halen.'' En weg is Dick weer.

,,Ik hoop dat je je hier thuis zult voelen,'' zegt Bram onzeker. Maar als hij het blije gezicht van Helga ziet weet hij dat het goed zal gaan. Hij pakt haar hand en drukt een kus op haar mond. Als hij de kinderen hoort aankomen gaat hij in de andere stoel zitten. Hij kijkt toe als Daan Helga beleefd begroet.

,,Daan, m'n oudste,'' zegt hij dan. ,,En onze Benjamin, Sandra.''

Helga wil wel iets liefs zeggen, maar weet ineens niet wat. Daarom haalt ze de pakjes uit haar tas.

,,Een kleinigheid,'' zegt ze zacht verontschuldigend. Voor Sandra heeft ze een klein koekoeksklokje zoals die in haar streek gemaakt worden. Voor de jongens een hoorn. ,,Die gebruiken ze in de Alpen... de bergen,'' verbetert ze.

Bram lacht: ,,Je leert het al aardig.''

Ze bedanken Helga netjes en drinken een kopje koffie mee. Dan vluchten de jongens weer naar hun kamer, Sandra gaat naar bed.

Even is het stil, als ze vertrokken zijn. Bram kijkt Helga wat ongelukkig aan.

,,Het moet zijn tijd hebben,'' troost Helga hem.

Daarna laat Bram haar vluchtig het huis zien. Helga krijgt de kamer van Daan die nu naar zolder is verhuisd. Niet veel later zoeken zij ook hun kamer op.

,,Welterusten Helga.''

Het is stil in huis. Daan ligt op het logeerbed op zolder. Zijn arm houdt hij onder zijn hoofd. Hij kan niet slapen, weer niet slapen. Hoeveel nachten heeft hij zo al gelegen, starend in het donker? Hij hoort de regelmatige ademhaling van Dick achter het dunne schot. Zo onbezorgd en rustig klinkt dat. Waarom lukt dat hem toch nooit? Als zijn moeder er nog maar was, denkt hij vaak, dan kon hij ook wel vrolijker zijn. Zij begreep hem zo goed. En nu

40

die Helga weer, daar zit hij ook zo mee. Hij kan gewoon niet spontaan zijn al wil hij dat best. En dat maakt hem zo machteloos. Daarom trekt hij zich maar het liefst terug op zijn kamer met zijn gitaar. Terwijl hij speelt kan hij alles weer even vergeten. Het is net alsof de muziek hem troost schenkt.

In Daans kamer ligt Helga. Ze is nog vol van alle indrukken die ze deze dag heeft opgedaan. Het is onvoorstelbaar dat ze deze morgen nog opstond in haar eigen vertrouwde omgeving. Nu ligt ze in een vreemd bed in een vreemd land bij mensen die ze amper kent. Bram is de enige die haar vertrouwd is. Afgelopen nacht heeft ze ook al niet veel geslapen, opgewonden als ze was over de dingen die haar stonden te wachten. Ze is toen midden in de nacht opgestaan. Ze heeft gekeken naar de donkere bergen en geluisterd naar de roep van de herten diep vanuit het stille bos. Nu hoort ze de geluiden uit de straat, een auto die voorbij rijdt. Ook een late thuiskomer die het hekje van de voortuin wat te hard dichtslaat. En stemmen van mensen die elkaar welterusten wensen. Ze zal moeten wennen aan die nieuwe geluiden. Ach, alles zal wel wennen, en naar ze hoopt zullen ook de kinderen aan haar wennen. Ze waren niet erg toeschietelijk, maar dat neemt Helga ze niet kwalijk. Bram heeft er meer moeite mee maar zij heeft daar wel begrip voor. Als het tussen haar en Bram maar goed gaat, want dat is het voornaamste. Bram heeft gelukkig nog tien dagen vrij, dan kunnen ze samen nog iets ondernemen. Hij zal haar de stad laten zien, en de zee. Dat wil Helga graag, de zee zien en het strand. Het lijkt haar heerlijk langs het strand te wandelen. Bram doet dat vaak, heeft hij verteld.

,,Daar kan ik m'n zorgen even kwijt,'' zei hij er lachend bij.

Bram zal best veel zorgen hebben want tenslotte heeft hij een dubbele taak, die van vader en moeder. Bovendien het huishouden naast zijn eigen werk. Helga verlangt ernaar om hem te gaan helpen en zijn zorgen zo te verlichten. Hij heeft het verdiend eens verwend te worden, en dat mag zij doen over een poosje. Even glimlacht Helga in dat vreemde bed. ,,Bram,'' zegt ze zacht. Ze wist meteen toen ze hem op het perron zag hoeveel ze nog van hem houdt. En met die wetenschap valt Helga in slaap.

Het worden fijne dagen waarin ze genieten van elkaars gezelschap. Als de kinderen naar school zijn hebben ze de hele dag voor zichzelf. Daarom staan ze niet te laat op. Bram nog eerder zodat hij de jongens naar school kan helpen. In ieder geval de ontbijttafel verzorgen, waar Helga dan ook aanzit. Samen genieten ze nog wat na als de kinderen de aftocht hebben geblazen. Wel haastig, maar dat is in elk gezin zo. Als ze de boel hebben opgeruimd gaan ze op weg. Ze bekijken de stad, de regeringsgebouwen, paleizen en musea. Helga is verrukt van alles, ook van de grote winkels waar van alles te koop is. Later lopen ze door het park waar de laatste rozen bloeien. Maar het liefst loopt Helga langs het strand. Haar ogen schitteren als ze naar de af- en aanrollende golven kijkt. Dit is leven, denkt ze. Nu begrijpt ze dat Bram de zee opzoekt om zijn zorgen te vergeten. Dat wijde uitzicht en de wolken die langs de hemel jagen. En die beukende golven waar je bijna niet bovenuit kunt roepen. Zo klein voelt Helga zich dan, maar ook zo gelukkig dat het haar bijna teveel wordt. Ze kan dan ook niets beters doen dan haar armen om Bram heenslaan terwijl hij lachend hetzelfde doet. En ze kussen elkaar temidden van het natuurgeweld. Helga veegt de zoute spetters van haar gezicht en dicht tegen elkaar aan lopen ze verder. Bram kijkt naar haar en er is blijdschap im hem dat ze bij hem is, dat ze altijd samen zo zullen lopen zolang het hun vergund is. Hij buigt zich naar haar toe en kust haar blije ogen.

,,Vrouw,'' zegt hij geroerd.

Ze hoort het niet, maar dat geeft niet.

,,Het is heerlijk hier,'' zegt ze als ze terug lopen.

,,Wanneer trouwen we, Helga?''

42

,,Zeg jij het maar.''

,,Nee jij,'' houdt hij lachend aan.

,,Vóór Kerstmis,'' zegt ze.

Hij knikt. ,,Deze week gaan we de papieren in orde maken.''

De laatste week dat Helga er is, draait de wind. Het wordt nu echt herfst en ze zoeken de beschutting van het warme huis. Ook fijn, denkt Helga, vooral als de kinderen niet thuis zijn. Met hen maakt ze nog niet veel contact. Ze zijn wel beleefd, maar iets vertrouwelijks komt er nog niet uit. Het moet zijn tijd hebben, denkt Helga dan maar weer. De dagen vliegen om. Ze gaan naar het gemeentehuis voor Brams papieren. Als hij voor het kerstfeest naar Helga gaat zullen ze daar trouwen. Die avond, als Helga even boven is, vraagt Bram zijn kinderen of ze dan mee willen gaan.

Als hij Daans gezicht ziet vertrekken zegt hij: ,,Je hoeft niet meteen te beslissen.''

Dick knikt, hij vindt het wel geinig zo'n reis in de kerstvakantie.

Maar Sandra, die meteen met haar tranen kampt, zegt: ,,Voor ons hoef je echt niet te trouwen. Ik wil wel thuiskomen om hier het werk te doen als je het niet meer aankunt.''

Ondanks de ergernis die Sandra's woorden opwekken moet Bram toch even lachen.

,,Jij bent nog leerplichtig kind, en waarom mag Helga dat niet doen? Jullie hebben nu kennis met haar gemaakt, je weet wat je aan haar hebt. Voor haar is het ook niet gemakkelijk, vooral als ze wordt tegengewerkt.''

Bram heeft moeite zijn geduld te bewaren. Waarom werken ze niet wat mee? Helga is niet dominant en de eerste tijd zal er niet veel veranderd worden, hebben ze afgesproken. Daarom zegt hij: ,,Er wordt in alles rekening met jullie gehouden, waarom steek je dan geen hand uit om haar tegemoet te komen, zelfs geen vinger? Het ligt ook aan jullie of de sfeer hier zo zal blijven zoals het geweest is." Zijn stem klinkt luid van ingehouden boosheid over hun onwil. Hun zwijgzaamheid maakt het er niet beter op. Het lijkt wel alsof ze hebben afgesproken zich als een front tegen Helga te keren.

,,Ik reken op jullie medewerking,'' zegt hij nog als hij Helga's voetstappen op de trap hoort.

Helga voelt de stemming aan als ze binnen komt. Ze begrijpt dat er over haar is gesproken en Bram heeft verteld over hun aanstaande huwelijk. Dat ze het er niet mee eens zijn ziet ze aan hun gezichten. Even weet Helga niet of zij dat gesprek zal voortzetten. Dan stelt ze voor om gezamenlijk een spelletje te doen, nadat zij voor de koffie heeft gezorgd. Als Dick daarop niets zegt en Daan wat mompelt over zijn huiswerk begrijpt Helga dat het geen goed idee was. Sandra heeft trouwens de televisie al aangezet en dat is eigenlijk een welkome afleiding. Helga zucht, ze heeft geen ervaring met kinderen, laat staan met tieners. Want die zijn nog moeilijker, dat beseft ze wel. Ze kan echter niet voorkomen dat er een traan uit haar ogen rolt als ze de koffie in de keuken inschenkt. Maar dan ineens zijn Brams armen om haar heen. Ze heeft niet gemerkt dat hij haar volgde, maar ze is er blij om. Zolang ze zijn armen maar om zich heen zal voelen wil ze doen, wat in de nabije toekomst haar taak zal worden.

HOOFDSTUK 3

Ze gaan naar Duitsland zodra de kerstvakantie is begonnen. Op drieëntwintig december stappen ze in de trein hoewel ze hun kerstfeest op school daarvoor moeten laten schieten. Als ze goed en wel rijden komen de tongen los. Er is ook zoveel te zien. Brams kinderen zijn nu eenmaal niet verwend met buitenlandse

44

reizen. De kerstboom in de huiskamer ontbreekt dit jaar. Wel heeft Bram kaarsen en een dennetak bij Lidy's foto gezet. Toen hij dat deed heeft Sandra hem wat bevreemd aangekeken.

,,Wat is er San?'' heeft Bram vriendelijk gevraagd.

,,Ik dacht dat dat nu niet meer hoefde,'' zei ze met een kleur.

Toen heeft Bram haar eens even tegen zich aan getrokken en gezegd: ,,Zij blijft jouw moeder, zij was mijn eerste vrouw. Al ga ik nu met Helga trouwen, daarom hoeven we haar toch niet te vergeten?''

Daarop hield Sandra haar warme wang tegen zijn trui. ,,Daar was ik nu juist zo bang voor.''

Hij heeft haar haar gestreeld en begreep wat er in dat hoofd omging. ,,Nooit hoor Sandra. Jouw moeder zou het vast goed vinden dat er weer iemand is die voor ons gaat zorgen.''

Als ze door het kale winterlandschap rijden denkt Bram terug aan dit gesprek. Hij gelooft dat Sandra het uiteindelijk wel zal aanvaarden. Voor Dick is hij nooit bang geweest. Met Daan zal het moeilijker gaan, vreest hij. Daan uit zich niet, praat ook niet veel. Zoals hij daar nu weer zit met dat ernstige gezicht terwijl hij naar buiten zit te staren. Wat gaat er toch in hem om? Bram heeft al meerdere malen geprobeerd een gesprek met hem te voeren. Maar steeds stuit hij op Daans geslotenheid. Jammer is dat toch. Maar Bram wil niet teveel aandringen. Hij is geen kind meer en heeft recht op een eigen leven. Alsof Daan voelt dat Bram over hem zit te denken, kijkt hij op. Hij leest als het ware de vragen in Brams ogen. Hij wil die vragen niet zien en ze net zomin beantwoorden. Daarom pakt hij het boek dat hij heeft meegenomen en gaat lezen om zich een houding te geven.

Als ze die avond aankomen in het stille bergdorp heeft Frau Grüben voor een feestelijk etentje gezorgd. Ze zitten wat apart van de andere gasten. De nieuwe gastvrouw is al gearriveerd. Helga voelt zich wat onwennig nu ze zelf als gast wordt beschouwd. Ze is een beetje zenuwachtig, vooral als er even een beklemmende stilte valt als ze aan tafel zitten. Het dinertje wordt niet zo'n succes als Helga gehoopt had. Ze zijn wat moe van de reis al doet Bram zijn best een goede tafelheer te zijn. Hij ziet de rode blosjes op Helga's wangen. Jammer, het zou anders moeten zijn. Ze zijn allemaal opgelucht als de maaltijd ten einde is.

,,Morgen is het vroeg dag,'' zegt Bram als Helga de kinderen meeneemt om hun slaapplaatsen te wijzen. Ze gaan naar zolder waar de reservebedden staan. Die van de jongens naast elkaar terwijl Sandra's bed in een afgeschoten hoek staat. Helga zucht even als ze alles heeft geregeld en zich naar beneden begeeft waar Bram op haar wacht. Hij heeft een sigaret opgestoken en houdt Helga het pakje voor. Hoewel Helga zelden rookt heeft ze er nu even behoefte aan. Ze heeft ook de neiging om een potje te huilen, maar een blik op Brams gezicht weerhoudt haar daarvan. Wat heeft het voor zin, ze zal er zich doorheen moeten bijten.

,,Volgende week is alles voorbij,'' legt Bram troostend zijn hand op de hare.

Ze probeert te lachen, het lukt niet zo erg.

,,'t Zou anders moeten zijn,'' zegt ze.

Bram knikt, hij voelt zich machteloos omdat hij niet in staat is er iets moois van de maken. Ineens heeft hij er spijt van dat hij zijn kinderen heeft meegenomen.

,,Misschien als ze morgen uitgerust zijn.''

,,Ach, wat geeft het,'' lacht Helga even, ,,wij kunnen niet meer terug, of jij moet het persé willen.''

Hij drukt haar hand. ,,Maar goed dat dat niet meer kan.'' Want nee, daar moet Bram niet aan denken, dat hij weer alleen terug zal gaan naar huis.

Het wordt een sobere plechtigheid de volgende dag. Er zijn alleen een paar vrienden van Helga. Herr Grüben treedt op als getuige voor Bram, een vriendin voor Helga. Van Brams kant zijn er verder geen familieleden. Bram heeft nog wel een broer maar die verblijft in Afrika en is daar werkzaam bij een Hollands project. De plechtigheid stelt Helga wat teleur, ze had er meer van verwacht. Na afloop zoeken ze het kleine restaurant op waar Helga en Bram de afgelopen zomer vaak iets gingen drinken, en bestellen daar een lunch. Het zaaltje is uitbundig versierd voor het komende kerstfeest. Daan kijkt ernaar en denkt aan het kerstfeest vroeger met zijn moeder en hoe gezellig ze dat altijd maakte. Hij kijkt naar Dick die zich tegoed doet aan de smakelijke gerechten. Zou Dick zich dan niet verdrietig voelen? Hij kijkt ook naar Sandra. Sandra, die in huilen uitbarstte toen het tot haar doordrong dat een andere vrouw straks de scepter zou gaan zwaaien in hun huis. Ach, dat vindt Daan het ergste niet. Wel, dat Helga de plaats in zijn vaders hart heeft ingenomen. De plaats waar zijn moeder alleen recht op heeft. En straks ook moeders plaats in bed naast zijn vader. Daan wil het wel begrijpen, maar hij kan het nog niet. Het doet ook allemaal zo'n pijn.

,,Smaakt het niet Daan?'' vraagt Bram.

Daan knikt stuurs en prikt haastig met zijn vork in het eten. Hij vindt het vervelend dat zijn vader hem er steeds weer bijhaalt. Na de lunch maken ze een lange wandeling. De koude prikkelende geur van de komende vorst is reeds merkbaar.

,,Misschien sneeuwt het morgen,'' hoopt Sandra. ,,Wie weet kunnen we morgen sneeuwballen gooien.''

,,Bij ons zal het wel regenen, zoals bijna altijd met Kerst,'' zegt Daan.

Bram, die weet hoe Sandra kan genieten van een pak sneeuw, zegt lachend: ,,Jij moet later maar gaan trouwen met iemand uit de bergen waar altijd sneeuw ligt.''

,,Maar dan niet met een Duitser,'' klinkt het hard uit Sandra's mond.

Hoewel Helga zich daar eigenlijk niets van aan hoeft te

trekken doet die opmerking haar toch pijn. Door dat gezegde is ze er zich weer terdege van bewust dat ze door de kinderen niet gewenst is. Ineens voelt ze zich niet meer zo gelukkig als ze zich zou moeten voelen. Waarom verprutst Sandra het nu weer. Zal het altijd zo gaan, en heeft ze er wel goed aan gedaan met Bram te trouwen? Opeens is ze moe. ,,Laten we maar teruggaan,'' stelt ze voor.

Bram is ook boos op Sandra. Laat ze het dan niet zo lelijk bedoeld hebben, gezegd heeft ze het wel. Zwijgend aanvaarden ze de terugtocht. Bij de warmte van de open haard die Herr Grüben heeft aangestoken komt de stemming er weer wat in.

Het hoogtepunt van deze dagen vormt voor Bram en Helga de kerkdienst die ze hier nog zullen meemaken. Het is tjokvol op deze kerstdag. Maar voor het gezin van Bram is er vooraan een bank gereserveerd. In die dienst zal er voor Herr und Frau De Jager een zegen over hun huwelijk worden gevraagd. Sandra kijkt verlangend naar buiten waar de grijze lucht een dik pak sneeuw voorspelt. Ze wordt echter opgeschrikt door de stem van de dominee die haar vaders en Helga's naam noemt tijdens het gebed. Daan, die de woorden goed kan volgen, schrikt ook op bij het horen van die namen. Met droge ogen kijkt hij voor zich uit als de dominee het gebed uitspreekt. Voor hem hoeft het niet, dus hij zal niet meebidden. Waarom zal hij een zegen vragen voor iets waar hij niet achter staat?

Die nacht kan Daan niet in slaap komen. Steeds moet hij denken aan zijn vader en Helga die nu samen zijn. Het beeld van zijn moeder staat hem daarbij helder voor de geest. Ineens breekt het zweet hem uit. Hij kán het niet meer uithouden in bed. Hij gooit het dek van zich af en kleedt zich aan. Met zijn schoenen in de hand loopt hij naar beneden. In de hal blijft hij besluiteloos staan. Dan loopt hij naar de keuken waar een deur naar buiten leidt. Het slot knarst als hij de sleutel omdraait. Even houdt hij zijn adem in, straks komt die Grüben op het geluid af. Maar alles

48

blijft stil. Zo zacht mogelijk opent hij de deur en blijft dan verrast staan als hij de stille nacht inkijkt waar de eerste sneeuw reeds is gevallen. Glanzend liggen de bergen in het licht van de maan. Het lijkt wel een sprookje. Als Daan zich niet zo verdrietig voelde zou hij ervan kunnen genieten. Dan stapt hij aarzelend die wondere wereld binnen. Ineens voelt hij zich klein, een nietig mensenkind, een stipje in die grote wereld om hem heen. Kerstfeest... Hij kijkt naar de hemel. Zou zijn moeder daar ergens zijn? Zou ze nu ook kerstfeest vieren? Daan gelooft dat niet meer, zijn moeder is gewoon dood zoals iedereen doodgaat. Hij later ook, misschien al gauw. Soms verlangt Daan naar die dood. En als Daan zeker wist dat hij zijn moeder zou ontmoeten zou hij op dit ogenblik al dood willen gaan. Zij mocht haar leven immers ook niet afmaken. Nu gaat Helga die taak overnemen. Vader zei: ,,Je moeder zou het goedkeuren als ze zou weten dat Helga voor ons komt zorgen.'' Daar is Daan het niet mee eens. Volgens hem praat zijn vader alleen maar voor zichzelf. Maar Daan zal zijn moeder trouw blijven. Opeens voelt Daan zich zo eenzaam daar in die donkere nacht. Hij zou nu willen dat er iemand was die hem kon troosten en die naar hem zou luisteren als hij zijn gedachten zou uiten. Nog een poosje staat hij daar, dan zoekt hij geruisloos zijn bed weer op.

Twee dagen later zijn ze weer thuis. Ze zijn allemaal opgelucht dat het achter de rug is en ze weer gewoon zichzelf kunnen zijn. De jongens en Sandra zoeken al gauw hun eigen kamer op. Ineens is het vreemd stil in de huiskamer waar Bram en Helga achterblijven. Wat moedeloos kijkt Bram naar zijn vrouw. Hij zou zich nu gelukkig moeten voelen. In plaats daarvan voelt hij zich alleen maar onzeker. En Helga... hoe voelt zij zich?

,,Ik hoop dat je er geen spijt van zult krijgen,'' zegt hij zacht.

,,Met jou in ieder geval niet, en daar gaat het immers om.''

Bram knikt, ja daar gaat het om, maar dat niet alleen. Hij zou haar willen zeggen dat de aanwezigheid van zijn kinderen misschien een grote invloed zal hebben op hun relatie. Hij beseft dat met duidelijke angst voor de toekomst.

,,Je moet er een beetje vertrouwen in hebben, Bram,'' zegt Helga rustig. ,,Ik wist dat ik jou niet alleen zou krijgen. We kunnen het ook niet alleen doen, Bram. Samen zullen we er onze handen voor moeten vouwen.''

Bram is ineens blij dat ze dat zegt. ,,Dat was ik even vergeten, Helga.'' Door dat vertrouwen valt de last weer van hem af.

Het wordt een rommelige week, daar de jongens en Sandra nog vakantie hebben. Ook Bram heeft de dagen tussen Kerst en nieuwjaar vrij. Er komen vrienden van Dick en vriendinnen van Sandra. Helga laat ze hun gang maar gaan. Bram is blij dat hij nu samen met Helga het huishouden kan regelen. Na nieuwjaar zal alles weer het gewone ritme aannemen. Hij gaat de boodschappen halen terwijl Helga oliebollen bakt.

,,Wat vinden jullie lekker voor vanavond?'' vraagt hij de jongens, voordat hij weggaat.

Daan zegt: ,,Op ons hoef je niet te rekenen, Dick en ik gaan vanavond naar de soos. Daar komen de anderen ook.''

,,O,'' Bram kijkt zijn oudste aan terwijl het zware gevoel dat hij faalt weer in zijn borst kruipt. ,,Is dat om Helga?''

Daan haalt zijn schouders op. ,,Je bent nu toch niet alleen.''

,,Nee, ik ben niet meer alleen, maar ik had het fijn gevonden als jullie ook thuis zouden zijn.'' Hij denkt aan de vorige jaren, hoe hij steeds zijn best heeft gedaan om de kinderen een gezellige avond te bezorgen en het gezin bij elkaar te houden, hoewel er altijd de pijn was om die ene lege stoel. Al was hij er zich altijd wel van bewust dat daar eens een eind aan zou komen als ze hun eigen weg zouden gaan. Maar daar probeerde hij dan niet aan te denken. Nu komt aan die eenheid abrupt een einde. Bram voelt zich daar schuldig om. In plaats dat de cirkel zich weer sluit door Helga's komst, valt deze nu helemaal uit elkaar. Opeens wordt hij kwaad, maar hij wil dat niet laten merken. Het liefst zou hij Daan door elkaar willen rammelen en hem toeschreeuwen dat hij een grote egoïst is. In plaats daarvan zegt hij ingehouden: ,,En Helga dan, met al die oliebollen die ze heeft gebakken?''

Weer haalt Daan zijn schouders op. ,,Die komen heus wel op.''

Bruusk draait Bram zich om.

,,Ja, die komen wel op,'' zegt hij alleen maar.

Als hij Helga verbeten op de hoogte brengt van hun plannen zegt ze luchtig: ,,Nou, dan eten we die oliebollen inplaats van de maaltijd.'' Aan die oplossing had Bram nog niet gedacht.

Hij slaat zijn armen om Helga heen en zegt dankbaar: ,,Je bent een wijze vrouw.''

Zo wordt die avond de schaal met oliebollen op tafel gezet, terwijl Bram de glazen vult. Met rode wangen van het bakken gaat Helga naast Bram zitten.

,,Eet maar lekker,'' zegt ze glunderend.

,,Op een gelukkig nieuwjaar,'' houdt Bram zijn glas omhoog. Hij zet een bandje op met wat sfeervolle achtergrondmuziek. Op dat moment voelt hij het geluk weer dat hem even dreigde te ontglippen. ,,Op een gelukkig nieuwjaar,'' zegt hij nogmaal zachter tegen Helga.

De oliebollen laten zich goed smaken. Al weet Bram dat het niet altijd zo harmonisch zal blijven, hij probeert te genieten van dit ogenblik en niet te denken aan de dingen die nog kunnen komen.

Even gaat zijn blik naar Lidy's foto. ,,Is het goed zo, Lidy?'' vraagt hij in gedachten.

Na de maaltijd gaan ze gezamenlijk naar de kerk waar de dominee nog benadrukt dat aan alles een eind komt, aan de droeve maar ook aan de gelukkige momenten in je leven. Hoe goed herkent Bram die woorden, maar ook de zekerheid die er uiteindelijk op zal volgen, een gouden toekomst voor iedereen die in God gelooft. Helga voelt dat net zo aan, dat ziet Bram als hij haar glimlach ziet doorbreken. En vol overgave zingt Bram het lied mee: ,,Tel je zegeningen een voor een.''

Thuis drinken ze nog koffie en dan gaan de jongens weg.

,,Leuk hoor,'' moppert Sandra, ,,en ik dan?'' Ze voelt zich in de steek gelaten. ,,Mag ik mee?'' vraagt ze.

Maar Dick plaagt: ,,Dat is niets voor kleine meisjes.''

,,Jij blijft gezellig bij ons,'' troost Bram, ,,je mag de hele avond opblijven.''

,,Leuk, met twee ouwe mensen,'' zegt ze kwaad.

,,Spelletje doen?'' vraagt Helga.

Komt zij weer met d'r spelletjes, denkt Sandra boos en ze vraagt: ,,Waarom mag ik niet met de jongens mee? Ik ga Annemieke wel bellen of ik bij haar mag komen.'' Meteen draait ze het nummer van haar vriendin. ,,Het mag,'' zegt ze.

Bram fronst zijn wenkbrauwen. ,,Kun je dat ene uurtje niet hier blijven?''

,,Bij Annemieke is het veel leuker.'' Sandra laat zich dat uitje niet ontnemen.

,,Dan breng ik je,'' zegt Bram verbeten, ,,en ik kom je halen ook.''

,,Ik kan anders heus zelf wel...,'' begint Sandra. Maar een blik op Brams gezicht doet haar verder zwijgen.

Als Bram en Sandra weg zijn sluit Helga de gordijnen en steekt de kaarsen aan. Ze wil het gezellig maken zodat Bram de kinderen niet teveel zal missen. Helga is wel blij dat ze samen zullen zijn. Nu hoeft ze zich geen geweld aan te doen om de stemming erin te houden. Ze is moe van de drukke dag en verlangt ernaar rustig met Bram wat te praten. Al spoedig is Bram terug. Helga lacht hem lief toe als ze de ergernis op zijn gezicht nog ziet.

,,Ja jongen, zo gaat het als de kinderen groot worden.''

,,Ze waren altijd thuis,'' zegt hij verongelijkt.

Even doen die woorden Helga pijn alsof dat haar schuld is, maar ze zegt nuchter: ,,Als ze het nu niet gedaan hadden gebeurde het toch volgend jaar.'' Dan zakt Brams ergernis, en later moet hij toegeven dat zo'n avond samen toch ook zijn bekoring heeft. Zo zal de toekomst er dus gaan uitzien, hij en Helga samen als twee 'ouwe mensen' zoals Sandra het zo complimenteus opmerkte.

,,Jij bent eigenlijk nog te jong voor zo'n man als ik,'' zegt hij met een lachje.

,,Jij oud...'' lacht Helga hardop, ,,de duvel is oud, wist je dat niet? Wij kunnen nog zoveel leuke dingen samen doen. En later misschien met de kleinkinderen als opa en oma.''

Om twaalf uur omhelzen ze elkaar. Het vlammetje van de kaars die naast Lidy's foto staat glinstert in haar ogen. Als het meeste vuurwerk voorbij is gaat Bram Sandra halen. De jongens zullen nu ook wel spoedig komen. Intussen ruimt Helga wat op. Ze hoort in de verte de sirene van een brandweerwagen of politie. Ze maken er in de stad een kermis van, denkt ze. In het dorp waar zij woonde gaat het er heel wat rustiger toe. Daar wordt alleen wat vuurwerk afgestoken boven op de berg. Ze gaat voor het raam staan. Achter de huizen ziet ze nog steeds het vuur oplichten. Jongens met rotjes lopen langs het huis. De klok slaat één uur. Meteen zijn ze er, allemaal. Het wordt warm om Helga's hart. Het gezin, nu ook haar gezin, is weer verenigd. Het huis is meteen vol van hun vrolijke stemmen die vertellen van de gezellige avond. Helga luistert naar hun verhalen. Ook Bram is weer tevreden nu ze weer thuis zijn. Helga loopt met Sandra mee naar boven, die met een wit weggetrokken gezicht meteen haar bed induikt.

,,Welterusten kind,'' zegt Helga.

Een geeuwerig gemompel is het antwoord. Voordat ze het licht uitdoet kijkt Helga naar het slaperige meisje. En opeens zou ze dat kind in haar armen willen nemen, terwijl een helle vreugde

53

door haar heengaat. Dit kind is nu ook een beetje háár kind. Opeens voelt de kinderloze Helga alsof ze haar nooit gebaarde kind nu toch heeft gekregen. En met een glimlach zoekt ze haar bed op.

Het vriest dat het kraakt. Daan kijkt uit op de stille wintertuin. Licht bewegen de kale takken van de berk die achterin de tuin staat. Dat zijn de heggemussen die hun schuilplaats verlaten en kwetterend het vogelhuisje in de gaten houden waarin Helga zojuist wat brood heeft neergelegd. De vetbol die eronder hangt is voor de mezen. Als één mus de leiding heeft genomen volgen al spoedig de andere. Daan volgt hun verrichtingen gespannen. Hij staat te dubben of hij wel of niet naar de soos zal gaan. Toch weet hij, als hij er eenmaal is valt het altijd weer mee. Met Pasen moeten ze spelen in een tehuis voor zwakzinnigen. Ruud heeft gevraagd om vooral aanwezig te zijn bij de repetities. Ach, hij moet gewoon gaan en niet zo zwaar aan alles tillen. De angst om te falen houdt hem iedere keer weer tegen. Toch speelt hij goed volgens André. En ook Ruud is niet ontevreden. Het wordt donkerder in de kamer. De vogels zoeken hun schuilplaats weer op. Aan de donkerblauwe hemel verschijnen de eerste sterren en een heldere maan. Als Helga binnenkomt doet Daan de gordijnen dicht. Even kijkt ze naar het ernstige gezicht van de jongen.

,,Ga je naar de soos vanavond?'' vraagt ze. ,,Doe het maar,'' dringt ze aan. Op de een of andere manier wil ze hem een soort duwtje geven. Hem stimuleren met iets bezig te zijn.

Helga dekt de tafel en Bram brengt de pan met soep binnen. Hij wrijft zich in zijn handen.

,,Het is hier beter dan buiten, wat jij Daan?'' Hij ergert zich als er geen antwoord volgt. Soms weet Bram niet wat hij aan zijn oudste heeft.

,,Wil jij Dick en Sandra even roepen?'' vraagt Helga om hem wat af te leiden.

54

,,Gaan jullie weer weg?'' vraagt Sandra aan Daan. Als Daan knikt barst ze uit: ,,Kan ik weer thuisblijven.''

,,Wat wil je dan.''

,,Wat ik wil... naar tante Clara.''

Daan ziet tranen in haar ogen maar hij weet geen antwoord. Sandra voelt zich ook eenzaam, denkt hij.

,,Kom, laten we maar gaan eten,'' trekt hij haar mee. Alleen Dick schijnt nergens last van te hebben.

Als de jongens weg zijn en Sandra naar de televisie zit te kijken kruipt Bram genoeglijk in zijn stoel. Als de kinderen nu ook wat meer zouden meewerken zou hij zich nog gelukkiger voelen. ,,Het moet groeien,'' zei Helga. Maar soms denkt Bram dat Lidy Daan wel zou begrijpen als eigen moeder. Lidy wist altijd zo goed hoe ze die kinderen moest aanpakken. En dan Sandra, die nu in een moeilijke leeftijd komt. Voor Helga valt het niet mee. Als Lidy... maar zo moet hij niet meer denken. Gelukkig is er Dick die de boel nog een beetje stabiel houdt. Dick heeft echt zijn moeders aard.

,,Wil je koffie, Bram?''

Hij laat de krant zakken en kijkt in Helga's vriendelijke gezicht.

,,Graag Helga,'' zegt hij wat schuldig. Ze moest eens weten wat hij hier allemaal zit te denken. Ze doet haar best, ze kan het ook niet helpen dat Daan en Sandra zich zo afzetten. Maar hij is de aangewezen persoon om klaarheid in de situatie te brengen. Tenslotte heeft hij Helga hierheen gehaald. Ineens krijgt Bram het warm. Stel je voor dat Daan en Sandra zo dwars blijven. Dan zal ze hem wel een slap figuur vinden. Als reactie op zijn gedachten valt hij ineens tegen Sandra uit.

,,Is er niets anders te doen dan naar dat kastje te kijken?''

Even kijkt ze hem verwonderd aan, dan wordt haar blik brutaal.

,,Moet ik soms een spelletje met jullie doen?''

55

Bram bijt op zijn lip, probeert dan zijn interesse te tonen door te vragen: ,,Is het een leuke film?''

,,Ja,'' knikt Sandra, alweer verdiept in het beeld.

Helga gaat naast haar op de bank zitten en probeert de film te volgen. Het lijkt haar niet veel bijzonders. Tersluiks kijkt ze naar het meisjesgezicht met de blozende wangen en de warrige krullen. Helga zou dat haar willen strelen en dat warme gezicht tegen zich aan willen trekken. Ze doet het niet, Sandra zou het niet erg op prijs stellen. Nee, zover zijn ze nog niet. Maar Helga zal geduldig zijn. En beetje voor beetje zal ze het kind voor zich weten te winnen. Langzaam maar zeker zal Helga een draad weven tussen haar en het meisje. En die draad zal sterker worden en een band gaan vormen. Eenmaal zal Sandra zich van die band bewust worden. En Helga zit heel stil alsof ze bang is die broze draad te doorbreken.

Ruud is een strenge leider. Hij houdt de touwtjes stevig in handen. Hij wil dat ze het goed doen, vaak moet de passage worden overgespeeld. Het is wel overschakelen. Nog maar pas hebben ze het kerstfeest achter de rug en zijn nu weer bezig met een paasprogramma. Maar ze doen het met plezier. Ook Daan zit er weer helemaal in. De stem van André ontroert hem als hij een passage uit de Johannespassion zingt. Een blij gevoel van saamhorigheid overvalt hem. Zo samen te zijn en te spelen. Ineens is het afgelopen.

,,Genoeg voor vandaag,'' klapt Ruud de muziekbundel dicht.

,,Ga je mee iets drinken?'' vraagt André. Ze bestellen een cola en André biedt een shagje aan.

,,Dank je, ik rook niet,'' weigert Daan.

,,Dat is beter,'' vindt André.

,,Waarom jij dan wel?''

,,Slechte gewoonte,'' geeft André toe. ,,Vertel eens iets over jezelf?''

,,Over mij... er is niet veel te vertellen."

,,Vast wel iets. Heb je een vriendinnetje?"

,,Een vriendinnetje?" kijkt Daan verwonderd. Dan lacht hij.
,,Dat niet, wel een zusje, beetje huilebalk."

,,Weet ik van mee te praten, 'k heb ook een zus."

Ze lachen allebei.

,,En Dick, maar die ken je al."

Hij vertelt van zijn vader en Helga. Ineens zou hij André willen vertellen hoe moeilijk hij het er mee heeft. André luistert zo belangstellend, als een vriend. Daan heeft nog nooit een echte vriend gehad. Dat ligt misschien ook wel aan hemzelf, denkt hij nu. Hij geeft niet iemand zo snel zijn vertrouwen.

,,En jij?" vraagt hij dan.

,,Alleen een zus, die huilebalk. Ik woon op zolder bij m'n ouders. Je moet eens komen kijken."

Meent hij dat, denkt Daan. Hij zou het fijn vinden als een jongen als André zijn vriend zou willen worden. En meteen vertelt hij van zijn eigen moeder. André knikt begrijpend.

,,'k Zou het ook rot vinden als mij zoiets zou overkomen, nee, daar moet ik niet aan denken. Maar je tweede moeder, hoe is zij dan?"

'Tweede moeder'...? Zo heeft Daan Helga nog niet bekeken.

,,Ze is m'n moeder niet," zegt hij toch weer stroef.

,,Misschien hoef je het ook zo niet te bekijken," zegt André, ,,maar daarom kun je haar toch wel accepteren als de vrouw van je vader."

,,Dat is juist de moeilijkheid."

,,Voor je zus zal het moeilijker zijn. Jij bent al volwassen, zij zal er meer mee te maken hebben. Hoe oud ben jij?"

,,Twintig, en jij?"

,,Drieëntwintig."

,,Geen meisje of zo?"

Even aarzelt André. ,,Nee,'' zegt hij dan, ,,ik houd het maar bij vrienden.''

,,Wat je gelijk hebt,'' grinnikt Daan, ,,heb je ook minder ruzie. Nou, misschien kom ik wel eens kijken. Eerst m'n tentamens maar. 'k Haal het vast niet. Misschien kap ik er wel mee.''

,,Zal je vader niet leuk vinden.''

,,Denk ik ook niet.''

,,Wat had jij met die vent?'' vraagt Dick als ze naar huis fietsen.

,,Wie... André? Gewoon, hij zingt in de groep. Ruud heeft hem meegenomen.''

,,Ze zeggen anders...,'' zegt Dick.

,,Wat zeggen ze?''

,,Nou eh... dat hij niet van meisjes houdt.''

André...? Daan moet dit even verwerken. Hij kan het niet geloven. Hij deed toch heel gewoon...? Dan wordt Daan kwaad.

,,Een stelletje kletstantes, dat zo praat. Wie zijn eigenlijk die 'ze'?''

,,Ja, dat weet ik niet hoor, ik heb het alleen maar van horen zeggen.''

,,En jij gelooft zoiets meteen.''

,,Waarom niet,'' wordt Dick nu ook kwaad, ,,het zou toch best kunnen?''

,,Maar ik zeg je dat ze liegen,'' gromt Daan.

Dick haalt zijn schouders op, wat Daan niet ziet. ,,Best hoor, wat kan mij het ook schelen. Ik waarschuw je alleen maar.''

Wég is dat blije gevoel een vriend te hebben gevonden. Is er dan nooit eens iets echt leuk.

Er komt een telefoontje van Peter, de broer van Bram.

,,Hallo jongen,'' zegt Bram verrast, ,,ben je weer eens in het land.''

Helga kijkt vragend naar Bram die haar beduidt dat het Peter is.

,,Ja, dat is prima,'' antwoordt Bram op iets wat Peter vraagt. ,,Wanneer kom je dan? Ik zal het even met Helga overleggen. Is het goed,'' vraagt hij aan Helga, ,,dat Peter hier een paar dagen komt logeren?''

,,Natuurlijk is dat goed,'' is Helga's antwoord.

,,Het is in orde,'' zegt Bram tegen Peter, ,,we zien je woensdag dan wel verschijnen. Je weet ons zeker nog wel te vinden. Tot ziens dan.''

Bram lacht. Hij heeft het altijd goed met Peter kunnen vinden, al schelen ze tien jaar in leeftijd. Tussen Bram en Peter is er nog een zusje geweest, maar zij is op jonge leeftijd gestorven. En nu komt Peter de familieband dus weer aanhalen.

,,Kan hij zijn avonturenverhalen weer kwijt,'' zegt Bram vergenoegd. ,,Oom Peter,'' vertelt hij meteen aan de anderen.

,,Leuk,'' vindt Dick, ,,horen we weer eens iets nieuws.''

Oom Peter stelt niet teleur. Groot en fors vult hij het huis met zijn daverende stem. Hij klemt Helga meteen in zijn armen en slaat Brams schouder zowat in tweeën. De jongens krijgen een ferme hand. En Sandra wordt opgetild alsof ze nog dat kleine meisje is dat hij voor het laatst zag.

,,Zo baby, je bent wel een beetje groter geworden,'' constateert hij en zoent haar op beide wangen. Hij brengt mooie cadeaus mee.

Peter doet Helga's maal eer aan. ,,Je hebt m'n hart gestolen,'' vertelt hij haar.

,,Vertel eens wat, oom Peter?'' vraagt Dick na het eten.

En Peter vertelt over Kenia waar hij de inlanders moest instrueren over de moderne Hollandse methoden van de visvangst. En ook over de constructie van het vissersvaartuig, zo heel anders dan hun eigen primitieve bootjes. Hij moest de mensen daar op de hoogte brengen van navigatie, bepalen van de zonnestand en het observeren van windrichtingen om het weer te voorspellen. Hij demonstreerde de bewerking van de zojuist gevangen vis, zodat de handelaar ze meteen op de markt kan brengen. Iedere tien dagen kreeg Peter een nieuw koppel vissers aan boord om die het een en ander bij te brengen.

,,Vrolijke knapen,'' zo vertelt hij, ,,maar of ze het geleerde in praktijk brengen is nog de vraag. Waarom zouden ze moeilijk doen als het gemakkelijk kan! Enfin, er blijft altijd wel iets hangen denk ik dan maar.''

Dick hangt aan zijn lippen, hij zou dat ook wel willen. ,,Heerlijk vrij op zo'n boot, alleen de zee om je heen,'' zegt hij verlangend.

,,Vergis je niet, jongeman,'' waarschuwt Peter, ,,dat zou je lelijk tegen kunnen vallen. Het is keihard werken op zo'n schuit.'' Toch laat het Dick niet los. Als hij maar eerst zijn diploma heeft, dan ligt de wereld voor hem open.

Als de jongens naar bed zijn zegt Peter: ,,Die knaap redt het wel. Maar Daan lijkt me wat stilletjes.''

,,Ik weet soms niet wat ik met die jongen aan moet,'' verzucht Bram. ,,Hij is niet aan de praat te krijgen en kruipt meteen in zijn schulp als het een beetje te persoonlijk wordt. Ik moet maar gissen wat er in zijn hoofd omgaat.''

Peter knikt. ,,Die indruk kreeg ik ook al. Is er iets gebeurd op school misschien?''

,,Niet dat ik weet,'' zegt Bram. ,,Volgens mij is het nog steeds om Lidy. Hij was erg op zijn moeder gesteld. Ja, sinds die tijd is hij stiller geworden hoewel hij nooit erg uitgelaten is geweest. Dick wel, die is anders van aard.''

Peter lacht: ,,Die ziet het wel zitten op die schuit van mij. Nou, van mij mag hij, dan krijg ik nog een zoon op m'n oude dag.''

,,Zoek toch een vrouw, jongen,'' bromt Bram, ,,wat is dit nu voor een leven.''

,,Dat is het hem nu juist,'' lacht Peter, ,,geen enkele vrouw houdt het uit bij zo'n draaitol als ik. Maar een huis heb ik al gekocht, dus wie weet wat ik nog doe.''

Daar kijkt Bram van op.

,,In Gelderland,'' vertelt Peter, ,,dichtbij de rivier. Ik ga het eerst opknappen. Misschien kunnen de jongens me een handje helpen van de zomer. Als ik oud en bejaard ben ga ik me daar vestigen. Nu trekt de zee me nog steeds, je weet er alles van.''

Dat weet Bram, want was hun vader niet uit hetzelfde hout gesneden? Hij lacht even naar Helga.

,,Voor mij hoeft zo'n leven niet, wat jij Helga.''

,,Misschien ben jij beter af,'' geeft Peter toe. ,,Als ik naar huis ga is er niemand die op me wacht.''

,,Je bent hier altijd welkom,'' zegt Helga hartelijk.

,,Dat zal ik in gedachten houden,'' grijnst Peter, ,,misschien krijg je nog eens spijt van je aanbod.''

Helga lacht. ,,Wie weet vind je al heel gauw iemand die beter kan koken dan ik.''

Het is stil als Peter zijn koffers weer heeft gepakt. Ze missen zijn vrolijke stem allemaal een beetje.

Pasen valt dit jaar op een vroeg tijdstip. De maand maart is nog niet voorbij, net zomin als de koude noorderwind. Dick zit volop in zijn examentijd. Daan moet het nu ook halen, dat begrijpt hij wel. Zonder diploma kom je nergens aan de bak. Hij moet er echter niet aan denken om zoals zijn vader op kantoor terecht te komen. Stel je voor, iedere dag je broodtrommeltje inpakken en acht uren achter een bureau doorbrengen, en dat tot je vijfenzestigste. Maar goed, zover is het nog niet. Op die eerste paasdag als de anderen zich gereed maken voor de kerkdienst spoedt Daan zich naar het tehuis waar de andere leden van de groep al staan te wachten. Het wordt een fijne dienst met een enthousiast publiek dat uit volle borst de liederen meezingt. Ze zijn ook vol aandacht als de groep alleen moet spelen, en zeker als André het stuk uit de Johannespassion zingt. Hier en daar rollen tranen van emotie over de wangen. Ze krijgen dan ook een staande ovatie en André krijgt zelfs een klinkende zoen van een van de bewoners die vol adoratie naar hem opkijkt. André lacht erom en is blij met die waardering. Ze krijgen koffie aangeboden en een jongeman gaat dichtbij Daan zitten. Hij wil zo graag even op zijn gitaar spelen. Daan voelt zich wonderwel op zijn gemak en laat hem zijn gang gaan.

Dan nemen ze afscheid, ook van elkaar. Na de zomer zullen ze elkaar weer treffen. Ineens voelt Daan een leegte. Voorbij zijn de uurtjes van samenzijn en intens oefenen.

,,Kom je eens langs als je examen voorbij is?'' vraagt André.

,,Doe ik,'' is Daans antwoord. Hij is blij dat André dit vraagt. Hij neemt zich voor het ook zo snel mogelijk te doen. Hij mag André graag. Al die kletspraatjes ook van Dick en die anderen. Hij heeft er nooit iets van gemerkt en begrijpt niet waarop ze het gebaseerd hebben. En fluitend fietst Daan naar huis naar de warmversierde kamer. Helga heeft haar best gedaan er een gezellige dag van te maken en overal staan vazen vol gele narcissen te pronken. Zo heeft ze alvast de lente een beetje in huis gehaald.

Daan vertelt over de enthousiaste reacties op de paasdienst. Het verheugt Helga dat de jongen zo loskomt en ze luistert aandachtig naar hetgeen hij heeft te vertellen.

,,Die mensen geloven vaak intenser dan wij doen,'' zegt ze, ,,ze staan er zo open voor.''

Daan knikt. ,,Ze zongen dan ook luidkeels mee. Er begon er zelfs een te huilen toen André zong.''

,,Zooo,'' zegt Dick opeens veelbetekenend.

,,Ja,'' keert Daan zich naar zijn broer, ,,die mensen voelen heel goed aan wat echt is. Zij zijn niet zo achterbaks als sommige 'normale' mensen wel zijn.''

,,Hoef jij je toch niet aan te trekken.'' vindt Dick.

,,Dat doe ik wel, en jij doet daar ook aan mee,'' windt Daan zich op.

,,Daan, moet dat nou?'' vraagt Helga verschrikt dat de goede stemming weer verstoord wordt. Maar Daans humeur is ook verstoord. Waarom moet Dick zoiets ook zeggen.

Bram kijkt verwonderd naar zijn oudste. Hij kent hem zo niet, zo fel. ,,Vechten jullie dat morgen even uit,'' adviseert hij. Jammer, denkt hij, het begon juist zo goed. Toch eens aan Dick vragen wat er precies aan de hand was.

En dat doet hij die avond, als Daan naar zijn kamer is gegaan.

,,Ach, niets bijzonders,'' ontwijkt Dick.

Bram laat het erbij. Maar als hij een paar dagen later merkt dat Daan nog steeds niet tegen Dick spreekt, vraagt hij toch: ,,Wat hebben jullie?'' Het zit Bram dwars, die twee hebben nooit ruzie samen.

Dan gooit Dick eruit: ,,Ik heb alleen zijn vriend beledigd.'' Vriend... denkt Bram, hij heeft nog nooit over een vriend van Daan gehoord.

,,Is dat zo erg dat je niet meer met elkaar spreekt?''

,,Ja,'' zegt Daan grimmig.

,,Dan zou ik dat maar weer goedmaken,'' zegt Bram tegen Dick.

,,En als het nu eens de waarheid is, wat ik zei'' verdedigt Dick zich.

,,Het is een leugen,'' zegt Daan donker.

Bram kijkt van de een naar de ander. Daan trekt het zich behoorlijk aan, dat ziet hij wel.

,,Is het zo belangrijk dat je het niet kunt laten rusten?''

,,Hij maakt zich zo dik, ik niet,'' zegt Dick met een knikje naar Daan.

Ineens wordt het zwart voor Daans ogen, het bloed golft naar zijn hoofd. Dan haalt hij uit en zijn vuist treft Dick midden in zijn gezicht. Even ziet hij Dicks verbijstering, maar zijn woede wint het. Op dat ogenblik zou hij Dick in elkaar willen rammen, en hij heft zijn vuist voor een tweede slag om op die manier dat lachje van Dicks gezicht te vegen. Zijn broer, die altijd zo getapt is bij zijn vrienden en iedereen voor zich inneemt, en die het hem niet gunt dat hij nu ook een vriend heeft.

Maar Bram is hem voor. ,,Ophouden, dadelijk, versta je. Wat mankeert jou eigenlijk om er zo op te beuken.'' Hij pakt Daans arm en smijt hem tegen de muur. ,,Ga je mond spoelen, Dick,'' zegt hij vriendelijker. Hij neemt Dick mee naar de badkamer en bekijkt de schade. Het valt nogal mee.

Nog natrillend van kwaadheid staat Daan tegen de gangmuur. Wat heeft hij gedaan, hij is nog nooit zo driftig uitgevallen. Nu vertelt Dick het natuurlijk aan pa.

Helga heeft het geschreeuw ook gehoord. Ze is net bezig in de keuken. Ze hebben ruzie, dacht ze geschrokken toen ze Bram naar boven hoorde gaan. Helga houdt niet van ruzie, spanningen maken haar zenuwachtig. En wat die jongens nu hebben... Maar dat hoort ze straks wel van Bram. Ze zal er zich maar niet mee bemoeien. Sandra zal ook wel wakker worden.

Als Dick weer wat gefatsoeneerd is zegt Bram: ,,En vertel me nu maar eens wat er aan de hand is.''

,,Ach, ze zeggen dat die vent 'van de verkeerde kant' is,'' zegt Dick wat onwillig.

,,Wat...?'' Als aan de grond genageld staat Bram daar, het bloed trekt uit zijn hoofd weg. Als het stil blijft kijkt Dick naar zijn vader. Ineens heeft hij spijt het te hebben gezegd. Misschien denkt zijn vader nu wel dat Daan...

,,'k Heb het alleen maar gehoord.'' zegt hij benepen. Maar Bram weet genoeg, alles wordt hem opeens duidelijk. Zijn oudste, Lidy's eerste baby. Dat zachte jongetje, later het stille ventje dat nooit kwaad werd, nooit een weerwoord had. Een jongen die in zijn schulp kroop als er maar iemand boos naar

64

hem keek. De stille knaap zonder vrienden, die liever zijn tijd doorbracht in zijn kamer met zijn gitaar. Die ook zijn best niet doet op school omdat hij de toekomst niet zo ziet zitten, zoals hij het uitdrukt. Niet de flinke zoon waarop Bram had gerekend toen hij geboren werd. Niet de stoere kerel die opgroeide als een doortastende jongeman zoals Bram vroeger zelf was. En nu moet Bram horen dat diezelfde Daan een vriend heeft die... Dus Bram denkt dat zijn bloedeigen zoon... Die gedachte brengt Bram zo in verwarring, dat hij het liefst naar zijn zoon toe zou gaan om hem ter verantwoording te roepen. Maar Bram weet ook dat hij alles wat er aan genegenheid tussen hem en Daan is dan stuk zal maken. Daarom balt hij zijn vuisten en haalt diep adem als hij zich omkeert en naar beneden loopt, naar Helga.

,,Wat is er gebeurd?'' vraagt ze als ze Brams ontdane gezicht ziet. Ze heeft met hem te doen als hij het haar vertelt.

,,Maar je weet toch niets zeker,'' oppert ze weifelend.

,,Niet zeker,'' barst Bram uit, ,,mijn ogen zijn opengegaan.''

Helga wil hem troosten, hem zeggen dat het toch zijn kind is, zijn zoon, en dat hij niet zo hard moet oordelen. Maar op dat ogenblik is Bram niet te troosten, het kwam te plotseling...

,,Als Lidy dit eens wist,'' zegt hij.

,,Ze weet het niet,'' zegt Helga opeens wat kribbig. ,,Je doet nu net alsof je hem begraven hebt.''

,,Zo voel ik het ook,'' zegt Bram somber.

Helga knijpt haar lippen op elkaar. Zoals Bram praat is niet goed, voelt ze. Wat moet die jongen nu wel denken. Zal zij eens naar hem toegaan? Als ze halverwege de trap is komen de droeve zachte klanken van de gitaar haar tegemoet. Dit doet haar meer dan een boos woord gedaan zou hebben, want door die klanken heen treft haar de eenzaamheid die Daan moet voelen. En langzaam keert Helga zich weer om.

Diezelfde week komt de oproep aan Daan voor de militaire

65

dienst. Hij kan echter uitstel krijgen als hij zijn studie nog niet heeft beëindigd. Als Bram daar door Helga van op de hoogte wordt gebracht gaat er een opwindende gedachte door zijn hoofd. Militaire dienst, dat is de oplossing: in dienst zullen ze een kerel van hem maken. Daar zullen ze hem wel aanpakken en drillen tot Daan zijn zachte maniertjes kwijt zal raken. Daar zal hij leren om voor zichzelf op te komen, en dan zal hij zijn gedachten over die vriend wel uit zijn hoofd zetten. Maar eerst moet de keuring plaatshebben. Zo komt het dat veertien dagen later Daan in zijn ondergoed tussen de andere aankomende recruten staat te wachten totdat het zijn beurt is om naar binnen te gaan. Sommige jongens hebben een grote mond en stoere praatjes. Weer anderen staan rustig hun beurt af te wachten, evenals Daan. Hij kijkt naar de jongens en luistert naar hun verhalen. Voor Daan hoeft die dienst niet, wat hem betreft mogen ze iets anders voor hem uitzoeken. Daan houdt niet van oorlogsgeweld. Hij zal nooit iemand kunnen doden, zelfs niet op een afstand.

,,Beetje meer aan sport doen zou je niet misstaan,'' zegt de keuringsarts.

Hij vraagt naar Daans hobby's en leefgewoonten. Daan geeft antwoord, een beetje onwillig. Als hij klaar is wordt hij naar een andere arts verwezen, voor een psychologische test. De man vraagt en Daan antwoordt, afgemeten. Hij heeft er geen behoefte aan om aan een wildvreemde zijn innerlijk bloot te leggen. Na een kwartier loopt hij weer buiten en hoopt dat hij afgekeurd wordt.

Als hij de weg afloopt waar in de boomtoppen het groene waas al zichtbaar wordt heeft hij ineens een gevoel van vrijheid over zich. Nu hij toch hier is kan hij net zo goed wat rondwandelen. De weg komt uit op de landerijen, waarboven een blauwe lucht zich welft. Een enkele wolk beweegt zich traag. De zon geeft al wat warmte. Verschrikt vliegt een vogel op als Daan langs dichtbegroeide struiken loopt. De vogel slaat zijn vleugels uit en

66

stijgt in sierlijke vlucht die blauwe lucht tegemoet. Daan kijkt hem na, een eenzame vogel, net als hij. Wel een vrije vogel, die zijn vleugels uitslaat waarheen hij wil. Dat is het verschil tussen hem en Daan. Opeens verlangt Daan ernaar om ook zo zijn vleugels te kunnen uitslaan en de ruimte op te zoeken, weg van huis en van zijn vader die hem ontwijkt. Ook van Helga met haar onrustige blik alsof ze zeggen wil: Ik zou je willen helpen jongen, maar ik weet niet hoe. Hij doet ook geen poging haar tegemoet te komen. Sinds Helga haar intrede heeft gedaan is het niet hun huis meer. Eigenlijk heeft Daan dat gevoel al vanaf de dag dat zijn moeder werd begraven. Ach, Helga meent het wel goed, hij wil haar ook niet dwars zitten. Maar om er een vrolijke boel van te maken, daar heeft Daan geen zin in. Dat laat hij maar aan Dick over. Misschien zal het voor iedereen wel een opluchting betekenen als hij eenmaal de deur uit is. Dan is alleen Sandra nog over. Want Dicks plan om met oom Peter mee te gaan neemt steeds vastere vormen aan. Ja, Daan wil ook weg hoewel hij zich altijd eenzaam zal voelen, maar dat zit in hemzelf, daar is hij wel van doordrongen. Al is het niet wat zijn vader misschien denkt, hoewel hij er niet met Daan over heeft gesproken. Als hij alleen is voelt hij zich gelukkiger als met mensen om hem heen. Zoals hier bijvoorbeeld, tussen die weilanden, al dat groen en die blauwe lucht erboven. Hij zou door willen lopen, steeds maar verder met alleen de stilte om hem heen. Op een omgevallen boom gaat hij even zitten en hij kijkt naar een boer die in de verte op zijn tractor bezig is. Hij luistert naar het zachte geronk van de motor en naar het geblaf van de hond. Twee meisjes komen langs op de fiets, druk pratend en lachend.

,,Hallo!'' klinkt hun vrolijke groet naar Daan.

,,Hallo,'' glimlacht hij zacht.

De meisjes horen het misschien niet eens. Maar hun groet en hun lachende stemmen maken iets los bij Daan. Het geeft hem een licht gevoel, een gevoel van verwachting, het weten dat er ergens op de wereld nog een klein stukje vreugde op hem ligt te wachten, net zo'n klein stukje vreugde als hij nu hier beleeft met dat wijde uitzicht en door die groet van die meisjes. Zo simpel eigenlijk en zo dichtbij. Je moet er alleen oog voor hebben. Daan wil wel blijven zitten om dat vast te houden. Hij houdt zijn adem in om het goed tot hem door te laten dringen en om dat gevoel niet meer kwijt te raken. Hij moest alleen nog zijn armen kunnen spreiden om te vliegen zoals die vogel deed. Een wolk die voor de zon schuift brengt Daan weer in de werkelijkheid terug. Hij huivert, door het zitten is hij koud geworden. Wat stijf staat hij op en hij maakt een paar bewegingen om zijn bloed wat harder te laten stromen. Hij lacht om de koe die nieuwsgierig dichterbij komt en zijn bewegingen met grote ogen volgt. Daan steekt zijn hand op naar de koe en zegt lachend: ,,Tot ziens.''

,,En,'' vraagt Helga, ,,hoe was het?''
In het kort vertelt Daan het een en ander.
,,'k Heb je eten warm gehouden,'' zegt ze hartelijk. Hij knikt, veel trek heeft hij niet maar om haar een plezier te doen eet hij er wat van. Hij weet zijn vader in de kamer. Die verwacht misschien dat hij verslag zal uitbrengen. Kan hij lang wachten. Als hij iets wil weten komt 'ie maar naar boven om wat meer belangstelling te tonen. Hij ruimt zijn vuile bord en bestek op.
,,Koffie?'' vraagt Helga.
,,Ik neem het wel mee naar boven,'' antwoordt Daan. Daar pakt hij zijn gitaar en fantaseert wat. De klanken maken hem rustig. Het zijn wat losse klanken die allengs vrolijker worden. Terwijl hij speelt denkt hij aan de vogel, aan de lach van die meisjes... Hij voelt als het ware de zon op zijn gezicht. Hij speelt het lied van de zon en de wind en schrijft dat lied op met de noten die in hem opkomen. Dan gaat de deur open en staat Bram in de deuropening.

,,En?'' vraagt hij alleen.

,,'k Weet nog niets,'' zegt Daan kort. Bram zou meer willen horen, meer willen vragen, het uitpraten met Daan. Maar de blik op Daans gezicht houdt hem tegen.

Om toch iets te zeggen, vraagt hij: ,,Moet je geen huiswerk maken?''

,,Ja,'' zegt Daan en hij legt de gitaar weg om zijn boeken te pakken.

Het maakt Bram machteloos, hij heeft geen vat op de jongen. Nu doet hij ook nog of hij lucht is, zoals hij daar in z'n boeken zit te kijken. Maar als hij niet naar boven was gegaan had hij zeker nog zitten spelen, windt Bram zich op.

,,Wees geduldig hoor,'' waarschuwde Helga hem nog toen hij naar boven ging. Mooi gezegd, denkt Bram. Bij iemand als Daan is het moeilijk om je geduld te bewaren. Hij kan toch wel normaal antwoord geven en praten. Zelfs dat doet hij niet. Het is alsof hij een deur sluit. Even aarzelt Bram nog, maar dan gaat hij weer naar de huiskamer. Die knaap geeft hem steeds het gevoel te falen. Hoe zou Lidy dit aangepakt hebben. Met geduld en liefde waarschijnlijk, maar dat zijn twee factoren die blijkbaar alleen vrouwen bezitten. Bram is een realist die de moeilijkheden niet uit de weg gaat. Hij is niet iemand die zijn gevoelens kan vertolken door een deuntje muziek. Bram heeft ook moeten vechten om boven zijn verdriet uit te komen nadat Lidy stierf. Waarom vecht Daan dan niet? Brams gezicht staat donker als hij bij Helga komt. Ze ziet het wel, maar ze vraag niets.

Een week later krijgt Daan een brief van het Departement van Defensie waarin staat dat hij definitief is afgekeurd voor militaire dienst op grond van artikel x. Met gemengde gevoelens leest Daan de regels. Aan de ene kant is het een opluchting voor hem. Aan de andere kant bekruipt hem het gevoel dat er toch iets mis is met hem, iets psychisch dan. Ze hebben ontdekt dat hij niet tegen het leven van Jan Soldaat is opgewassen. Een vent van niks, zoals zijn vader hem bekijkt. Want dat merkt hij wel aan de manier waarop hij zijn vragen stelt en naar hem kijkt. Ook hoort hij dat aan de manier waarop hij Dick prijst om zijn flinkheid. De brief legt hij ongemerkt op de schoorsteen, dan komt zijn vader er vanzelf wel achter. En dat gebeurt dan ook. Meteen bij zijn thuiskomst ziet Bram de geopende brief. Tersluiks neemt Helga hem op. Ook zij heeft de brief gelezen, nadat Daan hem daar heeft neergelegd. Ze vreest Brams reactie. Dat die vrees niet ongegrond is merkt ze als Bram met een woedend gebaar de brief op tafel gooit.

,,Wat is dat voor flauwekul?''

Helga haalt de schouders op. ,,Je ziet het.''

,,Maar ik pik dat niet, daar moet ik het mijne van hebben.'' Brams eerste impuls is om naar boven te vliegen en opheldering te vragen.

,,Daan heeft er niet om gevraagd,'' zegt Helga zachtmoedig.

,,Hoe weet jij dat, heeft hij je dat verteld?''

Als Helga haar hoofd schudt zegt Bram grommend: ,,Laat ook maar, ik zal eerst die keuringsarts te spreken zien te krijgen.''

Helga heeft haar twijfels of Bram de inlichtingen zal krijgen die hij hebben wil. ,,Het is misschien wel geheim.''

,,Geheim... wat voor geheim, dat ik een slampamper als zoon heb, een vent van niks die op zijn gitaar zit te tokkelen en er bepaalde vrienden op nahoudt?''

Dat laatste zit Bram nog het meest dwars, weet Helga.

,,Hij is daar niet meer geweest,'' verdedigt ze Daan zwakjes.

,,Jij houdt hem de hand boven het hoofd,'' keert Bram zich naar haar. ,,Je maakt op die manier een melkmuiltje van hem.''

,,Ik...? Soms heb ik met die jongen te doen.''

,,Dat begrijp ik juist niet,'' bindt Bram weer in, ,,zo aardig is hij niet voor jou.''

Helga zucht. Bram heeft gelijk, maar ondanks alles heeft ze een zwak plekje voor die jongen, terwijl Dick eigenlijk veel aardiger voor haar is. Neem nu haar verjaardag, toen kwam Dick aan met een bos bloemen. Dat deed Helga goed, vooral omdat het zo spontaan ging. Waarom houdt ze zich nu dan zo bezig met Daan? Met Sandra gaat het ook nog steeds moeizaam. Maar Sandra is nog jong en Helga hoopt dat zij alsnog naar haar toe zal groeien. Met Daan ligt het anders. Daan is al ouder, en eenzaam. Als hij jonger was zou ze hem willen troosten. Waarom troosten weet ze niet goed. En nu ze dat niet kan probeert ze door haar houding zijn vertrouwen te winnen. Als Bram maar wat geduldiger met hem was. En wat wil hij bereiken door met die arts te spreken? Ze is gespannen als ze aan tafel gaan. Maar tot haar opluchting begint Bram er niet over.

Een paar dagen later belt Bram vanaf zijn kantoor dat hij wat later thuiskomt in verband met het gesprek dat hij heeft aangevraagd. Helga overweegt of ze Daan op de hoogte zal stellen. Ze vindt het niet eerlijk dat Bram dit achter zijn rug om doet. Hij behandelt Daan als een klein kind, is haar mening. Toen Helga gisteren in bed die gedachte tegen Bram uitte, zei hij: ,,Bemoei jij je er nu maar niet mee, tenslotte ben ik zijn vader en ik weet heus wel wat ik doe.'' Die woorden deden Helga pijn en ze voelt zich aan de kant gezet. Bram kan er toch wel met haar over praten. Daarom zei ze nog: ,,Daan heeft zichzelf niet gemaakt, Bram.'' ,,Wil jij soms beweren dat ik hen niet goed heb opgevoed?'' ,,Je weet best dat ik dat niet bedoel,'' zei Helga toen. Ineens voelde ze zich machteloos, ze kan niet goed uitleggen wat ze bedoelt, misschien komt het toch door het taalverschil of door hun verschillende achtergronden. Of wil Bram het niet begrijpen, is hij zo star dat hij alleen maar wit en zwart ziet zonder tussenweg? Daarom zei ze opeens flink: ,,Jij zegt dat je in God gelooft, God Die de mensen heeft geschapen. Jij bidt en gaat naar de kerk. Ook houd je je kinderen het rechte voor. Je weet dat alle mensen niet gelijk zijn. In de bijbel wordt gesproken over hoeren en tollenaars, ook dat God die mensen

71

erbij haalt en Hij ze vergeeft, en...'' ,,Dus jij denkt ook dat Daan niet 'normaal' is?'' viel Bram haar in de rede. ,,Ik weet niets Bram en jij ook niet, jij denkt alleen maar. Daan is een lieve, normale jongen, zo zie ik hem.'' ,,En die vriend dan, stel dat Daan ook zo is, zou je hem dan nog zo'n aardige jongen vinden?'' Helga glimlachte in het donker. ,,Ook dan Bram, en het is nog steeds jouw kind. En als het zo is zul je dat ook zo moeten aanvaarden.'' ,,Ik aanvaard niets,'' gromde Bram, ,,ik zal die dokter pressen hem alsnog goed te keuren. Is het nu niet, dan volgend jaar. In dienst zullen ze een kerel van hem maken.'' Helga heeft maar niets meer gezegd en zich verdrietig van Bram afgekeerd. Ze voelde hoe verkeerd hij bezig was. En daar, in het donker, heeft ze haar handen gevouwen en gevraagd: ,,Heer, open zijn hart en ogen voor de jongen.'' Toen Helga echter al lang sliep lag Bram nog wakker. Hij kán er niet tegen als zijn zoon anders is. Hij wil dat Daan opgroeit als een kerel, niet als een soort vrouwelijk persoon, want daar walgt Bram van. Al die kuren moeten met hardheid worden verwijderd. Tranen sprongen daarbij in zijn ogen als hij aan Lidy dacht. Alleen om haar al zal hij ertegenin gaan. Als zij het eens wist... Maar toen Bram aan Lidy dacht kwam toch de twijfel.

,,Wat heeft dit te betekenen?'' vraagt Bram nadat hij zich heeft voorgesteld. Even kijkt de arts hem peilend aan.
,,Neemt u plaats meneer De Jager.'' Hij leest de brief en herkent die, omdat hij hem zelf heeft ondertekend. Als de arts de brief weer langzaam in de enveloppe steekt vraagt hij bedacht-zaam: ,,Wat wilt u eigenlijk, dat ik dit besluit weer intrek?'' Even verbijt hij een glimlach, pa is beledigd in zijn trots: zijn zoon is afgekeurd, en nog wel op psychische grond. Dat is moeilijk te verteren voor een vader.
,,Heeft uw zoon u gestuurd?''
Even is Bram verward. ,,Daan... hoe komt u erbij?''

,,Dacht u er dan iets aan te kunnen veranderen?''

,,Ja, dat dacht ik,'' zegt Bram heftig. En dat wil ik ook. Als het nu niet kan, dan volgend jaar als hij een herkeuring kan krijgen.''

,,Waarom wilt u dat dan zo graag?''

,,Omdat... het zou goed voor hem zijn. In dienst zullen ze een vent van hem maken, daar zullen ze hem aanpakken. Ik... mijn dienstjaren hebben mij ook goed gedaan.'' Nu glimlacht de arts, het is de man aan te zien.

,,Iedereen is niet uit hetzelfde hout gesneden, meneer De Jager. Gelukkig niet,'' zegt hij er achteraan.

,,Gelukkig... noemt u dat gelukkig? Een man moet kunnen vechten als dat nodig is, dat moet ú wel weten. Een man moet opkomen voor zijn gezin en het kunnen verdedigen.''

Weer kijkt de arts peilend.

,,Niet iedereen heeft die gave,'' zegt hij ernstig. ,,En de tijden zijn veranderd.'' Als Bram een tegenwerping wil maken heft hij zijn hand op en vervolgt: ,,Ik ben het met u eens dat een harde opleiding niemand kwaad zal doen, maar er spelen soms andere factoren mee.''

,,Wat bedoelt u?'' schiet Bram uit. De angst die diep in zijn hart leeft komt weer boven. Hij wil de waarheid horen, maar is daar ook bang voor. Daarom heeft hij het ook nog niet rechtstreeks aan Daan gevraagd. De arts zegt echter alleen: ,,Uw zoon heeft een wat labiel karakter en ik denk dat hij niet tegen oorlogsgeweld is opgewassen.''

,,Nu zegt u het zelf,'' schiet Bram weer uit. ,,Daarom zou het zo goed zijn als hij nu een kans krijgt om wat harder te worden.''

,,Meneer De Jager, als uw zoon behoefte heeft aan een herkeuring kan hij volgend jaar alsnog een aanvraag indienen.'' Meteen staat de arts op, hij overhandigt Bram de envelop en die begrijpt wel dat het onderhoud is afgelopen. Als afscheid steekt de arts zijn hand uit. ,,Het was me een genoegen.''

Meent die vent dat nou? Bram kijkt wat argwanend en legt wat slapjes zijn hand in die van de arts. Dan vertrekt hij. Hij strijkt over zijn hoofd. Wat is hij hier nu mee opgeschoten... niets immers. Een klein beetje hoop houdt hij over. Wie weet, volgend jaar misschien. Die zoon van hem zal hij zelf weleens onder handen nemen.

Helga ziet aan Brams gezicht dat hij niet veel wijzer is geworden. ,,Laat toch rusten man,'' zegt ze sussend terwijl ze hem zijn koffie brengt. Ze denkt aan het gesprek dat ze met Daan had toen ze hem vertelde dat zijn vader een herkeuring voor hem wilde aanvragen. Ze denkt ook aan de uitdrukking in Daans ogen.

,,Waar bemoeit hij zich mee?''

,,Je vader is wat teleurgesteld,'' wilde ze verzachten.

,,Hij teleurgesteld... ik niet zeker.'' Het kwam er schamper uit.

,,Jij?''

,,Ja ik, in alles. In het leven misschien,'' zei hij er zachter achteraan. Helga wilde zijn hand pakken maar hij trok die meteen terug.

,,Er zijn ook mooie dingen in het leven,'' zei ze toen maar.

,,Voor mij niet.''

,,Waarom voor jou niet, je hebt nog een heel leven voor je.''

,,Soms heb ik het gevoel dat ik het al gehad heb.'' Helga kon wel huilen toen Daan dat zei. Ze keek neer op zijn gebogen hoofd.

,,Je moet het zoeken Daan. Je zult zien dat er een tijd komt waarin je denkt: nu weet ik waarvoor ik leef. En wij willen je helpen.'' Ze twijfelde aan haar eigen woorden toen ze aan Bram dacht.

Daan lachte even, schamper. ,,Zou je denken? Ach, laat ook maar, het zal wel aan mezelf liggen.'' Even keek hij veront-

74

schuldigend naar Helga. Ze meent het goed met me, dacht hij erbij.

,,Ik zal wel met je vader praten,'' beloofde ze.

,,'t Zal niet veel uitmaken,'' wist hij van te voren. En daar was Helga ook bang voor.

Het maakt ook niet veel uit, dat hebben ze de komende dagen wel in de gaten. De donkere blik wijkt niet van Brams gezicht. Dat Daan daar indirect de oorzaak van is, zit hem dwars. Hij probeert daarom zijn best te doen met zijn studie. En na veel moeite haalt hij op het nippertje zijn diploma. Dick is al eerder geslaagd voor zijn eindexamen en weet zich verzekerd van zijn plaats op het schip van oom Peter. Bram heeft zijn toestemming gegeven toen hij merkte hoe graag die jongen dat wilde. Het is wel goed voor hem, dacht hij en op die manier ziet hij nog eens iets van de wereld. Daarbij denkt hij ook aan zijn eigen jongensjaren toen het avontuur ook hem trok. Helga is het ermee eens, maar beiden denken aan de leegte die Dicks vertrek zal achterlaten. Met Daan zal het allemaal moeilijker worden, vreest Helga. Nu ze achterom kijkt naar de maanden dat ze bij Bram is weet ze dat het geen gemakkelijke tijd is geweest. Ze had het zich toch anders voorgesteld. Dat het met de kinderen niet zo gemakkelijk zou gaan wist ze van te voren. Maar dat dit soms tussen haar en Bram een wig drijft kan ze niet goed verkroppen. Ze had er meer op gerekend dat Bram de steun en toeverlaat in hun gezin zou zijn en blijven. Nu merkt ze echter dat Bram ook zijn zwakheden heeft.

Als wij maar van elkaar blijven houden dan gaat het wel goed, dacht ze altijd. Nu komt ze er zo langzamerhand achter dat dit niet genoeg is. De moeilijkheden die ze met Daan ondervinden maken Bram somber en humeurig. Helga weet niet goed hoe ze daar verandering in moet brengen. En misschien lost het zich vanzelf wel op, denkt ze dan in een optimistische bui. Vaak verlangt ze echter naar de man die ze nog maar een jaar geleden leerde kennen. Over Dick zit hij niet in, en ook niet over Sandra, hoewel Helga juist over het meisje weleens haar hart zou willen luchten. Maar van zijn jongste kan Bram geen kwaad woord horen. En Helga wil niet de onruststookster worden door te gaan klagen. In al die spanningen voelt Helga zich vaak alleen staan. En soms kan haar ineens het verlangen naar haar oude omgeving overvallen, naar haar vertrouwde kamer in het huis van de familie Grüben. Ze duwt dat verlangen echter weg. Het is niet goed om zo te denken, tenslotte heeft ze nu haar man en zijn gezin. Het zal nog weleens anders worden, troost ze zich dan maar, bijvoorbeeld als Daan het huis uit is. Toch heeft ze vaak medelijden met hem, want hij heeft niemand met wie hij kan of wil praten, geen moeder die hem begrijpt. Zij…, maar háár wil Daan niet. Helga zucht even, ineens is ze bang voor een toekomst vol teleurstellingen.

,,En Daan, wat zijn jouw plannen verder?'' vraagt Bram op een avond.

,,'k Zal wel zien,'' is het antwoord. ,,Morgen laat ik me wel inschrijven bij het arbeidsbureau. Ik kan in ieder geval wel een paar weken helpen bij de supermarkt. En bij oom Peter logeren zoals hij gevraagd heeft.''

,,Zou je niet eerst zorgen dat je werk krijgt?'' Brams stem klinkt scherp.

Helga ziet hoe Daan weer dichtklapt. Maar Dick redt de situatie.

,,Ik zal oom Peter bellen wanneer hij ons kan hebben. Hij springt op en even later horen ze een vrolijk gesprek, naar Dicks stem te oordelen.

,,Dat zou leuk zijn,'' horen ze hem zeggen. ,,Even aan Daan vragen. We mogen komen wanneer we willen,'' steekt hij zijn hoofd om de deur. ,,We kunnen hem met de tuin helpen en in het huis.''

Er valt iets van Helga af bij zo'n goede oplossing. Tenslottte heeft Daan die vakantie wel verdiend.

,,Overmorgen,'' komt Dick triomfantelijk binnen. ,,En daarna kan ik meteen met hem mee.''

Een opgelucht gevoel maakt zich van Daan meester. Even weg van huis, weg uit die benauwende sfeer waar hij blijkbaar de schuld van is. Na die vakantie ziet hij wel weer.

HOOFDSTUK 4

,,Christine, het is tijd!'' Een bonk op de deur.

Christine doet haar ogen open en blijft even versuft liggen. Zes uur, realiseert ze zich, en tijd om op te staan. Kon ze nog maar even blijven liggen, al was het maar een half uurtje. Even nasoezen om haar gedachten te ordenen. Maar het werk roept en haar vader kent geen pardon. Dan slaat ze het dek terug en zwaait haar benen over de rand van het bed. Haar geest wordt weer helder. Haar eerste blik geldt het kinderbedje dat aan de andere kant van de kamer staat. Er beweegt niets, het kind is niet wakker geworden van het gebonk. Christine staat op, het is benauwd in het kamertje. Zacht duwt ze het raam wat verder open. De eerste stralen van de zon schieten over het land en schijnen op de laatste bloesemtrosjes van de appelbomen. Nog even en op die plaats zullen de vruchtjes zich gaan vormen, zoals ieder jaar. Het is nu tijd voor de frambozen en kersen. Er zitten ook nog aardbeien aan de struiken. Die zal zij straks gaan plukken, de laatste zo'n beetje. Grote rode vruchten, zoet en sappig. De grootste zal ze bewaren voor Tom, hij is er dol op. Ze pakt haar kleren en haast zich naar de badkamer. Voor de spiegel kamt ze haar haar en bindt het in een staart, stijf en degelijk zoals van haar verwacht wordt. ,,Een vrouw moet ingetogen zijn,'' zei haar vader altijd. Nu zegt hij dat niet meer. Hij moet wel erg teleurgesteld zijn in zijn enige dochter. Maar wat de buitenkant betreft heeft hij geen klagen. Christine ziet eruit zoals van een dochter van de fruitteler Van Heiningen verwacht wordt, stijf en degelijk. Ze is streng opgevoed, Christine. Haar ouders zijn niet alleen streng voor hun dochter, maar ook voor zichzelf. Toch hebben ze het niet allemaal in de hand kunnen houden. De kleine Tom is er het bewijs van. De geboorte van hun kleinzoon heeft hen niet soepeler gemaakt. Integendeel, zou ze bijna kunnen zeggen. Ze leven naar wat de bijbel en de wet hun voorschrijft. Van Christine eisen ze ook dat ze naar die geboden leeft. Van het kind zullen ze hetzelfde eisen. Onder die voorwaarde heeft haar vader het kind geaccepteerd. Hij ziet dit als zijn plicht, ook om Christine voor verdere afdwaling te behoeden. Hij heeft Christine haar misstap vergeven en ziet die afdwaling van zijn dochter als een kastijding van God die hij moet ondergaan. Door zijn reactie voelt Christine de schuld zwaar wegen. Ze weet dat ze haar ouders veel verdriet heeft gedaan en wil alles proberen om haar daad goed te maken.

Christine is de enige dochter die haar ouders op latere leeftijd hebben gekregen, zoals ze aan ieder vertelden die het maar horen wilde. Daaruit heeft Christine geconstateerd dat ze wel blij met haar komst waren hoewel ze haar weinig van hun genegenheid hebben laten merken. Haar vader is fruitteler en haar moeder heeft altijd hard meegewerkt in het bedrijf. De laatste tijd laat haar moeder het werk steeds meer over aan Christine nu ze zelf wat ouder wordt. Christine heeft haar mavo gehaald plus een middenstandsdiploma. Op dat laatste stond haar vader voor het geval Christine later het bedrijf zal voortzetten. Christine heeft nooit geprotesteerd, ze neemt het als vanzelfsprekend aan dat zij haar vaders opvolgster zal worden. Ze heeft ook geen ambitie haar vleugels wijder uit te slaan. En trouwen... daar gelooft ze niet in. Wie wil een meisje als zij? Geen jongen die naar haar kijkt. Alleen die ene... Maar ook daar heeft ze niets meer van te verwachten. Even leek haar leven te gaan veranderen. Maar er is niets overgebleven van die illusie, alleen het kind. Sinds zijn komst is er nog minder reden voor haar om weg te gaan. En, dat moet ze toegeven, Christine houdt van de streek waar ze woont, van hun huis met het uitzicht op de heuvel en de uitgestrekte boomgaard. Ook van de rivier die zich als een donker lint voortbeweegt tussen de weilanden en de beboste heuvelrug. Stil kan ze genieten als ze samen met Tom langs de dijk loopt en ze kijken naar de vele watervogels die in de kwelders hun nest hebben gebouwd. Ze houdt ook van het werk in de boomgaard waar alleen het gezang en gekwetter van de vogels de stilte doorbreken. Toch vindt Christine het wel gezellig als de plukkers komen die met hun luide lach en grappen de boel wat opvrolijken. Dan luistert Christine met een stil lachje. Het is net of die vrolijke stemmen uit een andere wereld komen. Niet de wereld waarin Christine leeft, de wereld van een eenzaam meisje tussen oude ouders, met als enig verzetje de wekelijkse kerkgang en de meisjesvereniging op maandagavond. Eigenlijk hoort ze daar niet meer, ze zou nu beter passen op de vrouwenvereniging. Maar Christine vindt het fijn om zich een paar uur in de week nog even het onbezorgde meisje te voelen. Die illusie wil ze nog niet kwijt.

Ze haast zich naar beneden waar haar ouders zwijgend aan de ontbijttafel zitten. Als ze klaar zijn pakt Christine de mand en loopt ermee naar het aardbeienveld, de zorg van het kind overlatend aan haar moeder.

Als ze na een uur overeind komt om haar rug te strekken, ziet ze het kind aankomen. Het houten wagentje dat nog van haar is geweest trekt hij achter zich aan. Het is zo'n smal ventje met zijn dunne beentjes. Het lichtblonde haar hangt in pieken over zijn te grote voorhoofd. Geen toonbeeld van gezondheid, denkt Christine terwijl ze hem zo opneemt. Hij lijkt op haar, zij is ook geen mooi kind geweest. En nog steeds kijkt ze niet graag in de spiegel om haar beeld te zien: een wit, lang gezicht en lichtblauwe ogen met net zulke blonde piekharen als die van Tom. Daarbij is ze zo mager als wat. Misschien als ze zich wat leuker zou kleden of wat opmaken zoals de andere meisjes uit het dorp. Maar daar hoeft ze thuis niet mee aan te komen. Als ze 's zondags naar de kerk gaan kijkt Christine weleens met jaloerse blikken naar haar leeftijdgenoten in hun fleurige kleding en met hun vrolijke stemmen. Terwijl door de deur van hun kerk de mensen, stil en stemmig gekleed, naar binnen gaan. Dat verschil merkt Christine altijd duidelijk. Waarom is het bij hun altijd zo somber en zonder blijdschap, vraagt ze zich dan af. Maar als een gehoorzame dochter volgt ze het voetspoor van haar ouders. Alleen die ene misstap, die zal ze haar hele leven met zich mee moeten dragen. Arme Tom, denkt ze, arm kind. Ze weet niet eens of ze wel echt van hem houdt. Maar het is haar plicht om voor hem te zorgen. Net als haar vader voelt ze het als haar straf. En haar hele leven zal die straf op haar drukken als een loden last. Als Tom op haar toeloopt voelt ze zich echter schuldig dat ze niet in staat is hem die liefde te geven zoals het eigenlijk hoort.

,,Wil je een aardbei?'' vraagt ze. Ze gaat naar hem toe en laat hem happen. ,,Lekker?''

Hij knikt. ,,Lekker, nog een.''

,,Hier, eet maar zoveel als je lust.''

Ze houdt haar zakdoek onder zijn kin om het sap op te vangen. Als hij genoeg heeft veegt ze zijn mond af, ook zijn handen. ,,Zo, ga nu maar mooi spelen in de zandbak.'' Ze kijkt hem na als hij gehoorzaam terug loopt, een kleine, eenzame jongen van nog geen twee jaar. Een gevoel van medelijden overvalt Crhistine. Ze herkent zichzelf in het kind, altijd lief en gehoorzaam. Misschien zou het beter zijn als hij wat voor zichzelf zou opkomen, laten zien dat hij niet altijd in dat rechte spoor van zijn moeder en grootouders wil lopen. Ach, misschien wel goed ook, denkt ze dan, zo blijft er vrede in huis. Dan gaat Christine verder met haar werk.

Klokslag twaalf uur staat de warme maaltijd op tafel, zoals in de streek gebruikelijk is. Tom is moe en zit wat te knoeien met zijn eten.

Christine schuift het bord aan de kant en pakt zijn lepeltje.

,,Een voor opa... een voor oma...''

,,Een voor Tommie,'' zegt het kind.

,,Ja, en een voor de poes...''

,,De buurman is weer thuis,'' vertelt Christines vader.

,,Zal wel niet voor lang zijn,'' is haar moeders antwoord, ,,hij vaart immers nog.''

,,Er zijn twee jongens bij hem die hem helpen,'' zegt vader weer.

Christine kijkt op, haar belangstelling is gewekt. Ze heeft die nieuwe buurman al ontmoet. Aardige man, als hij haar ziet groet hij altijd heel vriendelijk.

,,Wat voor jongens?'' vraagt ze.

,,Neven of zo,'' vertelt haar vader, ,,laatst had hij het erover dat hij ze zou vragen hem te helpen. Kunnen ze mooi aan de slag, die tuin ziet er behoorlijk verwaarloosd uit.''

Tom neemt zijn duim, zijn ogen vallen bijna dicht. Christine pakt hem op.

,,Ik breng hem even weg,'' verontschuldigt ze zich. Ze tilt het kind uit de stoel en brengt hem naar boven. Daar doet ze hem een schone luier aan. ,,Vieze jongen.'' moppert ze zacht. Hij hoort het al niet meer. Ze legt hem in zijn bedje en trekt het dekentje over hem heen. Even streelt ze hem over zijn haar.

Als de middag bijna ten einde is hoort ze buurmans stem: ,,Hallo Christientje, hoe gaat het ermee?''

Ze lacht terug.

Als hij de aardbeien ziet, vraagt hij: ,,Kun je nog een maaltje

81

missen? Als het kan meteen maar drie kilo. Die Haagse bleek-neusjes moeten we maar eens verwennen.''

Christine knikt. ,,Komt in orde.'' Dus die neven komen uit Den Haag, ze is benieuwd hoe ze eruit zien. Een half uur later komt Dick naar haar toe. Hij heeft een afwasteiltje in zijn hand. Aarzelend kijkt hij naar Christine. Ze wenkt hem mee naar de schuur en weegt drie kilo af. ,,Voor de buurman zeker?'' Als Dick knikt, zegt ze erbij: ,,Tientje.''

,,Mooie,'' zegt hij, en als hij er een in zijn mond steekt: ,,Lekker.''

,,We hebben een goeie oogst,'' vertelt ze. ,,Deze zijn voor de export, straks worden ze nog opgehaald.''

Dick gaat nog niet meteen weg, maar kijkt wat rond.

,,Logeer je bij de buurman?'' vraagt ze aarzelend.

,,Paar weken, dan ga ik met hem mee, varen.''

,,Leuk op zee,'' haar ogen glanzen. Ze is één keer in haar leven naar zee geweest met een schoolreisje. Wat een plezier heeft ze toen gehad, zee en zon en hoge golven.

,,'t Is hier ook mooi,'' vindt Dick.

Ze knikt. ,,Als je er oog voor hebt.''

Ze sorteert de laatste aardbeien.

,,Nou, ik ga maar,'' zegt Dick.

Ze zegt niets terug, is nog met haar gedachten bij dat school-reisje. Stijve griet, denkt Dick, heel anders dan de meisjes in de stad. Nou ja, ze heeft lekkere aardbeien. En meteen stopt hij nog een grote in zijn mond.

,,Stijve griet,'' zegt hij tegen oom Peter als hij de keuken binnenkomt.

,,Wie?'' vraagt Daan.

,,M'n buurmeisje, bedoelt hij,'' legt oom Peter uit. ,,Ze is best aardig,'' gaat hij verder, ,,maar een beetje zielig. Ze heeft een kind en woont nog bij haar ouders. Ze wordt daar nogal kort gehouden, kreeg ik de indruk. Die mensen zijn nogal streng in

82

hun opvattingen. Maar kom jongens, nog even er tegenaan.''

Zwijgend werken ze samen in die lome warme namiddag. Het valt niet mee voor de jongens maar het geeft hun een voldaan gevoel om hard te werken, en met eigen handen iets op te bouwen. Morgen zullen ze de planten erin zetten. Peters grootste trots zijn de appel- en pruimebomen achterin de tuin, die er al stonden.

,,Het moet mooi zijn straks m'n eigen oogst binnen te halen,'' vindt hij. ,,Het smaakt vast beter dan wat je in de winkel koopt. Als ik over een paar jaar thuiskom wil ik ook een moestuin aanleggen.'' Tevreden kijkt hij naar het resultaat van zijn werken.

Oom Peter is een goede gastheer die van lekker eten houdt.

,,U kookt net zo lekker als Helga,'' merkt Dick op.

,,Ben ik niet met je eens,'' werpt oom Peter tegen, ,,je vader mag in zijn handen wrijven met zo'n vrouw.''

Daan kijkt vluchtig op, bedoelt hij daar iets mee?

Maar Peter meent wat hij zegt, ook als hij argeloos vraagt: ,,Wat jij Daan?''

Even is het stil als Daan naar een antwoord zoekt.

,,'k Was er eerst niet zo blij mee,'' bekent hij.

Peinzend kijkt Peter naar hem en herinnert zich de woorden van Bram toen hij vertelde hoe moeilijk Daan het gehad heeft na het sterven van Lidy.

,,Ze hoeft je moeders plaats niet in te nemen al is ze nu met je vader getrouwd,'' zegt hij zacht.

Daan knikt. ,,Ze valt eigenlijk wel mee. Ze is misschien nog meer oké dan pa.''

Daar kijkt Peter van op. ,,Wat is er mis met Bram?''

,,Ach, hij kan me soms niet uitstaan. Het liefst ging ik niet meer terug,'' bekent hij dan.

,,Is het zo erg?''

Weer knikt Daan.

,,Hij mag Dick liever, aan mij ergert hij zich constant.''
Even lacht Peter.

,,Hij vindt jou alleen wat zwaar op de hand, en niet te bereiken. Maar wat wil je: de appel valt niet ver van de boom.''

,,Hoezo?''

Nu lacht Peter hardop: ,,Die pa van jou was vroeger net zo'n binnenvetter.''

Zo, denkt Daan, dan hoeft-ie mij niets te verwijten wat dat betreft.

,,Toch wil ik gauw werk zoeken en dan op kamers.''

,,Blijf hier,'' raadt Peter hem aan. ,,Hier is genoeg werk in deze tijd en je kunt in mijn huis blijven. Je kunt dan meteen een oogje op mijn tuin houden.''

Meent hij dat, kijkt Daan Peter aan. Als hij ziet dat het zo is hoeft hij niet lang meer te denken.

,,Als dat zou kunnen... ik doe het,'' zegt hij blij.

,,Je kunt dan op je gemak uitkijken naar iets dat geschikt is voor een vaste baan,'' zegt Peter er nog achteraan.

Daan knikt, het is alsof er een deur voor hem is opengegaan, of hij ineens vrijer kan ademhalen.

,,Morgen ga ik eens hier en daar vragen,'' zegt hij.

,,Bij Van Heiningen kun je vast wel terecht,'' meent Peter.

Zo loopt Daan de volgende dag naar het buurhuis. Als hij het erf oploopt is het kleine Tom die hem afwachtend aankijkt als hij op het huis toeloopt.

,,Dag,'' zegt Daan, maar Tom zegt niets terug. Wel blijft hij Daan aankijken met grote blauwe ogen. ,,Waar is je vader?'' vraagt Daan dan. Maar ineens schiet hem te binnen dat die kleine geen vader heeft en hij waarschijnlijk dat kind is van die 'stijve griet' zoals Dick dat uitdrukte. Geen vader dus. ,,Waar is je opa?'' probeert hij weer.

Als antwoord steekt het kind alleen zijn duim in zijn mond terwijl hij nog steeds naar die vreemde kerel kijkt.

Daan lacht, verlegen kereltje, ziet een vage vergelijking met zichzelf toen hij zo klein was. Zo ziet hij er ook uit op die foto toen hij een jaar of twee was.

,,Ben jij twee jaar?'' vraagt hij. Dan worden er twee natte vingertjes opgestoken.

,,Tom, kom eens hier,'' klinkt opeens een ongeduldige stem. Meteen keert het kind zich om en haast zich naar de andere kant van het huis. Als Daan hem achterna loopt ziet hij een jonge vrouw met dezelfde ogen als het kind. Dat zal zijn moeder wel zijn. Nu kijken twee paar ogen hem afwachtend aan. Het lijkt wel een pantomime, denkt Daan geamuseerd.

,,Is de baas thuis?'' vraagt hij en valt meteen met de deur in huis: ,,Ik ben Daan de Jager en wil vragen of er hier misschien werk voor me is. Ik logeer in het huis hiernaast,'' zegt hij nog ter verduidelijking.

Op het stroeve gezicht van de moeder komt iets van een lachje. ,,Kom maar verder, m'n vader is in de schuur.''

In de schuur treft hij een grote, wat lompe man met een roodverbrand gezicht.

,,Mijn naam is De Jager, ik kom om werk vragen,'' zegt Daan.

,,Zo, de neef van de buurman,'' weet de man. Als Daan knikt zegt hij: ,,We zitten nu in de kersen, hulp kan ik altijd gebruiken. Je kunt morgen beginnen, om zeven uur. Heb je weleens geplukt?'' Als Daan ontkennend antwoordt zegt Van Heiningen: ,,Dat leer je gauw genoeg. We moeten er vlug bij zijn anders vreten de spreeuwen alles op.'' Meteen keert hij zich weer om, de zaak als afgedaan beschouwend.

Daan moet eigenlijk lachen. Dat was het dan, denkt hij. Christine wacht nog met het kind tot hij de schuur uitkomt.

,,Morgen begin ik,'' vertelt Daan.

,,O,'' weer dat lachje.

Even draalt hij, verwacht ze nog meer uitleg? Maar er is

niets meer te vermelden. Ze vraagt niets.

,,Tot morgen dan,'' zegt hij alleen.

,,Tot morgen,'' zegt ze zacht. Ze kijkt hem na. Leuke jongen, ouder dan die van gisteren. Net of hij een beetje verlegen is. Nou ja, dat is zij ook.

Ineens pakt ze het kind. ,,Zullen we een koekje halen voor Tommie?'' Ze haalt thee voor de anderen en een koekje voor Tom.

,,'k Heb er een plukker bij,'' vertelt Van Heiningen aan zijn vrouw.

,,Gelukkig,'' zegt ze, ,,ik was al bang dat je het niet zou redden. Wie is het?''

,,Die knaap van hiernaast.''

,,Komt die ander niet?''

,,Niet dat ik weet, ik kan het wel vragen. Dit lijkt me een geschikte knaap, wel wat stads. Nou ja, als hij de mand maar vol krijgt, alle handen zijn welkom.''

,,Heeft die broer van jou geen zin in plukken?'' vraagt Van Heiningen de andere morgen aan Daan als hij zijn instructies geeft.

,,Die helpt m'n oom,'' vertelt Daan, ,,en over een paar weken gaat hij met hem mee varen.''

,,Hmm,'' bromt Van Heiningen. ,,Afijn, als je iets moet weten vraag je het mij maar, of Christine, m'n dochter.''

Christine, zo heet ze dus denkt Daan, echt een naam die bij haar past. Om acht uur komt ze bij de boom staan waarin Daan bezig is.

,,Lukt het?'' vraagt ze.

,,Even wennen.'' Het jongetje is haar na gelopen.

,,Hoe heet hij?'' wijst Daan.

,,Tom.''

,,Dag Tom,'' zwaait Daan.

Een glimlach verheldert het gezichtje.

,,Ik neem die boom,'' wijst Christine. ,,Over een uurtje ga ik de koffie halen. Af en toe kijkt ze of Daan het kan redden. Tom pakt de gevallen kersjes op en legt die in zijn wagentje.

,,Voor Tom,'' zegt hij zachtjes, ,,voor Tom.''

Daan staat hoog op de ladder. Zo heeft hij mooi het uitzicht op de boomgaard. Het geeft een vrij gevoel, zo boven alles uit. Beter dan werken in de supermarkt. Daar is het altijd vol met mensen. En het ene vak is gevuld, of het andere is al weer leeg. Je houdt het niet voor mogelijk wat de mensen allemaal nodig hebben. Of nodig... er is veel luxe bij natuurlijk. Echt nodig is niet alles. In Afrika doen ze met heel wat minder. Hij krijgt kramp in zijn been van de ongewone stand. Als hij zich wat verzet ziet hij Dick en Peter in de tuin werken. Hij kijkt naar de andere boom waar Christine bezig is. Je kunt zien dat zij het werk gewend is, haar handen gaan rap langs de takken. Nee, zo vlug kan hij het niet. Hoe oud zou Christine zijn? Niet veel ouder dan hij, en dan al moeder. Het is wel een aardig jongetje. Hij lijkt op zijn moeder, ook zo'n smal gezicht. Meteen kijkt Christine zijn kant uit. Verward keert hij zijn hoofd af. Straks denkt ze nog dat hij haar staat te begluren. Stom van hem, en vlug werkt hij verder. Daardoor ziet hij ook niet de blos die naar Christines wangen stijgt.

Niet lang daarna gaat ze koffie halen. Daan is blij dat hij even kan pauzeren, hij is moe van die krampachtige houding. De andere plukkers schijnen daar geen last van te hebben. Ze hebben plezier en maken grapjes, noemen hem meteen joviaal bij de naam. Tijdens de grappen valt er een lelijk woord.

De baas, die dat juist opvangt, zegt bars: ,,Dat kan ook wel anders maat, geen gevloek hier.''

Een paar gniffelen maar ze houden zich koest.

,,Ben jij al in dienst geweest?'' vraagt er een aan Daan.

,,Nee,'' antwoordt hij wat stug.

,,Moet je nog?''

Daan ergert zich, waar bemoeien ze zich mee. Hij heeft geen zin om het uit te leggen, wenst ineens dat hij wel in dienst moet. Hij schudt zijn hoofd als de jongen op zijn antwoord wacht, zegt dat hij afgekeurd is.

,,Waarom, je bent toch prima?'' is de volgende vraag.

Dat gevraag maakt Daan kwaad, hij heeft geen zin om die jongen alles te vertellen. Daarom zegt hij niets en de jongen haalt zijn schouders op. Dan niet, slome, denkt hij. Hoe komt de baas aan zo'n dooie pier. 'n Goeie voor Christine, kan hij vader spelen.

,,Nog koffie?'' vraagt Christine, die Daans gezicht ziet vertrekken. Ze begrijpt hoe hij zich moet voelen. Zo voelt zij zich ook als die jongens persoonlijk worden. Die Roel is toch zo'n vervelende vent.

De broodzakjes komen te voorschijn. De zon wordt warmer en ze trekken hun shirt uit. Daan doet dat niet en Christine is er blij om. Daan is anders dan die ruwe kerels. Zou hij studeren? Ze zal het hem eens vragen.

,,Moet jij je bloesje niet uitdoen?'' vraagt diezelfde Roel aan Christine.

Ze kijkt hem vernietigend aan, als haar vader er bij zat had hij dat niet durven zeggen.

Ze krijgt een behoorlijke kleur als hij er nog achteraan zegt: ,,Voor Han zul je dat toch wel gedaan hebben.''

Wat gemeen, Christine kan wel huilen, ze zou hem zo wel in zijn gezicht willen slaan. Wat moet die Daan wel niet van haar denken.

Maar ze hoeft zich niet meer te verdedigen, dat doet Daan al voor haar als hij plotseling opstaat en met fonkelende ogen tegen Roel zegt: ,,En nu bied je je excuus aan, dadelijk, of ik sla je in elkaar!''

Christine, die eerst weg wilde vluchten, blijft verbaasd staan kijken hoe dat afloopt.

,,Nou...?'' zegt Daan grommend als er geen reactie komt.

,,Wat wil jij...'' begint Roel. Maar een maat houdt hem tegen en geeft hem waarschuwend een por in zijn ribben. Roel bedenkt zich en wuift naar Christine: ,,Grapje...''

Daan neemt maar aan dat dit als excuus bedoeld is. Hij gaat weer zitten en Christine loopt met de koffiepot naar huis. Als de baas eraan komt gaan ze weer aan het werk. Daan vraagt zichzelf af waarom hij zo in de bres sprong voor Christine. Misschien omdat hij op de een of andere manier met haar te doen heeft. Of omdat hij nog de pé in had door dat gevraag over dienst. Ach, misschien van allebei een beetje. Wel weet hij dat Christine hem dankbaar was dat hij het voor haar opnam. Hij zag dat in haar vluchtige blik toen ze zijn beker oppakte. Tijdens de middagpauze houdt hij zich wat afzijdig. De anderen zijn trouwens ook moe en strekken zich liever even uit in het gras onder de boom. Daan is blij als de eerste dag erop zit.

Ook Christine is moe, maar háár taak zit er nog niet op. Kleine Tom moet eerst een grondige schoonmaakbeurt ondergaan voordat hij zijn avondboterham krijgt. Ze laat het warme water in de teil lopen die ze in de douche heeft gezet. Terwijl Tom met het water speelt sorteert ze het vuile wasgoed. Haar gedachten zijn bij Daan. Ze is blij dat ze hem morgen weer zal zien. Ze is nog steeds verbaasd dat hij het zo voor haar opnam. Wat keek die Roel raar op zijn neus. Dat stomme gezegde ook van hem over dat bloesje en over Han. Dat heb je nu in een dorp, ze weten alles van elkaar, de leuke dingen maar ook de lelijke dingen.

En dat met Han was een lelijk ding. Hoe vaak heeft Christine niet gewenst dat ze dat ongedaan kon maken, dat ze die Han voorgoed uit haar herinnering kon schrappen. Maar dat zal ze nooit kunnen. Altijd als ze naar het kind kijkt ziet ze hém, hoe kort ze hem ook gekend heeft. Zelfs zo kort dat haar ouders er pas achter kwamen toen Han al lang en breed uit haar leven was verdwenen. Christine herinnert zich de angst nog goed dat haar ouders achter de waarheid zouden komen. Er was geen verdriet dat hij wegging, wel de woede om de vernedering dat hij haar alleen maar gebruikt had. Stom is ze geweest dat ze dat niet meteen doorhad. Oogkleppen had ze voor, ze zag alleen maar een man in hem. Een man die zijn oog langer op haar liet vallen dan ooit een ander gedaan had. Christine wist niet wat haar overkwam. Ze vond het gewoon een wonder dat zo'n knappe, vlotte jongeman uitgerekend háár het hof maakte. Ze was dol van blijdschap. Eindelijk iemand die iets anders in haar zag dan dat bleke, nietszeggende, bedeesde meisje. En het kon niet anders dan dat Christine verliefd werd op die man. Het was kort maar hevig. In ieder geval kort, want net zo plotseling als hij in haar leven was verschenen was hij ook weer verdwenen. Een avonturier was hij, een flierefluiter die God nog gebod eerbiedigde. Van Christines verliefdheid bleef niets over dan bitterheid, en het kind. Maandenlang heeft ze het verzwegen tot ze er niet meer onderuit kon. O, die vreselijke avond toen het hoge woord eruit moest.

,,Wat is er toch met jou, Christine?'' vroeg haar moeder. ,,Je bent zo stil, voel je je niet goed?''

In plaats van een antwoord kwamen de tranen. Al het opgekropte verdriet van de laatste maanden kwam eruit. Toen ook het hoge woord dat ze bijna fluisterde: ,,Ik... ik verwacht een kind.''

,,Wáááát...?''

Ze voelt nog die hevige ontsteltenis van haar ouders. Toen begon haar moeder te huilen. Maar dat vond Christine nog niet zo erg als dat van haar vader, haar vader die vloekte. Die vloek maakte dat Christine zich het slechtste meisje van de wereld voelde. Dat haar vader dat deed was wel het ergste dat ze zich kon voorstellen. Het was de eerste keer dat ze hem hoorde vloeken. Ook de laatste keer. Toen ze naar hem keek zag ze een traan over zijn wang rollen. Op dat ogenblik had Christine het liefst gewild dat de vloer zich onder haar zou openen en haar zou verzwelgen.

Het gebeurde niet. Het leven ging na die avond eigenlijk z'n gewone gang. Hoewel, gewoon... nee, voor haar toch niet, Christine voelde zich jaren ouder geworden en ging gebukt onder haar schuldgevoel. Hoe vaak heeft ze ernaar verlangd dat haar moeder iets liefs tegen haar zou zeggen. Of dat ze met haar zou spreken over die aanstaande bevalling, haar vertellen hoe dat in zijn werk gaat. Zo'n gesprek van vrouw tot vrouw. Maar ze praatte er gewoon niet over, dan alleen over de zakelijke kant. Wat ze aan moest schaffen en waar ze zou bevallen, alsof het om wat boodschappen ging... Haar vader regelde de kerkelijke kant, voor als het kind gedoopt zou worden. Christine moest eerst belijdenis doen en haar schuld bekennen tegenover de kerkeraad. Hoe vernederd voelde ze zich toen ze daar stond tegenover die strenge heren. Toch heeft ze het gedaan. Voor haar vader, maar ook voor haar kind. Ze wilde nu eenmaal niet dat het kind zou opgroeien als een heiden, want zij was daar tenslotte verantwoordelijk voor. En die verantwoordelijkheid woog als een zware last. Ze hoopte alleen dat het kind het hart van zijn grootouders zou vermurwen. Tot nog toe heeft ze daar echter niet veel van gemerkt. Ze aanvaarden de jongen zoals ze een kostganger zouden aanvaarden. Dat heeft Christine pijn gedaan en ze heeft getracht de liefde die hij bij haar ouders tekort kwam een beetje te vergoelijken. Of ze daar in geslaagd is weet ze niet eens, want Christine heeft het er zelf ook moeilijk mee om haar moederliefde te geven aan Tom. Wat ze voor hem voelt is meer medelijden.

Ze gaat op haar hurken bij hem zitten en wast met haar handen zijn haar en het magere lijfje. Weer komt het medelijden naar boven. Geen wonder dat hij niet tiert, denkt ze een beetje verdrietig. Een bloem zonder zon ontplooit zich immers ook niet.

,,Arme Tommie.'' Ze zegt het hardop.

Hij kijkt haar aan met grote, ernstige ogen.

,,Arme Tommie,'' zegt hij na. Dan moet ze toch lachen. En Tom, blij dat zijn moeder lacht, doet van harte mee.

Al spoedig went Daan aan het ongewone werk. Als de kersen eraf zijn volgen de bessen. Dat gaat iets gemakkelijker. Zittend op een kistje tussen de struiken plukt hij de rijpe trosjes. De zon schijnt nog steeds iedere dag en Van Heiningen hoopt, dat de bessen binnen zijn voordat de wind gaat draaien naar het westen. Al plukkend kan Daan zijn gedachten laten gaan. Hij heeft naar huis gebeld om te vertellen dat hij voorlopig onder de pannen is.

Bram heeft zijn twijfels. ,,Je kunt beter eerst gaan solliciteren, straks zijn alle baantjes weg.''

Daan laat zich echter niet ompraten. Hij voelt zich hier ook zo thuis en wil nog even genieten van zijn vrijheid zolang het nog kan. Het is al mooi dat hij in staat is hier zijn geld te verdienen.

Af en toe komt Tom een praatje met hem maken. Daan legt een paar trosjes bessen in zijn karretje.

,,Hier, ga die maar verkopen.''

In plaats van verder te gaan gaat Tom naast hem zitten. Hij kijkt toe hoe Daan de bessen plukt.

,,Word jij later ook fruitboer?'' vraagt Daan. Tom kijkt hem aan, begrijpt de vraag niet. Daan lacht en maakt de vraag gemakkelijker.

,,Ga jij later ook bessen plukken?''

Tom knikt. ,,Tom gaat mamma helpen. Tom gaat...''

Als hij niet verder praat ziet Daan hem met grote ogen langs hem heenkijken, een beetje angstig. Van Heiningen komt eraan.

,,Ga jij eens spelen,'' zegt de man, ,,zo kan Daan niet werken.''

Daan wil zeggen dat het kind hem niet in de weg zit, maar

de norse blik doet hem zwijgen. Tom gehoorzaamt meteen en sjokt met zijn karretje op huis aan. Daan voelt zich op de vingers getikt, de baas denkt zeker dat hij niet doorwerkt. Hij heeft medelijden met het kind, erg aardig zijn ze hier niet voor hem. Hij begrijpt niet dat Christine hier blijft wonen. Ach, wat weet hij ook van de omstandigheden hier. Ze zal haar geld hier wel verdienen en genadebrood eten. Die Christine is ook geen type die van zich af bijt, dat heeft hij wel gemerkt. Even later komt ze eraan. Ze trekt een lorry waar de volle kistjes op staan.

,,Moet ik van jou ook vast iets meenemen?'' vraagt ze. Meteen pakt ze zijn volle kistjes op.

,,Laat maar, dat doe ik wel,'' zegt Daan en duwt de lorry naar de schuur.

Ze loopt achter hem aan.

,,Heb jij Tom nog gezien?''

,,Een uurtje geleden was hij bij me. Lief ventje.'' Ze lacht even, blij omdat hij Tommie lief vindt.

,,Is hij bang voor je vader?'' vraagt hij als ze weer naast hem loopt.

,,Hoezo?''

,,Hij leek wel te schrikken toen hij hem zag.''

Christine denkt: is dat zo, is Tom bang voor haar vader? Misschien heeft Daan wel gelijk, haar vader is nooit echt aardig voor het kind. Daan wel, dat heeft ze al vaak gemerkt. Ook hoe Toms gezicht gaat glanzen als hij Daan ontdekt.

,,Vind jij Daan lief?'' vraagt ze die middag, als ze het kind helpt. Tom knikt.

,,En opa?''

,,Opa is boos.''

,,Opa is niet boos, hoor,'' leidt ze hem af, maar haar hart wordt zwaar. Tom heeft er niet om gevraagd geboren te worden. Een wildvreemde kan nog genegenheid voor Tom opbrengen en zijn eigen opa niet. En Christine neemt zich voor zelf eens wat meer tijd aan het kind te besteden.

Een paar weken later pakken Peter en Dick hun koffer om de lange reis te gaan maken. Het is vreemd stil als Daan van zijn werk thuiskomt. Zo zal het dus voorlopig blijven. Toch heeft het ook zijn bekoring dat hij hier nu heer en meester is, tijdelijk dan. Vervelen hoeft hij zich 's avonds niet, want Peters boekenkast is goed gevuld. En door het werken in de buitenlucht worden de avonden niet eens zo lang.

Als hij op zondagmiddag door de tuin loopt ziet hij Christine aankomen met Tom. Ze gaan zeker een wandelingetje maken over de dijk. Als hij zwaait loopt Tom meteen op hem toe. Christine volgt wat aarzelend.

,,Ben je alleen?''

,,M'n oom en Dick zijn vertrokken,'' vertelt hij.

,,O... blijf jij nu hier wonen?''

,,Voorlopig wel. Zal ik thee zetten?'' vraagt hij ineens. Weer aarzelt ze, kijkt achterom om zich ervan te overtuigen dat niemand haar ziet. Het ergert Daan een beetje. ,,'t Hoeft niet hoor.''

Ze bijt op haar lip, hij zal denken dat ze niet durft.

,,Goed dan,'' zegt ze. Even later zitten ze op het terras, Christine nog wat verlegen. Tom speelt wat met de steentjes.

,,Ben jij ook zo benauwd voor je vader?'' vraagt Daan terwijl hij de thee inschenkt. Dan lacht ze hardop. Het verrast hem, ze ziet er ineens niet meer zo stijf uit. Als ze nu nog een vlottere jurk aantrok was het best een aardig meisje. Nou, meisje... vrouw eigenlijk, tenslotte is ze al moeder.

,,Heb jij die indruk dan?'' vraagt ze, alweer ernstig. Hij knikt. ,,Een beetje misschien,'' geeft ze toe.

,,Waarom, is hij zo'n bullebak. En voor je moeder dan?''

,,Ach, ze zijn best goed voor me. Ik was altijd hun trots,

totdat… totdat Tom kwam." Dat laatste klinkt zacht.

,,En nu moet Tom het ontgelden," constateert Daan. Daarop zegt ze niets, ze weet dat Daan het goed heeft aangevoeld.

,,Ik heb ze veel verdriet gedaan," bekent ze dan.

,,Natuurlijk, maar dat moet nu toch over zijn." valt hij uit.

Ze haalt haar schouders op. ,,Ik ben van hen afhankelijk."

,,Wat is dat voor onzin, je kunt toch op jezelf gaan wonen."

Verschrikt kijkt ze hem aan. ,,En het bedrijf dan, er zijn verder geen opvolgers, ik ben hun enige kind. Misschien dat later Tom…"

Christine kijkt naar het kind dat door de tuin loopt.

,,En als je trouwt?"

,,Trouwen…?" grote verwonderde ogen. Dan schudt ze haar hoofd. ,,Dat denk ik niet. Wie wil mij nou, en met een kind."

,,Misschien iemand die op je geld uit is," plaagt Daan.

Haar blik wordt hard. ,,Zo hoeft het niet, dan maar liever alleen. Maar kom, ik zou gaan wandelen. Ga je mee Tom?" roept ze meteen.

Hij had dat niet moeten zeggen, denkt Daan. Stom van hem. Ze denkt nu vast dat hij haar ook niet aantrekkelijk vindt. En dat is ook eigenlijk zo. Alleen toen ze lachte, toen had ze toch wel iets aardigs.

,,Kom je nog eens langs?" vraagt hij om het weer goed te maken. Als ze niets terug zegt vraagt hij aan Tom: ,,Kom je gauw weer theedrinken met mamma?"

,,Ja," zegt Tom.

Dan lacht Christine weer. Die Daan is toch aardig, aardiger dan alle andere jongens die ze kent. En ze neemt zich voor nog eens langs te gaan.

Het weer slaat om en Daan maakt kennis met het werken in de regen. Gehuld in een regenpak plukt hij de laatste bessen. Straks zijn de bramen aan de beurt, die al aardig rijp zijn. Daarna de pruimen en peren en appels. Daan heeft nooit geweten dat er zoveel fruit aan bomen en struiken groeit. Voorlopig heeft hij nog genoeg te doen.

Van Heiningen is tevreden. ,,Serieuze knaap, die Daan de Jager,'' zegt hij tegen zijn vrouw.

,,Daan,'' zegt Tom, die de naam opvangt.

,,Ja, Daan,'' zegt zijn opa met een lachje. ,,Als ik niet oppas zou jij hem nog van zijn werk afhouden. En je moeder ook.'' Schuin kijkt hij daarbij naar zijn dochter. Met genoegen ziet hij de kleur naar Christines wangen stijgen.

Ja, Van Heiningen heeft zijn ogen niet in zijn zak. Hij heeft wel in de gaten hoe Christine die Daan vaak onnodig wegwijs wil maken, hoewel de jongen hier al aardig is ingeburgerd. En in het hart van de vader is een nieuwe hoop geboren. Wie weet, het is een beste jongen, geen grote mond en hij hoort aan de kerk, al is het dan een andere kerk dan zij. Dat laatste zit hem nog een beetje dwars. Als het hun eigen kerk was dan zou het beter zijn, daar zou hij nog iets aan moeten doen. Maar ach, wat zit hij te prakkizeren. Die knaap wil het misschien helemaal niet. Hij is nog jong en zal waarschijnlijk zijn oog laten vallen op een jong, ongetrouwd meisje, niet een ongehuwde moeder. En de bitterheid komt weer naar boven. Maar wie weet... hij heeft voor Christine een aardige duit op de bank. En een man als hoofd van het bedrijf is altijd beter dan een vrouw. En later kan Tom er ook bijkomen, als hij dat wil natuurlijk, want dat moet je tegenwoordig maar afwachten. Nee, het is nog niet zo'n gek plannetje. En Christine is meteen van haar blaam gezuiverd, die kan dan ieder weer recht in de ogen kijken. Want dat zijn enig kind zo moest vallen is het grote verdriet in zijn leven. Het heeft van hem een barse, wantrouwende man gemaakt: dat hij zich zo kon vergissen in zijn eigen kind. Daarom kan hij die kleine ook nooit eens aanhalen, want in dat kind ziet hij altijd die vent die van zijn dochter een getekende heeft gemaakt. Maar als die De Jager nu eens... Ach, laat hij nu niet vooruitlopen met zijn gedachten.

Toch wat vrolijker, vertelt hij van de goede oogst van dit jaar. ,,We kunnen weer aardig wat opzij leggen, vrouw.'' En zijn dankbaarheid uit hij in het gebed aan tafel.

Christine heeft de blik van haar vader wel gezien. Zou hij raden wat er in haar hart leeft sinds de tijd dat Daan hier werkt? Vervelend vindt ze dat. Ze durft het zichzelf nauwelijks te bekennen dat ze meer om Daan geeft dan ze eigenlijk wil. Ze wil niet dat haar vader zulke toespelingen maakt, waar Daan nog onwetend is. Christine begrijpt best dat Daan geen partij voor haar is. Wat moet hij met een vrouw die al een kind heeft? Christine wil alleen maar dromen over die dingen. En die dromen zijn van haar, daar heeft geen mens iets mee te maken. Daan niet en haar vader helemaal niet. In die dromen beleeft ze een andere wereld, een wereld waarin ze met Daan hand in hand naar een zonnige toekomst loopt. Zij als jong, mooi meisje met glanzende blonde haren en blozende wangen. Tom is daar niet bij, want voor zo'n kind is er dan geen plaats. Ach, het blijft maar bij een droom, want Christine weet drommels goed dat de werkelijkheid er heel anders uitziet. De werkelijkheid bestaat uit Tom, met een onaanzienlijk persoontje als moeder, die hard moet werken voor de kost en gebukt gaat onder een eeuwigdurend schuldgevoel.

HOOFDSTUK 5

Als Helga Bram heeft nagezwaaid keert ze wat doelloos naar de nog niet afgehaalde ontbijttafel. Ze gaat op een stoel zitten en denkt wat ze vandaag zal doen. Ze zou de ramen aan de binnenkant kunnen wassen. Maar nee, die zijn nog lang niet vuil. Een lange, lege dag kijkt haar grijnzend aan. Door de ramen ziet ze de regen gestadig naar beneden vallen. Troosteloos, maar wat regen is hard nodig. De warme zon van de laatste dagen heeft de planten aardig uitgedroogd, ondanks dat Helga iedere avond met de gieter in de weer was. Maar geen gieter die het tegen een regenbui kan opnemen. Helga's gedachten dwalen af naar haar vroegere woonplaats, het pension. Het is daar nu de drukste tijd van het jaar. Daar kwam het niet in haar hoofd op om 's morgens aan de lege ontbijttafel te gaan zitten dromen en zich af te vragen wat of ze nu zou gaan doen. Helga is ook geen type om werkeloos rond te hangen.

Maar wat moet ze nu, ze kan niet weer de kamer een goede beurt geven. Wat Helga wel doen wil is zorgen, zoals ze het daar deed, mensen ontvangen en ze van koffie en thee voorzien. Of een lekker diner voorzetten, dat Frau Grüben had klaargemaakt in de grote gezellige keuken van het pension. En praten met de mensen, veel praten, het liefst in haar eigen taal. Maar ze kan niet terug, Helga heeft om zo te zeggen alle schepen achter zich verbrand door met Bram de Jager te trouwen. Heeft ze spijt van die beslissing? Niet om Bram, ze houdt nog heel veel van die man en hem zou ze voor geen goud willen missen. Maar Helga is wel teleurgesteld in zijn kinderen, het gezin dat ze dacht te krijgen. Daar is niets van terechtgekomen. Helga had het zich zo anders voorgesteld. Zij, als de vrouw van Bram, maar ook de moeder van zijn kinderen. Ze had zich voorgenomen die kinderen langzaam maar zeker voor zich te winnen en van het gezin van Bram een fijn gezin te maken. Dat is niet gebeurd. De jongens zijn nu weg, nog voor ze de tijd hebben gehad elkaar goed te leren kennen. En Sandra...? Met Sandra is het helemaal moeilijk. Die zit meer bij haar vriendinnen dan dat ze thuis is. Nu ook weer, een week geleden kondigde ze aan bij haar tante Clara te gaan logeren. Want, zoals ze zei, het is daar zo gezellig. Dat begrijpt Helga wel een beetje, bij Clara hebben ze kinderen van Sandra's leeftijd waarmee ze omgaat. Hier zijn alleen 'twee ouwe mensen' zoals ze kan zeggen. En dat terwijl Helga nog

jonger is dan Clara. Ze gaat zelfs met ze mee naar hun vakantie-
huis in Drente.

Helga en Bram hebben nog geen vakantieplannen. Als Bram
straks vrij heeft zullen ze wat tochtjes maken. Toen Helga nog
werkte had ze ook nooit echt vakantie. Ze was al blij met af en
toe een paar vrije dagen waarin ze kon doen wat ze wilde. Ze
had er niet eens behoefte aan om verre reizen te maken. Ze
leefde als het ware voor haar werk. Dat is nu anders, maar Bram
zou het niet leuk vinden als ze erbij ging werken. Sandra is
immers nog thuis. En Bram gunt haar een rustig leventje. Hij zou
het niet begrijpen dat het voor Helga niet genoeg is. Daarom mist
ze de jongens ook. Helga wíl graag druk zijn en voelen dat ze
leeft, dat ze nog meedraait in de maatschappij. Ze wil niet zo'n
vrouw zijn die de hele dag op haar man zit te wachten tot hij
weer thuiskomt. Dat heeft ze bij Janos ook niet gedaan. Was het
toen beter? Dat kan ze niet zeggen, het was gewoon anders. Je
kunt de tijd niet terugdraaien. Toch voelt Helga zich hier nog
steeds niet helemaal op haar plaats. Alleen bij Bram dan en dat
is natuurlijk het voornaamste. Met Bram moet ze verder. Maar
Helga mist hier de contacten die ze daar had.

Even zucht ze, dan staat ze op om de ontbijttafel af te ruimen.
Als het straks droog is zal ze een wandeling gaan maken,
misschien naar het strand. Als ze wat later op de morgen haar
regenjas aantrekt om boodschappen te gaan doen, gaat de
telefoon. Tot haar verbazing hoort ze de stem van haar vroegere
werkgever. Hij vertelt haar dat hij met zijn handen in het haar
zit omdat de nieuwe gastvrouw ziek is geworden. Hij heeft stad
en land afgebeld voor een vervangster. Zijn vrouw kan het alleen
niet aan. En dan komt het hoge woord eruit: hij vraagt of het
mogelijk is dat Helga een paar weken komt helpen. De reis zal
hij vanzelfsprekend vergoeden.

,,En je neemt je man maar mee, Helga.''

Het eerste wat Helga voelt is een blije opwinding. Weer terug naar de bergen, mensen spreken, weer een doel hebben, nodig zijn. Als het aan Helga lag zou ze zo wel de trein willen pakken. Maar als een verstandige vrouw zegt ze eerst met Bram te willen overleggen. Dat begrijpt Herr Grüben.

,,Bel je zo snel mogelijk terug?'' vraagt hij.

,,Vanavond,'' belooft Helga.

Het blije gevoel blijft als Helga boodschappen doet. Bram ziet aan haar opgetogen gezicht dat er iets bijzonders is. Als ze de reden ervan vertelt is hij wat teleurgesteld.

,,Wil je dan zo graag weg, Helga?''

,,Het is niet om jou,'' zegt Helga met een lachje. ,,Het is alleen maar dat ik iets kan doen. Nu de kinderen niet thuis zijn is alles zo leeg.''

Daarop zegt Bram niets terug. Hij begrijpt die vrouw van hem wel, ook dat ze er niet tegen kan dat de kinderen zich zo afstandelijk gedragen, vooral van Sandra zit haar dat dwars. En diep in zijn hart heeft Bram het Helga weleens verweten dat ze niet in staat is het meisje meer thuis te houden.

,,Je vindt het toch niet erg?'' vraagt Helga.

Hij schudt zijn hoofd. ,,Ik red me wel.''

,,Kom je ook als je vrij krijgt?''

,,Dat zal ik doen,'' belooft hij met een glimlach.

Die avond belt Helga dat ze zo snel mogelijk komt, misschien morgen al. Ze neuriet als ze de koffers pakt.

Het zit Bram niet lekker als hij dat hoort. Er zit hem veel dwars de laatste tijd. Ten eerste Sandra, die vervelende buien heeft en vaak van huis is. Als Bram er iets van zegt kan hij nog een grote mond krijgen ook. Het is dat Helga hem tegenhoudt anders zou hij het meisje eens ouderwets over de knie leggen om haar een fiks pak voor de broek te geven. Maar dat doe je dan weer niet bij zo'n lummel. Dan is er Daan, die nog maar één keer gebeld heeft en daar wat besjes zit te plukken in plaats van nu eens waar te maken waar hij al die jaren voor geleerd heeft.

100

De ergernis om de jongen is nog sterker geworden nadat een paar dagen geleden een jongeman voor de deur stond die zich voorstelde als André, een vriend van Daan. Hij vroeg of Daan misschien thuis was. Bij het horen van de naam 'André' gingen bij Bram meteen de stekels overeind staan. Hij kon zo aan die vent zien wat voor soort hij was. Het liefst had Bram de deur voor zijn neus dichtgegooid. Maar hij kon niet anders dan zeggen dat Daan niet thuis was en waarschijnlijk de eerste weken nog wel weg zou blijven.

,,O,'' zei de jongeman wat aarzelend, net alsof hij nog iets wilde zeggen of vragen. Bram bedacht dat hij hem eigenlijk binnen zou moeten vragen. Hij kon het niet, terwijl hij, als het een van Dicks vrienden was, dit meteen gedaan zou hebben.

,,Wilt u Daan vragen, als u hem spreekt, of hij contact met me wil opnemen?''

Bram knikte, het klonk beleefd en hij had een beschaafde stem. Ineens had hij een beetje medelijden met die knaap met zijn magere gezicht. Daarom beloofde hij dat. Hij moet nog steeds aan hem denken. Liever had hij gehad dat die André was weggebleven. Al die benauwde gedachten over Daan kwamen daardoor weer naar boven. Bram zucht, misschien is het toch beter als Daan daar nog wat blijft. Toch zal hij hem eens gaan opzoeken in die negorij, dan kan hij meteen het huis van zijn broer bekijken.

Het is alsof Helga niet is weggeweest, als ze het pension binnenstapt. In het kantoortje wordt ze hartelijk begroet door het echtpaar Grüben.

,,Daar is de redster in nood,'' verzucht Frau Grüben die een vermoeide indruk maakt.

Haar man lacht voldaan. ,,Ik wist wel dat je zou komen.''

Helga gaat meteen aan de slag. Eerst brengt ze haar koffer naar boven waar ze meteen een gemakkelijke jurk aantrekt. Even staat ze uit te kijken naar het zonovergoten landschap. Haar ogen zoeken het bergpad en het wegje door het dal, alsof ze ervan overtuigd is dat Bram daar zal lopen. Ze lacht zacht. Hoe vaak heeft ze zo gestaan, een jaar geleden. Er is veel veranderd sinds die tijd. Maar haar gevoelens voor Bram zijn niet veranderd. Had ze toch bij hem moeten blijven, twijfelt ze dan. Maar resoluut borstelt ze haar haar, dat ze nu kort draagt zoals Bram dat graag wil. Het maakt haar jonger, vindt hij. Beneden drinkt ze thee met enkele gasten, daarna dekt ze de tafels. Twintig gasten zijn er momenteel. Geen wonder dat Frau Grüben er moe uitziet. Die avond belt ze naar Bram.

,,Moe?'' vraagt hij.

,,Gezond moe,'' zegt ze lachend. ,,En jij?''

,,Eenzaam,'' geeft hij toe.

,,Kom maar hierheen zo gauw je kunt.''

,,Over twee weken pas.''

,,Verwen jezelf maar.''

,,Misschien ga ik Sandra opzoeken, en Daan.''

,,Moet je doen, zal hij leuk vinden.''

,,Misschien niet.''

,,'k Weet zeker van wel.''

Bram voert zijn voornemens uit. Het eerste weekend gaat hij naar Clara en Ton.

Als Sandra hem ziet vraagt ze verwonderd: ,,Wat kom jij hier nu doen?''

,,M'n dochter opzoeken, dan zie ik haar nog eens.'' Er klinkt een stil verwijt in die woorden, wat Sandra niet merkt.

,,'k Dacht dat je me kwam halen. Waar is Helga?''

Bram vertelt, ook dat hij over twee weken naar Helga toe zal gaan. Sandra is alweer weg als haar nichtje haar roept. Peinzend kijkt Bram haar na, het is niet meer zoals vroeger. Een jaar geleden zou ze nog bij hem op schoot kruipen.

Clara ziet zijn blik. ,,Ze worden groot, Bram. Zij gaan verder waar wij blijven staan.''

,,Soms doet dat pijn, Clara.''

Clara knikt. ,,Soms is het ook goed, daar voeden we ze tenslotte voor op. Je kunt ze nu eenmaal niet bij je houden. Maar later komen ze weer bij je terug, al is het op een andere manier. Sandra is nu op een leeftijd dat ze zich los gaat maken, haar eigen weg zoeken.''

,,Soms denk ik dat het door Helga komt. Als Lidy er nog was ging het misschien anders.''

,,Dat geloof ik niet,'' zegt Clara beslist. ,,En Helga is een goede vrouw, daar komt Sandra ook nog wel achter.''

Ineens vertelt Bram over Daan en over zijn bange vermoeden.

Even is het stil, dan vraagt Clara: ,,Waarom praat je niet openlijk met de jongen?''

,,Misschien ben ik bang om de waarheid te horen,'' bekent Bram zacht.

,,En wat dan nog,'' zegt Clara, ,,het blijft toch je kind?''

,,Ja, dat zei Helga ook, maar denk je eens in als het jouw jongen was?'' Hij vraagt om een eerlijk antwoord. Clara geeft dat ook.

,,Daar zou ik misschien ook niet blij mee zijn. Maar we moeten immers leven uit Gods geboden. Je weet wel: Hem liefhebben boven alles en je naaste als jezelf! Soms is dat moeilijk, maar ik weet zeker dat, als je dat eerste gebod naleeft, je ook aan het tweede kunt voldoen.''

Bram lacht naar zijn schoonzus. ,,Lidy zou het waarschijnlijk ook zo gezegd hebben.''

,,Daar ben ik dan ook haar zuster voor.''

En beiden denken aan Lidy die zoveel herinneringen achter heeft gelaten. Het wordt een fijn weekend en Bram laat Sandra met een gerust hart achter in dat gezin.

Het volgende weekend rijdt Bram richting Gelderland. De bus

103

die Bram naar het dorp moet brengen is lang niet vol. Hij geniet van het landschap, zo vredig eigenlijk en zo echt Hollands met die weilanden met daarin de grazende koeien en schapen, en de rechte sloten afgewisseld door boerderijen. Bram is benieuwd hoe hij Daan daar zal aantreffen. Als hij tenminste al thuis is, want hij moet ook op zaterdag werken. De chauffeur manoeuvreert de logge bus behendig door de smalle dorpsstraatjes. Het gaat allemaal zo gemoedelijk. Vaak gaat zijn hand groetend omhoog. Na een uurtje is Bram waar hij wezen moet. De chauffeur wijst hem hoe hij het beste verder kan lopen naar de boomgaard van Van Heiningen, zoals Daan hem heeft gezegd. Bram haast zich niet, hij heeft de tijd en de zon schijnt. Hij vindt het jammer dat Helga nu niet naast hem loopt, dan konden ze er samen van genieten.

Als Bram de uitgestrekte boomgaard voor zich ziet en het grote huis met het puntdak weet hij dat hij op de goede weg is. Nog even doorlopen en dan komt aan het eind van de boomgaard het witgepleisterde huisje van broer Peter in zicht. Nou, Bram moet zeggen dat zijn broer een goede smaak heeft. Het geheel ziet er goed verzorgd uit, en de rust straalt je tegemoet. Wel iets anders dan in de stad. Uit de tegenovergestelde richting komt Daan tegelijk met Bram de tuin in.

,,Hoi pap, hoe gaat het? Leuk dat je er bent.''

Ze geven elkaar een hand. Zou Daan het menen dat hij blij is zijn vader te zien? Bram kijkt hem nog eens onderzoekend aan.

,,Je ziet er prima uit,'' constateert hij.

,,Beetje vuil,'' zegt Daan grinnikend.

,,Dat is wel te verhelpen,'' meent Bram.

,,Eerst iets drinken?''

,,Doe maar rustig aan en knap je eerst maar even op.''

Terwijl Daan in de badkamer is, kijkt Bram wat rond. Mooie kamer, eenvoudig maar smaakvol ingericht. Die Peter heeft daar wel oog voor. Maar niet voor het vrouwelijk schoon, net als

Daan. Hé, nu niet weer, vermaant hij zichzelf. Wacht, hij zal de keuken eens inlopen, zien of hij thee kan vinden.

De thee staat te trekken als Daan weer beneden komt. Weer kijkt Bram hem aan.

,,Je bent veranderd.''

,,Misschien door het gezonde buitenleven.''

,,Ja...'' Maar Bram kijkt verder, die ernstige blik die er eerst was heeft plaats gemaakt voor een wat opgewektere blik, net alsof Daan de toekomst wel weer ziet zitten. Dat laatste hoopt Bram.

Daan vertelt van zijn werk en hij laat het huis zien. Het ziet er netjes uit, constateert Bram. Het verwondert hem hoe spraakzaam zijn zoon is geworden. Daan maakt een eenvoudig maal klaar dat ze in de keuken verorberen.

Als ze samen de vuile vaat wegwerken zegt Bram langs zijn neus weg: ,,Je vriend is nog aan de deur geweest.''

,,André?''

Bram knikt en Daan wacht of zijn vader nog meer te vertellen heeft.

,,Hij vroeg of je hem op wilde bellen als je weer thuis bent.''

,,Oké,'' zegt Daan en haalt de borden uit het sop. Hij denkt aan André, hij heeft hem niet laten weten dat hij hier is. Misschien heeft hij dat onbewust zo gelaten, voor vader. 't Was toen ook allemaal zo verwarrend, Dick met zijn praatjes en zijn vader die deze natuurlijk geloofde en bang was dat Daan met André bevriend zou worden. Wat zou pa toen gedacht hebben en waarom hebben ze er samen niet over gesproken? Ach, Daan weet het antwoord wel, zijn vader kon alleen maar oordelen. In zijn ogen zijn alleen diegenen goed die voldoen aan zijn eisen. Ineens komt zijn ergernis weer naar boven. Hij zet de borden harder in het afdruiprek dan nodig is. Bram ziet Daans gezicht vertrekken.

Even aarzelt hij, zegt dan: ,,Ik heb je misschien verkeerd beoordeeld.''

,,Zo, heeft u dat?'' zegt Daan, ,,en als dat misschien juist niet zo was, wat dan?''

In zijn stem klinkt ingehouden boosheid.

,,Ik was zo bang dat jij... dat jij ook 'zo' was.''

Heeft Bram alleen maar geoordeeld en veroordeeld?

,,En stel dat dat zo zou zijn?'' vraagt Daan weer.

,,Dan... zou mijn leven kapot zijn.''

,,Uw leven dus, dat is het waar jullie aan denken. En mijn leven dan en al die andere levens? Maar stel je gerust, met André ben ik gewoon bevriend, meer niet.''

,,Gelukkig,'' laat Bram zich ontvallen.

Daan lacht schamper. ,,Daarom bent u zeker ook naar die keuringsarts geweest?''

Bram zegt niets terug. Ineens heeft hij spijt, dat hij dat toen gedaan heeft. ,,Ik heb het niet goed gedaan,'' geeft hij toe.

,,Ach laat maar,'' zegt Daan. Zijn boosheid zakt alweer. ,,Ga maar vast naar binnen, ik kom zo met de koffie.''

Toch begint hij er zelf weer over als hij bij Bram zit. ,,Weet je pa, voor mij maakt het niets uit hoe André is, ik was alleen maar blij met zijn vriendschap. Ik vond het fijn om er bij te horen, net zoals Dick met zijn vrienden.''

,,Was je zo ongelukkig, Daan?'' Bram vraagt het zacht alsof hij bang is dat te vragen.

Daan knikt. ,,Soms zag ik het echt niet meer zitten na... na moeder.'' Hij kijkt door het raam terwijl hij zijn koffie roert. En toen Helga kwam... daar kon ik niet tegen, zij op moeders plaats.''

,,We hadden meer moeten praten, Daan.''

,,Ik kon het niet. Nu zie ik het anders. Ach, zo heeft iedereen wel wat,'' dit met een verontschuldigend lachje naar zijn vader.

,,Maar wat ga je nu verder doen?'' vraagt Bram.

Daan haalt zijn schouders op. ,,Ik blijf nog even hier tot de oogst binnen is. Van Heiningen heeft me nodig.''

106

Bram knikt. ,,Het is goed om ergens echt nodig te zijn. Het geeft je een gevoel van verantwoording.''

,,Zullen we even gaan kijken in de boomgaard?'' Ze lopen de tuin uit, het wegje naar de boomgaard in. ,,Kijk,'' wijst Daan naar de dijk, waarboven de zwaluwen in hun sierlijke vlucht de dansende muggen verrassen.

Bram kijkt geboeid, echter nog meer naar Daans gezicht waar een glans van genoegen af te lezen valt. Zo kent hij zijn zoon niet. Daan is hier gelukkig, begrijpt hij. De vreugde van dit stille, wijde land heeft hem de rust gebracht die hij thuis niet kon vinden. Bram voelt zich tekort geschoten. Misschien was het anders verlopen als Lidy er geweest was. Maar dat weet hij ook niet.

Toch een beetje ontroerd legt hij zijn hand op Daans schouder. ,,Ik hoop dat je nog eens heel gelukkig wordt.''

Daan keert zijn gezicht, waar de glimlach nog op ligt, naar zijn vader. Hij begrijpt dat dit een soort excuus is.

,,Het is hier fijn,'' zegt hij, ,,maar ik geloof dat het in jezelf zit. Jij en mam waren toch ook gelukkig in jullie huis.''

,,Ik kan nog wat van je leren,'' zegt Bram met een lachje.

In de boomgaard wijst Daan op de bomen en de struiken, en hij vertelt over het werk met de plukkers. Weer verwondert Bram zich over het enthousiasme waarmee Daan vertelt.

,,Ik dacht dat je MEAO gestudeerd had,'' zegt hij plagend.

,,Dat is nooit weg.'' zegt Daan met een grijns. ,,Alles is meegenomen, je weet maar nooit waar het goed voor is. O, daar komt m'n baas.''

Met grote stappen komt Van Heiningen hen tegemoet.

,,M'n vader,'' stelt Daan voor.

,,Dacht ik al,'' is het antwoord.

,,Goede oogst gehad, geloof ik,'' merkt Bram op.

,,Prima oogst, maar ik heb ook een beste knecht.'' Dit met een knikje naar Daan.

,,Hij weet er al aardig van mee te praten,'' vindt Bram.

Van Heiningen knikt. ,,Nou, 'k ga maar eens verder. Goeie zondag dan maar.'' Meteen loopt hij door.

Daan grinnikt. ,,Een man van weinig woorden.''

,,Hij waardeert je wel.''

,,Ik doe m'n best. Het is geen naar werk, alleen als het de hele dag regent.''

De volgende dag lopen ze naar de kerk. Terwijl ze de oude kerk passeren ziet Daan nog juist Van Heiningen en zijn vrouw naar binnen gaan. ,,Dat is nog ouderwets,'' kijkt Bram naar de kerkgangers. Daan knikt. ,,Hier kerkt Van Heiningen.'' Hij zelf voelt zich toch meer thuis in het wat moderner kerkje waar zij heengaan. Eigenlijk moest het niet zo zijn, denkt hij. Waarom niet één kerk, er is toch ook één God.

Als ze die middag in de tuin zitten wordt er aan het tuinhekje gerammeld.

,,Ha Tom, kom er maar in,'' roept Daan. ,,Dit is onze kleine plukker,'' vertelt Daan aan Bram en geeft het kind een koekje. Wat verlegen kijkt Tom naar Bram. ,,De kleinzoon van Van Heiningen,'' legt Daan uit.

,,Dag Tom,'' zegt Bram. Maar Tom blijft stokstijf bij Daan staan. ,,Hij kent je goed,'' merkt Bram op.

,,We zijn vriendjes, hè Tom?'' vraagt Daan ernstig. ,,Hij is wat verlegen,'' legt hij zijn vader uit.

,,Was jij ook altijd.''

Daan knikt. Bram kijkt met meer aandacht naar het kind en ziet Daan voor zich zoals die vroeger was. Later was hij ook nog zo teruggetrokken. Nu is dat wel over. Twintig jaar is hij nu, wat zou Lidy trots op haar zoon geweest zijn.

,,Mamma,'' zegt Tom en ja, daar komt Christine aan.

,,Tom!'' roept ze. Maar meteen ziet ze hem staan. ,,Als ik het niet dacht,'' zegt ze, ,,het is Daan voor en Daan na. O, je hebt bezoek zie ik.''

,,Alleen m'n vader maar,'' zegt Daan.

Aarzelend komt Christine naderbij en steekt haar hand uit. ,,Christine,'' zegt ze bedeesd.

,,Moet ik geen mevrouw zeggen?'' lacht Bram.

Haar gezicht betrekt.

,,Nee,'' zegt ze, ,,Christine van Heiningen.'' Het laatste klinkt harder.

,,Ach ja, je bent ook nog jong,'' glimlacht Bram vriendelijk. ,,Je schoonvader heb ik al ontmoet.''

,,M'n vader,'' weer stug.

,,Kopje thee?'' vraagt Daan.

,,Nee dank je, we gaan wandelen. Kom Tom.''

,,Tom wil bij Daan blijven.''

Daan neemt de jongen op z'n arm. ,,Weet je wat, Tom. Jij gaat eerst met mamma wandelen en daarna komen jullie hier een glaasje limonade drinken. Goed?''

Het is goed. En weer kijkt Bram met verwondering naar zijn zoon die een kind aanhaalt en hem met een paar woorden naar zijn hand zet. Maar hij onderschept ook de blik van Toms moeder, als ze naar die twee kijkt. Haar ogen liefkozen als het ware het beeld dat ze voor zich ziet. Geldt die blik alleen voor Tom of...? Het bezorgt Bram een schokje en in-eens ziet hij Daan met andere ogen, als de man die hij zal worden, een vader misschien. Even moet hij slikken om zijn ontroering te verbergen. En weer denkt hij: dat zou Lidy moeten zien. Ach, misschien heeft zij het vroeger al gezien. Híj wilde alleen maar flinke kerels als zoons. Maar daar zit het hem immers niet in, zoals Daan zei: ,,Het zit in jezelf.'' Het geluk bedoelde hij.

,,Tot straks,'' zegt Daan.

,,Tot straks!'' roept Tom. Daan kijkt hem nog na om te zwaaien als Tom omkijkt.

Ook Bram kijkt. ,,Leuk joch,'' en hij denkt: dat vrouwtje is een beetje ernstig, stug eigenlijk. ,,Hij mag je nogal,'' zegt hij tegen Daan.

,,Hij loopt me altijd na, hij krijgt niet veel hartelijkheid van zijn opa.''

,,Van zijn ouders toch zeker wel?''

,,Hij heeft geen vader.''

,,O,'' vandaar die blik, denkt Bram. Van Heiningen zei ze. ,,Is zij dan een dochter van je baas?''

Daan knikt. ,,Ze heeft het daar niet gemakkelijk, durft haar mond niet open te doen. Haar moeder zorgt meestal voor Tom, want zij werkt mee in de boomgaard.''

,,Sneu voor zo'n jongen.''

Daan knikt peinzend. Hij kijkt naar de dijk waar ze samen lopen, Tom met kleine dribbelpasjes naast Christine.

,,Wanneer ga je naar Helga?'' vraagt hij.

,,Volgende week, 'k zal blij zijn als ik daar ben, het is niets gedaan zo alleen thuis. 'k Heb nog een plannetje,'' vertrouwt hij Daan toe. ,,Als Helga daar klaar is wil ik samen met haar naar haar geboortedorp, als verrassing voor Helga.''

,,Zal ze best leuk vinden.''

,,Denk ik ook.''

,,Ben je blij met haar?'' Daan kijkt zijn vader niet aan als hij dat vraagt.

,,Ja Daan, ik ben heel blij met haar,'' zegt Bram ernstig. ,,Met je moeder was het anders, we waren jong en kregen jullie. Nu we wat ouder zijn hebben we elkáár meer nodig. En ik hoop dat we nog veel jaren samen mogen beleven, Helga en ik.''

Even is het stil.

Dan zegt Daan: ,,Dat hoop ik ook.''

De figuurtjes op de dijk worden steeds kleiner.

,,Dank je jongen,'' zegt Bram eenvoudig.

,,Pension Grüben bitte,'' zegt Bram tegen de chauffeur. De bus rijdt over een smalle weg vol met haarspeldbochten. Wel heel iets anders dan het tochtje naar Daan door de weilanden. Daar genoot Bram ook van, maar wat hier langs zijn oog voorbij gaat is indrukwekkend. Tussen de dichtbeboste bergen liggen de huizen schilderachtig neergestrooid. Bij bijna ieder dorp is wel een houtvesterij waar stapels boomstammen in allerlei soorten en maten liggen te wachten om verwerkt te worden. Als de bus stopt hoort Bram het ruisen van de rivier en de watervallen. Het doet hem denken aan het boek van Gulbranssen 'En eeuwig zingen de bossen'. Zo moet het daar ook zijn.

Bram stapt vlak voor het pension uit. Meteen gaat de deur open. Ze heeft zeker op de uitkijk gestaan, denkt Bram.

,,Bram!'' Helga zingt het zowat. Hij ziet haar ogen glanzen, weet hoe goed het is om weer bij elkaar te zijn.

,,Heb je me gemist?''

,,Nou en of, en jij?'' Hij streelt haar haar. ,,Ik laat je niet meer alleen gaan.''

,,Over twee dagen zit m'n taak erop,'' troost ze.

Later op de avond zitten ze samen op haar kamer. Hij vertelt van Daan, en ook over zijn plan om samen naar Hongarije te gaan.

,,O Bram, dat zou geweldig zijn. Dan kunnen we die twee oude baasjes opzoeken en Marika natuurlijk. En je kunt met eigen ogen zien waar ik ben opgegroeid.''

Bram ziet tevreden hoe blij Helga is, het was een goed plannetje van hem.

,,Morgen haal ik de tickets op,'' belooft hij.

Zo stappen ze na drie dagen op de trein in München die hen via Salzburg en Wenen naar Budapest brengt. Als ze de grens overschrijden klopt Helga's hart sneller dan gewoonlijk. Ze is na zoveel jaren weer terug in haar geboorteland. In Budapest stappen ze uit en lopen achter de andere passagiers aan naar de uitgang van het station. Helga kijkt rond of ze iets herkent in de stad waar ze zich herinnert maar een keer te zijn geweest toen ze nog heel klein was. Maar ze hoort wel de bekende taal die ze sinds Janos' dood niet meer heeft gesproken. In een restaurant bestellen ze koffie en een broodje. De stad ziet er op het eerste gezicht wat somber en sjofel uit, maar de gebouwen zijn indrukwekkend om hun oudheid. In de etalages herkent ze de soberheid, het verschil met de overdaad die in Holland en Duitsland ligt uitgestald.

Dan zoeken ze op het autobusstation de bus die richting Eger gaat. Die moeten ze hebben, dat weet Helga nog wel. Al spoedig kunnen ze vertrekken. Ze rijden in de schaduw van de bergen langs een kronkelige weg met de rivier mee. De bergen zijn meer rotsachtig, niet zo mooi begroeid als in Duitsland. Als na ruim een uur de bus stopt bij een brugje herkent Helga die plek.

,,Hier is het, Bram.''

Als de bus weer wegrijdt blijven ze even stil kijken naar de smalle, kolkende rivier die door het dorp loopt.

,,Is dat niet mooi,'' zegt Helga met glanzende ogen.

Het ontroert haar weer terug te zijn op de plek waar ze als kind speelde. Heeft ze het onbewust dan toch gemist allemaal? Ze steken de weg over naar het plein waar ook de zon weer te zien is.

,,Zullen we dáár?'' wijst Bram op een vierkant gebouw dat er als een hotel uitziet.

,,Misschien duur,'' aarzelt Helga als ze de mensen bekijkt die op het terras zitten.

,,Kom op, we nemen het ervan,'' zegt Bram.

Er is nog een grote, geriefelijke kamer vrij. En moe van de reis zoeken ze al gauw na de maaltijd hun bed op.

De andere dag laat Helga de omgeving aan Bram zien, en ze bezoeken de twee ooms van Helga. Eerst herkennen de mannen Helga niet. Maar al spoedig zijn ze in druk gesprek gewikkeld, als Helga herinneringen ophaalt. Intussen loopt Bram wat om het huis heen dat buiten het dorp staat. Hij bekijkt het tuintje waar wat groenten op worden verbouwd. Veel is het niet. De grond hier is ook niet te vergelijken met de vette kleigrond thuis. Nadat Helga beloofd heeft voor ze weer vertrekken nog eens langs te komen nemen ze afscheid van de oudjes.

Nu is nicht Marika aan de beurt. Langzaam klimmen ze de stoffige weg omhoog, waarlangs een rij huizen gebouwd is van grote stukken glad gesteente. De vensters zijn klein en diep, de stoeptreden leiden trapsgewijs naar een hoge smalle voordeur. Het ziet er oud en solide uit, maar ook wat somber. Met de fleurige bloembakken aan de muren heeft het geheel een schilderachtig aanzien.

,,Kijk, daar heb ik vroeger gewoond,'' wijst Helga naar een van de laatste huizen van de rij. Bram kijkt belangstellend. Hij probeert zich een voorstelling te maken van Helga als klein meisje, spelend voor het huis.

,,Je droeg toen zeker lange vlechten?'' vraagt hij lachend.

,,Nou en of,'' knikt Helga, ,,en ik had ook een schortje voor en hoge schoenen aan vanwege al die stenen hier.''

Marika is thuis, evenals haar oudste dochter Anja. Het is een ontroerend weerzien voor de twee vrouwen. Het meisje Anja spreekt een aardig mondje Duits, nu kan Bram ook wat converseren. Zo ondekt hij dat het leven in Hongarije nog steeds hard is. Anja werkt 's morgens op een naaiatelier en 's middags helpt ze haar moeder. Als er veel toeristen zijn valt ze 's zomers wel in bij een restaurant. Voor een hele dag op het atelier is er geen werk genoeg.

,,Je mag blij zijn als je iets krijgt,'' vertelt ze. Het klinkt gelaten alsof ze zich er al bij heeft neergelegd dat het nu eenmaal zo is. Maar haar stem klinkt harder als ze vertelt van haar zusje Grizelle die zo goed kan leren, maar straks ook naar een fabriek moet, evenals haar broer van achttien. ,,Dat is toch jammer van zo'n meisje,'' zegt ze bitter, ,,Grizelle zou naar een hogere school moeten, maar ja, daar heeft vader geen geld voor.''

Bram luistert en denkt aan zijn eigen kinderen, hoe goed zij het hebben en hoeveel kansen ze krijgen om te gaan doen wat ze prettig vinden. Hij zal Sandra zeker vertellen over Anja en Grizelle en dat alles niet zo vanzelfsprekend gaat zoals dat bij haar het geval is. Misschien gaan haar ogen dan open.

De mensen zijn arm, maar wel gastvrij. Marika staat erop dat Bram en Helga bij haar zullen eten.

,,Het is maar eenvoudig hoor,'' excuseert ze met een blik naar Bram.

Als Helga het vertaalt, lacht Bram en zegt dat hij graag bij Marika wil eten. Hij meent het want hij voelt zich wonderwel op zijn gemak. Marika is een aardige vrouw, ze lijkt een beetje op Helga, is alleen wat gezetter. Je kunt aan alles merken dat het een goed gezin is. Het huis is eenvoudig, maar netjes. Hij ziet de bewonderende blik waarmee Marika Helga's pakje bekijkt. Geen jaloerse blik. Maar tenslotte heeft Marika ook iets wat Helga niet heeft, namelijk een leuk stel kinderen. Ze eten grote, donkere plakken brood met pittige kaas erop, de koffie smaakt er voortreffelijk bij.

Daarna gaan Helga en Bram het dorp verkennen en beloven voor de maaltijd weer terug te zijn. Enthousiast wijst Helga al de bekende plekjes, zoals de school en de kerk die ze bezocht en het huis van haar grootouders. Ze ontmoet zelfs nog een oude schoolvriendin.

,Ik twijfelde eerst of ze het werkelijk was,'' vertrouwt ze Bram later toe, ,,niet te geloven, ze lijkt wel zeventig. Zie ik er ook zo uit?''

,,Nu vis je naar een compliment,'' plaagt Bram. Hij is trots op Helga, vooral als hij de bewonderende blikken ziet van diegenen die Helga ontmoet. Zijn vrouw, denkt hij. Lidy is nu zo ver weg. Zou het altijd zo gaan, steeds verder weg?

114

De man van Marika is een wat stugge, grove man, echt een bergbewoner, het harde werken is hem aan te zien. Zijn bewegingen zijn traag. Hij zegt niet veel, maar wat zal hij moeten zeggen tegen zo'n vreemde buitenlander. Met Anja en Grizelle gaat dat beter, zij vragen Bram de oren van het hoofd. Grizelle is veertien, ze lijkt veel ouder dan Sandra al is ze dat dan ook een jaartje. Grizelle vraagt hem uit over Sandra.

,,Mag ze zo lang leren?'' en ,,Wat gaat ze daarna doen?''

,,Dat weet ze nog niet, ze moet zelf maar kiezen,'' antwoordt Bram.

,,O.'' Even is het stil als Grizelle over dat antwoord nadenkt. Bram ziet haar denken en schaamt zich een beetje dat bij hen alles zo vanzelf gaat.

Hij zegt: ,,Anja heeft me verteld dat jij ook zo graag verder zou leren. Wat zou jij dan willen worden?''

,,Ik...,'' zegt Grizelle dromerig. ,,Ik zou lerares willen worden, andere talen leren en reizen als ik vrij was. Maar ja,'' springt ze ineens op, ,,ik ga naar de fabriek net als Vandor.'' Ze knikt daarbij naar haar broer die daar blijkbaar niet over inzit.

,,Wat voor een fabriek?'' vraagt Bram belangstellend. ,,En werkt je vader daar ook?''

,,Vleeswarenfabriek,'' vertelt Anja. ,,En vader werkt in de steengroeve.''

,,Zwaar werk,'' knikt Bram naar de man.

,,Ja-ja,'' beaamt die de vraag van Bram en laat zijn handen zien. Bram zou zijn eigen kantoorhanden wel onder de tafel willen steken.

,,En Anja dan, wat zou jij willen?'' vraagt hij aan het oudere meisje.

Ze bloost een beetje. ,,Verpleegster of zo, of iets in een hotel. Is er bij u wel werk te vinden?'' vraagt ze opeens.

,,Wel als verpleegster,'' bemoeit Helga er zich mee. ,,Ze zitten om verzorgend personeel te springen in Holland.''

115

,,Zou u... eens voor mij willen informeren?'' zegt ze met een kleur van opwinding.

,,Dat wil ik wel doen,'' antwoord Helga. ,,Maar wil je dan zo ver weg van huis?''

,,Hier kom ik toch niet verder,'' zegt Anja hartstochtelijk. ,,En als ik daar verdien kan ik m'n ouders ook wat geld sturen.''

Bram glimlacht en denkt: lief kind. Hij zou haar zo wel mee willen nemen en neemt zich ook voor zijn best voor haar te doen.

De maaltijd is eenvoudig maar smaakvol bereid. Ondanks alles heerst er een eenheid in dat gezin. Ook Helga en Bram voelen zich erin opgenomen, temeer als de vader zijn handen vouwt en een kort gebed uitspreekt. Het is het geloof dat hen samenbindt, dat beseffen ze op dat moment allemaal zoals ze daar aan tafel zitten in dat verre bergdorp.

Die avond zijn Helga en Bram wat stil. Hun gedachten zijn bij dit gezin.

,,Konden we ze maar helpen,'' zegt Bram als ze later samen langs de rivier lopen.

,,Ik heb ze vaak wat geld gestuurd,'' vertelt Helga.

,,Ik bedoel iets anders,'' zegt Bram peinzend. ,,Ik weet alleen nog niet hoe. Maar als ik onze kinderen vergelijk met deze kinderen, Anja en Grizelle en Vandor en straks die kleine Tamar. Het mooiste zou zijn als we Anja ergens konden plaatsen.''

,,Ik denk dat ze niet eens de reis kunnen betalen,'' zegt Helga.

,,En die Grizelle, die zo graag verder wil leren. Het is toch jammer van zo'n begaafd meisje om met zulke hersens in een fabriek te gaan werken. Vandor schijnt daar geen moeite mee te hebben.''

Als ze op bed liggen denkt Bram er nog steeds aan. Zijn plan groeit, maar hij wil niet op de dingen vooruit lopen. Stel je voor dat het een fiasco wordt. Sandra is ook niet meer zo gemakkelijk. Nog maar even aanzien. Hij wil daar nog wel eens heen, eens goed zien wat voor vlees hij in de kuip heeft.

116

Toch laat het Bram niet los. Al wandelend vertelt hij de volgende dag aan Helga wat hem door het hoofd spookt.

,,Kijk,'' zegt hij bedachtzaam, ,,ik had zo gedacht, als jij die ouders nu eens polst hoe ze het zouden vinden als wij Grizelle meenemen. Misschien kan ze dan gelijk met Sandra op leren, met bijlessen Nederlands uiteraard. We kunnen het voorlopig een half jaar proberen. Het is ook goed voor Sandra, en jij kunt weer zorgen.'' Het laatste gaat gepaard met een lachje naar zijn vrouw.

,,Je meent het,'' zegt Helga, en enthousiast pakt ze zijn arm beet. ,,Wil je dat echt, Bram? Ik dacht wel dat je zoiets in je hoofd had. Maar die beslissing moet jíj nemen. O, het zou fantastisch zijn. Ik weet nu al dat ze het goedvinden, laten we vanmiddag meteen gaan praten.'' Ze danst bijna aan Brams arm. ,,En als we thuis zijn ga ik meteen informeren bij het ziekenhuis, voor Anja, dan heeft Grizelle haar eigen zus in de buurt. Maar ik betaal mijn aandeel ook hoor. Ik kan niet van jou verlangen dat jij overal voor opdraait.''

Bram lacht toegefelijk.

,,Het komt best voor elkaar. Maar,'' waarschuwt hij haar dan, ,,loop nu niet te hard van stapel. Het kan best wezen dat Grizelle er niets voor voelt. En Sandra zal het toch ook wel leuk moeten vinden.''

Helga's gezicht betrekt, van die kant heeft ze het nog niet bekeken.

,,Kunnen we haar niet bellen?'' veert ze weer op.

Bram schudt zijn hoofd. ,,Momenteel zitten ze in het zomerhuisje. We moeten het er dan maar op gokken. Maar Helga,'' houdt hij haar tegen, ,,laten we één ding afspreken. Als het doorgaat moeten we ervoor zorgen dat we de meisjes gelijk behandelen en nooit een van de twee voortrekken. Niet, bijvoorbeeld, dat ik Sandra de hand boven het hoofd houd en jij Grizelle, want dat leidt alleen maar tot complicaties. Als er iets is moeten we het met elkaar uitpraten.''

Helga knikt en zegt wat hulpeloos: ,,'t Is misschien toch moeilijker dan het lijkt.''

,,Ja,'' zegt Bram, ,,maar met een beetje goede wil zal het wel lukken. En laten we voorop stellen dat we het eerst een half jaar proberen.''

Het liefst zou Helga linea recta naar het huis van Marika gaan. Maar Bram vindt het beter tot de middag te wachten. ,,Die vrouw heeft immers ook haar werk.''

Helga lacht, Bram heeft gelijk. Maar haar mond staat niet stil en in gedachten is ze de kamers al aan het veranderen thuis. Ook een slaapplaats voor Anja zodat zij in haar vrije tijd bij hen terecht kan.

Het eerste gesprek die middag wordt met Marika gevoerd. Hoewel de tranen al in Marika's ogen springen bij het vooruitzicht haar meisjes te moeten missen, wil ze hen die kans toch niet ontnemen.

,,We proberen het eerst een half jaar,'' troost Helga.

Marika knikt. Dat Anja nog eens weg zou gaan was wel te voorzien, omdat ze hier geen baan kon krijgen die ze ambieerde. Maar Grizelle... ze is nog zo jong.

,,Ik zal als een eigen dochter voor haar zorgen,'' pleit Helga.

Marika zucht. ,,Het is dat ik Tamar nog heb en Vandor, anders zou ik er niet over denken.''

Als Anja het hoort bij haar thuiskomst is ze even stil. Maar haar blik zegt genoeg.

,,Wat fijn voor Grizelle,'' zegt ze dan warm.

Kijk, dat gezegde van Anja doet Bram wel iets, dat meisje denkt eerst aan een ander.

,,Voor jou gaan we ook meteen informeren,'' belooft hij. ,,Als je vader ermee akkoord gaat tenminste.''

De vader vindt het best. Hij vindt alles best wat de zorg voor het gezin een beetje kan verlichten.

,,Straks wil Vandor ook nog weg,'' plaagt Anja met een blik op haar broer.

Maar Vandor zegt: ,,Mij niet gezien, ik blijf bij m'n voetbalclub.''

,,Heet die voetbalclub soms Marischka?'' vraagt Anja weer plagend.

,,Ga jij nu maar naar Holland, misschien treft jij daar een boer op klompen,'' laat Vandor zich niet op de kast jagen.

,,En ik dan?'' vraagt Tamar die met grote ogen heeft zitten luisteren naar al die plannen.

Marika neemt het kind in haar armen. ,,Jij mag bij moeder blijven. We moeten toch nog een kind hier houden?''

Helga kijkt er naar. Wat zal het haar pijn doen straks om afscheid van de meisjes te moeten nemen. Ze heeft respect voor Marika die haar eigen verlangens opzij zet voor het geluk van haar kinderen.

Bram en Helga blijven nog een week. Zo kan Grizelle vast wennen aan haar pleegouders en andersom natuurlijk ook. Het is een intelligent meisje die weet wat ze wil, maar ook een die kan gehoorzamen als haar moeder iets van haar vraagt.

,,Ik heb goede hoop dat het wel zal lukken,'' zegt Bram tegen Helga. ,,Alleen Sandra's reactie nog afwachten.''

Ze nemen afscheid van het gezin dat hen zo na is gekomen.

HOOFDSTUK 6

Daan zit met zijn benen languit op de bank tv te kijken, als de telefoon gaat. Het is zijn vader die het grote nieuws vertelt dat Grizelle nu bij hen woont.

,,Dat jullie dat aandurven, straks krijgt dat meisje heimwee,'' zegt Daan.

,,Dat geloof ik niet,'' is Brams antwoord, ,,en zij en Sandra zijn al de beste maatjes.'' Vaders stem klinkt blij. ,,Je komt maar eens gauw kennismaken.''

,,Dat zal ik doen.''

Bram vertelt nog dat er kans is dat het zusje van Grizelle ook komt.

,,Gaan jullie een kindertehuis oprichten?''

,,Nee-nee, we laten het hierbij. Maar dat andere meisje wil hier in de verpleging.''

,,Helga vindt het zeker wel leuk.''

,,Nou en of, ze kan weer zorgen,'' lacht Bram zacht, ,,in plaats van voor jullie, moet je maar denken. Gaat het goed bij jou en kom je nog niet terug?''

,,Is er voor mij dan nog een plaatsje?'' plaagt Daan.

,,Voor jullie altijd,'' zegt Bram weer ernstig. ,,Het is nog steeds jouw thuis, jongen.''

,,Ik bel wel als het zover is.''

Die pa, lacht Daan in zichzelf als hij weer gaat zitten. Die meisjes zoeken het wel ver. Maar daar zullen ze waarschijnlijk niet veel verder komen. Dat is ook jammer voor zo'n meisje, als ze zo goed kan leren. Dáár zou ze naar een fabriek moeten, zei pa. 't Kind zal niet weten hoe ze het hier heeft, die wil nooit weer terug.

Hé, daar komt iemand aangehold. Christine, ziet Daan. Wat moet die nu, er is zeker iets gebeurd, met Tom misschien. Snel loopt hij naar de achterdeur waar Christine staat te hijgen. Ze trekt Daan aan zijn mouw.

,,Kom alsjeblieft mee, er is iets met vader, hij heeft een toeval of zoiets.''

,,Ga maar vast,'' zegt Daan, ,,even m'n schoenen aantrekken.''

Dan holt hij achter Christine aan. Dwars door de keuken ligt de zware gestalte van Van Heiningen. Zijn ogen zijn weggedraaid en zijn mond hangt scheef. Zijn gelaatskleur is donkerrood. Een beroerte, denkt Daan.

,,Heeft u de dokter gewaarschuwd?'' vraagt hij aan mevrouw Van Heiningen.

Ze knikt. ,,Hij was nog niet thuis. Zijn vrouw zou hem waarschuwen.''

,,Daar wachten we niet op,'' zegt Daan resoluut en loopt naar de telefoon om 06-11 te draaien. ,,De ambulance komt zo,'' zegt hij, terug in de keuken.

,,Als vader maar niet doodgaat,'' zegt Christine opeens.

Even streelt hij haar hand.

,,Laten we eerst afwachten wat de dokter zegt.''

De ambulance rijdt al voor. Vluchtig onderzoekt de arts de man.

,,We nemen hem mee,'' zegt hij. En tegen mevrouw Van Heiningen zegt hij, dat ze mee kan rijden.

De vrouw is bleek, maar beheerst. Ze pakt wat spullen die haar man nodig zal hebben in een tas.

,,Als ik iets weet, dan bel ik,'' zegt ze tegen haar dochter.

Daan en Christine kijken de ambulance na, die er de vaart in zet. Christine staat te trillen.

,,Kom nou,'' zegt Daan, ,,misschien valt het wel mee.'' Hij haalt wat warme melk voor haar. Haar tanden klapperen tegen de beker. Daan weet niet goed hoe hij haar troosten moet. Hij lacht maar eens tegen haar. Door haar tranen heen lijkt ze ineens zo kwetsbaar. Het ontroert hem een beetje, ze lijkt nu net een heel jong meisje.

,,Vertel me eens, Christine, hoe oud ben je eigenlijk?'' vraagt hij opeens. ,,Hoezo…?'' vraagt ze verwonderd met nog een traan op haar wang.

,,Nou eh, je lijkt nu wel een zusje van Tom,'' lacht hij een beetje. Ze lacht alweer mee.

,,Tweeëntwintig,'' zegt ze zacht.

,,Zo, dan win je het van mij.''

,,Soms voel ik me oud, net alsof er nooit meer iets komt.'' Ze kijkt peinzend uit het raam. Ze meent het, denkt Daan.

,,Zo heb ik me ook weleens gevoeld,'' zegt Daan. ,,Vooral nadat mijn moeder was gestorven en ook toen mijn vader weer hertrouwde.''

,,Is die vrouw niet aardig?''

,,Ach, eigenlijk is ze best aardig, maar ik kon het gewoon niet hebben dat ze in moeders plaats kwam. Ik zag haar toen echt als een indringster. Maar sinds ik hier ben is dat gevoel helemaal weg. 'k Heb nu meer begrip voor de situatie.''

,,Zou je hier niet willen blijven?'' vraagt Christine opeens.

,,Hier...? Hoe kom je daar nu bij?''

,,Ach laat maar,'' zegt ze dan met een kleur. Ze had dat niet moeten vragen, denkt ze spijtig, nu denkt Daan misschien dat zij dat zo graag wil. ,,M'n vader heeft zoveel steun aan je,'' zegt ze dan maar.

,,Aan mij...?'' Daan zet grote ogen op. ,,Heeft hij dat gezegd?''

,,Ik hoorde dat hij het tegen moeder zei,'' zegt Christine weer op haar stugge manier.

Daan denkt aan Van Heiningen, dat had hij beter eens tegen hém kunnen zeggen. Hoewel, tegen pa zei hij ook zoiets, van goeie hulp of zo.

,,Stel je voor, dat vader... niet weer terugkomt,'' zegt Christine opeens weer benauwd, ,,dan weet ik me geen raad. Het is de bedoeling dat ik hier alles voortzet. Ook voor moeder, en Tom.''

Daan krabt eens achter zijn oor. Het zit er dik in dat Van Heiningen niet één-twee-drie het heft weer in handen zal nemen. Wat moet zo'n meisje als Christine dan beginnen?

,,Je zou een goede knecht kunnen nemen, een zetbaas of zoiets.''

122

,,Die wil dan natuurlijk ook het huis erbij, en dat zal mijn moeder niet willen, denk ik. Zij is hier geboren en getogen, kun je wel zeggen. Wil jij blijven, totdat vader weer op de been is?'' vraagt ze toch.

,,Als het niet al te lang duurt,'' aarzelt Daan. ,,Ik zal ook eens een vaste baan moeten zoeken, dat verwacht pa van me. Ik heb mijn diploma niet voor niets gehaald, zegt hij altijd. Maar als je het mij vraagt zou ik die baan wel hier ergens willen zoeken.''

,,Mamma!'' klinkt een stemmetje van boven.

,,Even kijken,'' zegt Christine. Even later komt ze terug met Tom op de arm. ,,Kijk eens wie er is,'' zegt ze tegen het kind als ze de keuken weer binnenkomt.

,,Daan!'' roept Tom en strekt zijn armen naar Daan uit. Hij neemt Tom van Christine over.

,,Zo jongetje, moet jij niet slapen?''

,,Hij voelt zeker dat er iets is,'' zegt Christine. ,,Koffie, Daan?''

,,Tom ook koffie,'' zegt Tom.

,,Welja, maak het nog gezelliger,'' lacht Christine. Even is ze haar vader vergeten, en komt een blij gevoel over haar als ze naar die twee kijkt, Daan en Tom. Zo warm wordt ze ineens, warm van verlangen. Als dat eens zou kunnen, als het zo eens zou blijven, Daan en Tom en zij... Ze keert zich naar het fornuis om de koffie in te schenken zodat Daan haar gedachten niet van haar gezicht zal aflezen. Ze moet zich gewoon inhouden om niet naar die twee toe te lopen en ze in haar armen te sluiten. Ze schrikt van haar eigen gedachten: ze lijkt niet erg lekker, wat haalt ze zich allemaal in haar hoofd. Zoiets is niets voor haar, Daan moest eens weten wat er allemaal door haar hoofd gaat.

Daan krijgt zijn koffie, er is melk voor Tom.

,,Koekje,'' eist Tom.

,,Jij krijgt praatjes, jongeman.'' Meteen kietelt Daan Tom in zijn buik, wat een geschater oplevert. ,,Hij komt los,'' zegt Daan tegen Christine.

,,Bij jou wel,'' zegt ze met een glimlach, ,,niet bij m'n vader.'' Meteen betrekt haar gezicht als ze weer aan haar vader denkt. De onrust komt weer boven, temeer als Tom ook vraagt waar oma en opa zijn. ,,Opa is ziek,'' zegt Christine moeilijk. Meteen pakt ze Tom. ,,En nu naar bed jij.''

,,Daan ook mee,'' zeurt Tom. Wil Daan dat wel, kijkt Christine weifelend Daans kant op. Daan wil, en Tom mag op zijn rug naar boven. Toms avond kan niet meer stuk. Zijn hele snoetje straalt als Daan hem op bed kiepert. 't Kind is niet veel gewend, denkt Daan. Hij trekt de deken over Tom heen.

,,Nu lekker slapen.'' Tevreden steekt Tom zijn duim in de mond. Zijn ogen volgen Daan tot aan de deur. Daan zwaait nog even. Het laatste wat hij ziet zijn Toms glinsterende ogen.

Van de flinke man Van Heiningen is niet veel meer dan een wrak overgebleven. Hij komt pas weer thuis als de hele oogst inmiddels binnen is. Als Daan achterom kijkt naar die drukke maanden komt hij tot de verbijsterende conclusie dat hij geruisloos de plaats van de baas zo goed als heeft ingenomen. Het kon ook bijna niet anders. Samen met mevrouw Van Heiningen regelde hij de zaken. Christine zorgde voor plukkers. Zo'n bedrijf is al een hele organisatie op zichzelf. Veel vrije tijd bleef er dan ook niet over. Tijdens die drukte was het alleen maar werken en slapen en slapen en werken.

Het was dan ook vanzelfsprekend dat Daan bij de familie aan tafel schoof, iets wat Tom zeer op prijs stelde. Zelfs zijn wasgoed ging mee in de machine. Alleen op zondag werd de rustdag gehandhaafd. Daar genoot Daan dubbel van. De vrouwen gingen 's middags op bezoek bij Van Heiningen. Daan is een keer mee geweest naar het ziekenhuis. Ook nog een keer naar het revalidatiecentrum. De aanblik van zijn eerst zo gezonde baas deed Daan schrikken, maar vooral de hulpbehoevendheid van

Van Heiningen ontstelde hem. Dat een mens zo klein kan worden. Je zou er opstandig van worden. Zou dat sterke geloof van Van Heiningen nog net zo groot zijn als voor zijn ziekte? Ach, je weet nooit wat er in zo'n mens omgaat.

Het is inmiddels december en het meeste werk ligt achter Daan. Hij kan tevreden zijn, hij weet dat hij zich goed geweerd heeft. In deze tijd heeft hij veel kennis van het bedrijf gekregen. Hij weet ook hoe de bomen moeten worden gesnoeid na de pluk. Een buurman heeft hem daar bij geholpen. Daan bekijkt met voldoening de kisten vol appels en peren die in de koeling worden bewaard. Mijn werk, denkt hij trots.

De dag na Sinterklaas komt Van Heiningen thuis. Hij loopt langzaam, steunend op zijn stok, terwijl zijn ene arm er machteloos bij hangt. Ook zijn ene been slingert maar wat mee. Van Heiningen voelt zich net zo machteloos als dat been en die arm. Toch is hij blij om thuis te zijn. Tom kijkt met grote, bange ogen naar die man, waarin hij toch zijn opa herkent. In zijn angst kruipt hij achter zijn moeder weg en klemt de pas van Sinterklaas gekregen beer tegen zich aan.

Als Van Heiningen weer wat gewend en uitgerust is wil hij de oogst bekijken. Het liefst zou hij de hele boomgaard door lopen. Maar hij beseft wel dat hij daar niet toe in staat is. Daan moet mee om te vertellen hoe alles gereild en gezeild is. Dat doet Daan maar al te graag. Er klinkt trots in zijn stem als hij vertelt van de goede oogst. Het lijkt wel of hij zijn eigen bedrijf aan een vreemde laat zien, beseft hij ineens. Maar Van Heiningen knikt goedkeurend.

,,Best-best,'' zegt hij. Die avond heeft Van Heiningen een gesprek met zijn vrouw. Hoewel ze hem moeilijk kan verstaan begrijpt ze wel wat haar man bedoelt.

,,Christine,'' zegt hij, ,,Daan... samen.''

,,Bedoel je dat Christine met Daan zal trouwen? Maar hij is nog zo jong, man.''

,,Later," houdt hij voet bij stuk. Mevrouw Van Heiningen zucht, je kunt zoiets niet dwingen, hoewel ze Christine ervan verdenkt dat zij er niet op tegen is. Maar die jongen...?

,,Ik kan niet meer," zegt haar man. Nee, denkt zijn vrouw verdrietig, haar man zal nooit meer de oude worden. Het zou mooi zijn voor hem als Christine zou trouwen, en ook voor het kind.

,,Laten we nog wat afwachten," zegt ze. Maar Van Heiningen is ongeduldig.

,,Papier en pen," wijst hij.

Ze doet wat hij vraagt.

,,Schrijven," beduidt hij. ,,Later naar de notaris. Christine en Daan... alles volledig."

Zijn vrouw voldoet zoveel mogelijk aan zijn wensen. Het komt hierop neer dat in het geval Daan met Christine zal trouwen zij beiden erfgenaam zullen worden van het bedrijf. Mevrouw Van Heiningen heeft haar twijfels om op die manier Daan als het ware te dwingen. Maar aan de andere kant, als Daan niet wil gaat de hele vertoning gewoon niet door, zo gemakkelijk ligt dat. Ze hoopt alleen maar niet dat haar man er nu al met Daan over zal spreken.

Nee, Van Heiningen praat er nog niet over met Daan, maar wel met zijn dochter.

,,Christine," zegt hij op een avond, ,,ik zal nooit meer beter worden."

,,Toe pa." Ze grijpt zijn hand terwijl tranen van medelijden in haar ogen springen. ,,U moet goed oefenen, dan zult u zien dat het van de zomer al veel beter gaat."

Van Heiningen schudt zijn hoofd.

,,Kan nooit meer werken," zegt hij. Daar weet Christine niets op terug te zeggen.

,,Jij moet vragen of Daan hier wil blijven."

Daan... dat heeft ze hem al gevraagd. Maar dat vertelt ze niet aan haar vader.

,,Hij heeft MEAO vader, hij zal daar een baan naar zoeken als hij weer thuis is.'' Ze zegt nu zelf de woorden waarvan ze zo bang is die te horen: 'als hij weer naar zijn eigen huis gaat.' O, Christine wil daar niet aan denken. Daan is al zo helemaal met haar leven verweven dat ze zich een leven zonder Daan bijna niet meer kan voorstellen. De eerste gedachte als ze wakker wordt is aan Daan. Ook de laatste, voordat ze gaat slapen. Voor haar is hij niet alleen de broer die ze nooit heeft gehad, maar ook de man met wie ze verder zou willen gaan. Of Daan daar net zo over denkt weet Christine eigenlijk nog steeds niet. Tom wel, Tom is dol op Daan. Ze ziet het aan zijn ogen, hoe die oplichten als hij Daan in het oog krijgt. Soms denkt Christine dat Tom meer om Daan geeft dan om haar, z'n eigen moeder. Maar dat zal dan wel aan haar liggen. Zij is nu eenmaal niet spontaan.

,,Jij kunt het niet alleen,'' zegt haar vader nog. Nou, daar heeft hij wel gelijk in, alleen zou ze het niet aankunnen. En waar haalt ze zo gauw een betrouwbaar persoon vandaan, die het ook nog naar vaders zin doet?

,,Jij wilt het,'' zegt haar vader, haar aankijkend. Verward slaat Christine haar ogen neer. Is het dan zo doorzichtig? ,,Of niet?'' dringt vader aan. Bijna onmerkbaar knikt ze. Ze schaamt zich bijna voor die bekentenis. ,,Je moet aan Tom denken,'' zegt haar vader weer.

Dan kijkt ze hem opeens fel aan.

,,Als ik niet aan Tom had gedacht dan zat ik hier allang niet meer,'' zegt ze hartstochtelijk. ,,Ik kan toch geen kant uit.''

Een bevende hand wordt op haar arm gelegd.

,,Je houdt toch van het bedrijf... van het huis?''

,,Ach ja,'' antwoordt ze alweer gelaten. ,,Maar of Tom het hier zo leuk heeft weet ik niet.''

,,Daan is een goede vader voor Tom.''

,,Als Daan zo graag Toms vader wil worden zal hij me dat

127

zelf wel vertellen." Bah, Christine kan wel janken om zo'n naar gesprek.

,,Ja-ja," sust de vader, ,,ik wil alleen weten wat jij vindt."

Christine staat op om haar moeder te helpen. Van Heiningen blijft nog zitten. Hij is moe, zijn leven is voorbij. Het enige wat hij nog kan doen is zorgen dat het zijn dochter aan niets zal ontbreken, en Tom natuurlijk ook niet. Als het zo uitkomt zal hij die Daan weleens polsen. Als er iemand geschikt is om zijn plaats in te nemen dan is het die knaap wel. Jong...? Ja, maar dat gaat vanzelf over. Van Heiningen ziet het zo, dat die jongen door God op zijn weg is geplaatst. En als Van Heiningen er van overtuigd is dat zijn zaakjes hier op aarde voor elkaar zijn mag de Hemelse Vader wat hem betreft dat wrak wat hij nu voorstelt, thuishalen. Want waar moet hij dan nog voor leven, als hij hier niet meer nodig is?

Daan heeft de tuin van oom Peter winterklaar gemaakt, ook heeft hij het huis een goede beurt gegeven. Zo, nu mag het gaan vriezen, wat hem betreft. Hier en daar ziet hij de groene puntjes van de bloembollen al boven de grond uitkomen.

,,Blijf nog maar even waar je bent," zegt Daan en strooit er wat losse bladeren overheen. ,,Zo, een warm kleedje." Volgende week zal hij de schuren bij Van Heiningen eens opruimen. Dingen wegdoen die niet meer gebruikt worden en het gereedschap eens nakijken.

Hij wordt al een echte 'boer', denkt hij met een lachje. Daar had hij misschien beter voor kunnen leren. Nu voelt hij zich weleens schuldig dat hij met dat diploma van hem nog steeds niets is begonnen. Maar hij heeft in ieder geval niet stilgezeten en al een aardig centje verdiend. Met dat geld kan hij misschien een flat inrichten als hij die nog eens krijgt, Bah, een flat, daar moet hij nu even niet aan denken. Een flat midden in de stad. Niet meer dat stille land zoals hier met al dat groen. Niet het geloei van de koeien als het melkenstijd wordt. Ook niet het gezang van al die vogels in de zomertijd en straks in de lente. Zelfs nu de vogels niet meer zingen vindt Daan nog zo veel plezier in die beesten. Iedere ochtend strooit hij wat voer of brood hoewel dat niet echt nodig is, tenslotte is het hier een luilekkerland voor de vogels met al die wilde bessen en resten fruit. Het is alleen al zo'n plezier om al de soorten vogels te observeren. Ineens moet Daan denken aan die wandeling nadat hij was gekeurd, hoe zijn hart toen al openging, daar buiten. Hij denkt ook aan die vogel die omhoog steeg, de wijde lucht tegemoet. Een eenzame vogel, dacht hij toen. Net zo'n eenzame vogel als hij zich in die tijd voelde. Het lijkt alweer zolang geleden, maar na die tijd is er ook zo veel gebeurd. Eigenlijk is hijzelf veranderd. Die eenzame, bange vogel van toen is er niet meer. Daan is nu een zelfverzekerde jongen geworden. Hij lacht zacht, wie had dat kunnen denken, hij zeker niet. Het komt vooral door dit werk. Ploegen in Gods akker, denkt hij wel als hij zo bezig is in de grond.

Het komt ook door de ziekte van Van Heiningen, waarmee de verantwoordelijkheid op zijn schouders is geschoven. Het is soms goed voor een mens verantwoordelijkheid te dragen. Maar er is ook een andere reden, waardoor Daan zich zelfverzekerder is gaan voelen. Ten eerste komt dat door Tom, die in hem een geweldige, grote vriend ziet en die tegen hem opkijkt als... als naar een vader bijvoorbeeld. Maar er is ook de blik van de moeder, Christine, die hem aan het denken heeft gezet. Het verrast hem vaak als hij de blik ziet, waarmee ze naar hem kijkt. Het zal waarschijnlijk niet de bedoeling van haar zijn dat haar ogen zijn 'als een open boek' zoals je weleens leest, maar hij herkent het toch. En hij moet toegeven dat het zijn ego streelt, een vrouw die van hem houdt. Eerst wist hij niet goed wat hij ermee aan moest. Maar later kwam de blijheid naar boven dat er toch een vrouw was die hem zag staan. Vroeger zagen de meisjes hem niet, niet op school, ook niet op de soos, alleen als vriend.

André zag hem wel, maar door al het commentaar van zijn vader is die vriendschapsband zo goed als verbroken. Ook omdat diep in hem de twijfel groeide dat zijn vader misschien wel gelijk had. Want waarom keek André wel naar hem en die meisjes niet? Hij heeft dat oude leven achter zich gelaten, zijn jeugdjaren eigenlijk. Hier is hij een nieuw leven begonnen, een leven waarin hij Christine heeft ontmoet. Christine, de jonge vrouw die van hem houdt. Hij was zo blij toen hij dat ontdekte dat hij haar wel had willen zoenen. Hij deed dat niet, wilde eerst zeker zijn van zijn gevoelens. Het is ook nogal wat, een vrouw met een kind als je nog zo jong bent als hij. Dan kun je zo'n verantwoordelijkheid toch nog niet op je schouders nemen. Gelukkig zit Christine niet aan te dringen. Tenslotte hebben ze nog vele jaren voor zich. En misschien, als hij een baan in de stad vindt, vergeet hij haar wel weer. Alleen Tom..., voor Tom heeft Daan een heel zwak plekje in zijn hart. Tom is echt zo'n jongetje dat hij graag zelf nog eens zou willen krijgen. Maar kom, hij zal wel zien hoe alles loopt. En fluitend duikt Daan met een emmer sop de badkamer in. Met de feestdagen gaat hij in ieder geval naar huis, kijken hoe de logé er uitziet.

Die zondag treft Daan mevrouw Van Heiningen als ze uit de kerk naar huis loopt. Christine zal zich straks bij hen voegen als ze Tom van de oppas heeft gehaald.

,,Gaat het wat met de baas?'' vraagt Daan.

,,Ach jongen,'' zucht mevrouw Van Heiningen, ,,ik zie hem niet weer aan de slag komen. Het zou beter zijn om de boel maar van de hand te doen en een aangepaste woning te betrekken. Voor mij is het te vermoeiend om die zware man steeds te helpen.'' Van die kant had Daan het nog niet bekeken.

,,En Christine dan?'' vraagt hij.

,,Die zal zelf iets moeten zoeken. Niet dat we haar niet kunnen helpen, hoor. Maar ze zal dan toch op eigen benen moeten staan. En als Tom naar school gaat kan ze werk zoeken.''

130

Ja, denkt Daan, dat zal de beste oplossing zijn, al kan hij zich Christine niet indenken als winkeljuffrouw of op kantoor. Niet in de stad, daar zal ze zich vast niet op haar plaats voelen. Toch is ze niet meer zo verlegen als in het begin. Toen kreeg ze al een kleur als hij iets tegen haar zei. Nu kan ze nog weleens lachen en dan heeft ze meteen een liever gezicht. Als ze er een beetje meer moeite voor zou doen dan groeide er uit die assepoester vast nog eens een bekoorlijk prinsesje. Hè, wat een romantische gedachte houdt hij er ineens op na.

Van Heiningen zit bij de radio. Hij heeft geluisterd naar de preek en geprobeerd mee te zingen met zijn scheve mond. Dat lukte niet zo goed. Maar meebidden kon hij wel en dat heeft hij gedaan ook. Zijn geloof is er niet minder om geworden, want wat heeft Job niet allemaal moeten verdragen. Die bleef zijn geloof ook trouw. Zou híj dat dan niet doen, nu God hem gestraft heeft? Hij zal het gewoon verdiend hebben. En wat heeft hij nog niet over? Zijn vrouw en dochter en zijn kleinzoon. Zelfs een goed onderdak en genoeg te eten. Alleen zou Van Heiningen zo graag willen dat God die ene wens van hem in vervulling zou laten gaan, daarna zal hij rustig zijn hoofd neer kunnen leggen.

Ha, daar zijn de anderen. Christine is er niet bij, ziet hij.

,,Ze zal nog wat napraten bij de kerk,'' zegt zijn vrouw. Ze gaat koffie zetten terwijl Daan bij haar man zit.

,,Derde adventzondag,'' vertelt Daan aan Van Heiningen.

De man knikt. ,,Ga je naar huis met de feestdagen?''

,,Nou en of,'' zegt Daan, ,,ik ben lang niet thuis geweest.''

,,Kom je terug?'' vraagt de man, terwijl hij een traan wegveegt die langs zijn wang loopt.

Terug?

,,Heeft u me nog nodig?'' vraagt Daan.

,,Allemaal,'' wijst de man naar zichzelf en naar zijn vrouw. Zelfs naar buiten, waar straks Christine zal komen met Tom.

,,Kunt u geen vervanger nemen?'' vraagt Daan aarzelend.

131

,,Jij,'' wijst Van Heiningen naar Daan.

,,Als vervanger, bedoelt u?''

Van Heiningen knikt. Er ligt iets smekends in zijn blik. Daan denkt aan de woorden van mevrouw Van Heiningen.

,,Wilt u dan naar een ander huis?'' vraagt hij dan. Als Van Heiningen knikt vraagt Daan weer: ,,En Christine dan?'' Daan is benieuwd wat voor antwoord hij daarop zal krijgen.

,,Bij jou.'' zegt de man, ,,jullie samen, alles is voor jullie.''

Wat... wat bedoelt Van Heiningen daarmee?

,,Daan, Daan!'' Voordat Daan nog meer uitleg kan krijgen vraagt Tom alle aandacht. Hij vliegt op Daan toe zonder zijn opa een blik te gunnen.

,,Zeg eens 'dag opa' Tom,'' zegt Daan.

,,Dag opa,'' steekt Tom gehoorzaam zijn hand naar opa op. Meteen keert hij zich weer naar Daan om bij hem zijn verhaal te doen.

Het gezegde van Van Heiningen laat Daan niet los. Hij zou willen weten wat de man precies bedoelde. Zal hij Christine ernaar vragen? Ineens verlangt Daan om weer een keer naar huis te gaan.

Het is al vroeg donker die zondagmiddag. Daan doet de schemerlampjes aan. Hij is al zo gewend hier in dit huis. 't Zal niet meevallen als hij er nog eens afscheid van zal moeten nemen. Thuis heeft hij alleen zijn kamertje. Misschien nu de zolderkamer, vanwege dat meisje. Ach, echt wonen zal hij daar waarschijnlijk niet meer. Wat dan... toch hier blijven? ,,Jij en Christine samen,'' zei Van Heiningen. Zou hij bedoelen dat...? Van Heiningen wil de toekomst van zijn dochter verzekerd zien, dat begrijpt Daan wel. Ook die van Tom misschien. Dat Van Heiningen op hem gesteld is laat hij vaak merken. Zijn vrouw ook, dat is een lief, moederlijk type die zich altijd wat op de achtergrond houdt. Evenals haar dochter. Toch speelt Van Heiningen niet echt de baas, zover Daan daar over kan oordelen.

Maar hij zegt wel alles, net zoals dit van hem en Christine. De zekerheid dringt zich steeds meer aan Daan op dat het Van Heiningens bedoeling is dat hij later met zijn dochter zal trouwen, zodat ze samen het bedrijf zullen voortzetten. Ook dat hij dan de vader van Tom zal worden. Dat laatste is voor Daan geen punt, integendeel, hij is zich steeds meer aan dat joch gaan hechten. Dat zou hij misschien nog het ergste vinden als hij weg gaat: afscheid van Tom te moeten nemen. Maar trouwen met Christine, dat is nog heel iets anders dan werken met Christine. Hij zal dan wel dat mooie huis ter beschikking krijgen, en dat is niet niks. Ze zouden het in de loop der jaren wat kunnen verbouwen. En Christine zal haar eigen tuin krijgen met bloemen. Dan kan ze daarin werken in plaats van bij die ruwe plukkers. Hij zal er dan ook op aandringen dat ze zich wat leuker gaat kleden en meer tijd aan zichzelf en Tom besteden. Haar ouders gaan toch naar een andere woning, die geheel is aangepast. Die Van Heiningen schijnt nogal aardig wat geld te hebben. Daar zal Daan dan de vruchten van plukken, uiteraard met Christine. Maar daar tegenover staat dan wel dat hij met Christine zal trouwen. Daan krijgt het opeens warm en zet de verwarming wat lager. Christine als zijn vrouw... Ze zal goed voor hem zorgen, dat weet Daan. Ze zal misschien wel alle wensen van hem vervullen, maar dat hoeft voor Daan niet. Maar hij zal ook haar man zijn, dag in dag uit, iedere nacht. En Daan heeft nog nooit een meisje gehad, laat staan een vrouw. Daan kijkt door het venster over het nog kale land. De wind loeit door de takken van de bomen die zwart afsteken tegen de donker wordende lucht.

Als het tuinhekje geopend wordt is Daan niet eens zo erg verrast. Het lijkt wel of hij haar verwachtte.

,,Kom d'r in,'' houdt hij de keukendeur uitnodigend open. Ze zegt niets als ze langs hem loopt. Haar haar is losgewaaid door de rukwinden.

,,Ga zitten,'' zegt hij weer als ze daar geen aanstalten toe maakt.

,,Daan,'' zegt ze, en haar stem klinkt schril, ,,Daan, heeft vader... heeft vader jou een of ander voorstel gedaan?'' Daan geeft nog niet direct antwoord. Hij trekt de mantel die ze alleen heeft losgeknoopt van haar schouders en legt die op een stoel.

,,Ga nu eerst eens zitten.'' Dan sluit hij het gordijn. De ruimte binnen is ineens warm en intiem.

,,Heeft vader,'' begint ze weer als Daan ook zit. Even glimlacht hij om haar verontwaardigde gezicht.

Dan knikt hij en hij bekent: ,,Ik loop er ook steeds aan te denken.''

,,Je moet hem niet serieus nemen,'' zegt Christine. ,,Je moet maar denken dat hij niet helemaal in orde is.'' Door die woorden weet Daan dat hij wel degelijk begrepen heeft wat Van Heiningen bedoelde.

,,Je moeder houdt het zo niet vol,'' zegt hij.

,,Zei ze dat?''

Daan knikt. ,,Toen we uit de kerk samen opliepen. Ze willen graag een aangepaste woning, dat is toch niet teveel gevraagd.''

,,Dat niet,'' geeft Christine toe, ,,maar dat andere... Ik begrijp niet hoe hij jou zoiets durft voor te stellen,'' barst ze dan uit.

,,Dus met dat laatste ben je het niet eens?'' Gespannen wacht Daan op haar antwoord. Hoopt hij nu dat ze zijn vraag zal beamen? Maar Christine zegt niets. Ze krijgt een vuurrode kleur, slaat haar handen voor haar gezicht en barst in snikken uit.

,,Maar Christientje, hoe heb ik het nu?'' Daan gaat naast haar zitten en legt sussend zijn arm om haar schouders.

,,O, ik schaam me dood, wat moet jij wel niet denken, dat ik vader heb opgestookt om dat te vragen. Of... dat ik als een slavin word verkocht! Ik ben woedend op pa, al is hij nog zo zielig. En ik kan best alleen zorgen voor Tom, dan ga ik wel uit werken. Zijn geld heb ik niet nodig. Voor mijn part geeft hij al zijn geld aan de kerk en het bedrijf erbij. En... en omdat ik jou aardig vind denkt hij meteen dat jij wel met mij kunt trouwen. Maar ik trouw nog net zo lief met iemand waar ik niet van houd.''

De laatste woorden vallen als ijspegels tussen hen in. Door die woorden begrijpt Daan dat Christine wel degelijk van hem houdt. Ook dat ze niets liever zou doen dan haar vader gehoorzamen. Maar omdat ze ervan overtuigd is dat die liefde niet wederzijds is reageert ze zo negatief. Daardoor komt er ineens zo'n vertedering over Daan dat hij ook zijn andere arm om haar heenslaat en Christine dicht tegen zich aanhoudt. Die vrouw, die hier haar gevoel zo openlijk toont, dat is het mooiste wat een man kan overkomen.

,,Ach Christine,'' zegt hij zacht, ,,dacht je dan dat ik niet van jou houd? Heus wel, van jou en Tom. De kwestie is alleen dat we elkaar nog niet genoeg kennen. We moeten nog naar elkaar toe groeien. Jij hebt al veel meegemaakt, ik daarentegen heb nog nooit een meisje gehad. We moeten elkaar gewoon de tijd geven.''

,,Denk je dat echt, Daan?'' Door haar tranen heen glinstert haar hoop.

HOOFDSTUK 7

Nog geen week later is Daan op weg naar huis om daar de feestdagen door te brengen. De bus voert hem door de bekende straten. Wat een drukte, verwondert Daan zich. Kerstverlichting beschijnt de winkelstraten. Het geeft wel even een gezellige sfeer. Maar liever ziet Daan de lichtjes van de dorpshuisjes of een denneboom voor een huis waarin de kerstverlichting is aangebracht. Hij denkt aan het kerstfeest van twee jaar geleden, toen zijn vader met Helga trouwde. Zo heel anders was hun

135

gezin toen. En hoe ellendig hij zich in die tijd voelde, en hoe hij toen deed. Eigenlijk niet eerlijk tegenover Helga. Daarom besluit Daan om het alsnog een beetje goed te maken door een grote bos bloemen voor haar te kopen.

Het eerst steekt hij lachend de bloemenpracht naar voren als Helga de deur opent. Maar ze laat zich niet afleiden en sluit haar 'grote zoon' hartelijk in haar armen.

,,Je bent groter geworden, Daan,'' zegt ze verwonderd.

,,Zeker door al die appels, mooie reclame voor de tv 'Daantje is groter gegroeid door Hollands banket.''' Helga schatert. Daan is ook grappiger geworden, denkt ze.

,,Zo kerel,'' steekt zijn vader zijn hand uit. Daan grinnikt, bij zijn weten heeft pa dat nog nooit tegen hem gezegd. De zaken gaan vooruit.

Sandra en Grizelle zitten samen een beetje te giechelen.

,,Zo, pubers.''

Sandra een zoen, Grizelle, die een beetje verlegen naar hem lacht, een hand.

,,Nu moest Dick hier ook zijn,'' zegt Bram met een beetje weemoed.

Daan went alweer snel aan de oude situatie. In de loop van de week neemt hij zijn fiets. Hij is toch wel benieuwd hoe André het maakt. Er is een gure, koude wind en Daan fietst stevig door. Het is alweer maanden geleden dat pa vertelde dat André aan de deur was geweest. Als hij belt duurt het even voordat de deur geopend wordt. Een meisje van zijn leeftijd kijkt Daan vragend aan.

,,Ik kom voor André ,'' zegt Daan en denkt: zeker de zus.

,,André?'' herhaalt ze.

,,Of is hij niet thuis?'' vraagt hij aarzelend.

,,Ja, hij is thuis, hoe heet je dan?''

,,Daan de Jager.''

,,Kom maar mee,'' zegt ze. Hij loopt achter haar aan, vindt

136

het een beetje vreemd dat ze hem niet gewoon verder stuurt. Maar bij de volgende trap blijft ze staan. ,,Weet je dat André ziek is?''

,,Ziek?''

,,Hij heeft aids,'' zegt ze rustig, ,,wil je nog verder?''

Even houdt Daan zijn adem in, de grond golft onder zijn voeten. Dan zucht hij diep, nog eens. Het meisje wacht. Dan knikt hij. Maar zijn knieën trillen als hij verder loopt.

Aids, dreunt het door zijn hoofd, die vreselijke ziekte. O, André, waarom, hij was toch zo'n goed mens! Was... Daan denkt al aan hem alsof hij dood is. Maar André is nog niet dood en hij, Daan, heeft nog niet eens de moeite genomen om André ervan te verwittigen dat hij in Gelderland zat. Weer zucht hij, voordat hij de kamer inloopt.

,,Dag André,'' zegt hij zacht. André zit in zijn bed te lezen. Een glimlach verheldert het magere gezicht als hij Daan ontdekt.

,,Hallo ouwe jongen, hoe gaat het?''

,,Goed,'' zegt Daan en hij begrijpt dat hij zoiets niet hoeft te vragen.

,,Zal ik thee halen?'' vraagt het zusje.

,,Graag.''

Het breekt de spanning van het ogenblik. Daan trekt zijn jas uit.

,,Ik wist niet dat je ziek was, anders was ik eerder gekomen,'' verontschuldigt hij zich. ,,Ik ben nu eigenlijk voor het eerst weer thuis.''

,,Geeft niet,'' wuift André weg. ,,Je bent er nu, en vertel eens wat je allemaal hebt beleefd.''

En Daan vertelt, terwijl André vol interesse luistert. De thee wordt gebracht en daarna vertelt Daan van Van Heiningen, over zijn aanbod om daar te blijven.

André lacht: ,,Doe je het? En dat meisje, wil je haar ook?''

,,Weet ik ook nog niet,'' lacht Daan mee. ,,We zijn nog jong genoeg, ik wil haar eerst goed leren kennen.''

,,Laat je kans niet voorbij gaan,'' raadt André ernstig, terwijl hij even voor zich uit staart. Wat bedoelt André, zou zijn eigen kans hem soms ook ontglipt zijn? Nu heeft hij geen kans meer, geen enkele, dan alleen het einde. Daan huivert, wat zou André voor dromen hebben gehad? En wat heeft hij fout gedaan? Ineens denkt Daan aan Christine, zij is ook 'fout' geweest. Zij bleef achter met Tom. Maar wie is zonder fouten, niemand immers? Hij die zegt van wel is een leugenaar. Net zoiets als in de bijbel staat: 'Hij die zonder zonde is werpt de eerste steen.' Daar zou iedereen eens meer aan moeten denken. Zijn hart is zwaar als hij naar zijn vriend kijkt. Hij zou hem willen troosten maar weet niet hoe.

,,Luister je nog weleens naar je muziek?''

,,Nou, wat dacht je. Dat is het enige waar je niet moe van wordt.''

Meteen ziet Daan dat André nu ook moe is.

,,Ik ben te lang gebleven,'' schrikt hij en staat meteen op om weg te gaan.

,,Ik vond het fijn dat je kwam,'' zegt André. Wie weet hoeveel mensen hem nu in de steek laten, denkt Daan.

,,Ik kom gauw weer.''

,,Niet te lang wachten,'' zegt André. Hij heeft zijn ogen al gesloten. Zacht trekt Daan de deur achter zich dicht. Even zacht loopt hij de trap af naar buiten. Maar eenmaal op de fiets trapt hij hard, steeds harder, om dat machteloze gevoel dat naar zijn keel stijgt kwijt te raken. Hij herkent dat gevoel, dat had hij ook toen moeder stierf. Waarom... waarom schreeuwt het in zijn hart, net zoals toen. Met de natte, koude sneeuw die naar beneden valt, rollen de warme tranen langs zijn wangen.

,,Wat is er met jou?'' vraagt Helga als ze Daans gezicht ziet. In het kort vertelt Daan van André.

138

,,O, vreselijk,'' schrikt Helga. Maar Bram zegt niets. Hij kijkt naar zijn sterke, gezonde zoon. Hij schaamt zich, dat het leed zijn deur voorbij is gegaan. Maar hij is daar ook dankbaar voor, en dat mag Bram ook zijn. En hij legt zijn handen op Daans schouders. Ze kijken elkaar alleen maar aan. Ze begrijpen elkaar ook zonder woorden.

Het wordt een warm en huiselijk kerstfeest binnen, met natte sneeuw en hagelbuien buiten. De meisjes doen spelletjes, terwijl ze honderd uit praten en lachen. Helga zit dicht bij Bram op de bank. Daan zit alleen, maar hij is niet eenzaam meer. Hij denkt aan André en aan Van Heiningen, hij is blij dat hij hier gezond en wel zit. Hij denkt ook aan Christine en Tom. Hij weet nu dat hij in staat is liefde en genegenheid te ontvangen. Ook, dat hij in staat is van een ander te houden. Hij zal het niet forceren, maar rustig zijn tijd afwachten totdat hij zijn gedachten in daden kan omzetten. Hij vertelt ook aan zijn vader en Helga van het aanbod van Van Heiningen.

,,Wat wil hij dan,'' vraagt Bram, ,,jou als zijn zaakwaarnemer?''

,,Die man kan het niet meer,'' zegt Daan. ,,En voor zijn vrouw is het ook allemaal teveel. Zij willen naar een andere woning.''

,,En zijn dochter dan?'' vraagt Helga, die als een echte vrouw de addertjes onder het gras zoekt.

Daan lacht maar wat. ,,Het liefst ziet hij mij daar nog als schoonzoon. Krijg ik meteen de hele bubs. Van Heiningen zit er warmpjes bij.''

Scherp kijkt hij naar hun reactie.

,,Moet je doen, kerel,'' zegt Bram meteen.

Maar Helga is wat voorzichtiger: ,,Kijk het eerst maar eens aan Daan. Ga niet overhaast te werk, anders maak je brokken. Je kent wel dat gezegde: een uur van onbedachtzaamheid enz. Het is een heel oud gezegde maar het geldt nog steeds. Je hebt

139

nog niet veel van de wereld gezien, wie weet wat er nog komt kijken. Nee,'' schudt ze haar hoofd, ,,ik ben daar niet voor.''

Daan lacht naar haar.

,,Ik zal eraan denken. Maar voorlopig ga ik nog wel even terug. Nu kan ik die mensen niet zomaar in de steek laten. Maar die kleine, dat is een heerlijk joch.''

,,Kleine kinderen worden ook groot, Daan, dat zie je aan je zusje.''

,,Die Grizelle is een schot in de roos hè?'' kijkt Daan opzij naar de meisjes. ,,Maar word je niet dol van dat gegiechel?''

,,Ach, ik ben zelf ook zo geweest,'' kan Helga zich haar meisjesjaren nog goed herinneren. ,,En volgende week komt Anja, maar die is serieuzer.''

,,Kom zij ook hier wonen?''

Helga schudt haar hoofd. ,,Alleen als ze vrij is, dan is ze hier welkom. Verder gaat ze intern in het ziekenhuis. Ze start zes januari en komt de vijfde hier aan. Ze zal er een hele dobber aan krijgen, want ze moet meteen de taal leren. Maar dat is bij Grizelle ook het geval. En die doet het goed. Ze stimuleert Sandra zelfs.''

Daan merkt dat Helga blij is met de meisjes. Het heeft haar vast wel iets gedaan toen Sandra in het begin zo afstandelijk was.

,,We hebben een goede moeder aan je gekregen,'' zegt hij warm.

,,O Daan, dat jij… dat jij dat zegt…'' En ineens moet Helga heel hard haar neus snuiten.

Twee januari vertrekt Daan weer naar Gelderland met een tevreden gevoel. Alleen de gedachte aan André zet daar af en toe een domper op. De eerste die hem verwelkomt is Tom. Het kind is kennelijk blij dat Daan er weer is.

,,Heb je het fijn gehad?'' vraagt Christine. Ze kijkt hem aan alsof ze van zijn gezicht wil aflezen of Daan zijn besluit al genomen heeft, namelijk hier blijven of teruggaan. Aarzelend vraagt ze het hem. ,,Was je liever daar gebleven?''

,,Ik kan m'n post toch zomaar niet verlaten,'' lacht hij een beetje.

Ze lacht opgelucht.

,,Je ziet er leuk uit,'' merkt hij ineens op. Hij ziet nu ook waar dat door komt... krullen. Christines saaie pieken zijn veranderd in een gezellig krullenkapsel.

Ze lacht wat verlegen. ,,Vind je het leuk?''

,,Je lijkt zo zes jaar jonger.''

,,Leuk dus?'' houdt ze aan.

,,Echt leuk,'' zegt hij weer. ,,Hoe gaat het?'' vraagt hij met een knikje naar de kamer waar hij Van Heiningen weet.

Haar gezicht betrekt. ,,Hij doet niets anders dan de papieren van het bedrijf bekijken en de administratie doornemen. En steeds maar rekenen en rekenen. Je wordt er dol van en hij komt er natuurlijk niet uit. Steeds moet moeder komen opdraven om hem te helpen.''

,,Ik zal zo'n telmachientje voor hem kopen,'' zegt Daan. ,,Wacht, ik geloof dat er bij oom Peter nog een ligt, die kan hij wel gebruiken. Ik zal hem meteen halen.''

Groter plezier had hij zijn baas niet kunnen doen. Nu moet het lukken. Iedere dag is Daan de klos, want hij moet natuurlijk meerekenen. Al de waardevolle papieren toont Van Heiningen aan Daan. Hij maakt zelfs geen geheim van zijn banksaldo. Daan voelt er zich een beetje onbehaaglijk onder. Hij verontschuldigt zich later bij mevrouw Van Heiningen.

,,Uw man wil me overal bij betrekken,'' zegt hij. ,,Ik hoop niet dat u de indruk krijgt dat ik me opdring.''

,,Ik weet het,'' zegt mevrouw Van Heinigen. Dan, wat aarzelend: ,,Hij heeft zich maar een ding in zijn hoofd gezet, namelijk Christine en het bedrijf. Hij wil zo snel mogelijk alles in kannen en kruiken hebben, voordat hijzelf niets meer kan doen. Begrijp goed Daan, we hebben Christine gekregen nadat we al een hele tijd getrouwd waren en we er niet meer op rekenden. Ze is altijd zijn oogappel geweest.'' Even blijft het stil. Geweest, denkt Daan, zeker totdat Tom kwam. Mevrouw Van Heiningen gaat verder. ,,Toen bleek dat Christine een kind verwachtte heeft hij het verschrikkelijk moeilijk gehad. Maar hij heeft zijn plicht gedaan en Christine niet in de steek gelaten. De glans was er alleen af.'' Weer is het even stil als ze naar buiten kijkt waar Tom aan het scharrelen is. Daan kijkt mee.

,,Het is een lief joch.''

,,Ja, en ik ben blij dat jij goed met hem overweg kunt.'' Weer bekruipt Daan het onbehaaglijke gevoel dat hij geen kant meer opkan.

,,Ik vind het alleen vervelend als u denkt dat ik mijn neus overal insteek,'' zegt hij dan.

,,Die indruk heb ik niet, integendeel, ik denk dat jij de juiste persoon bent en de enige die we volledig kunnen vertrouwen.'' Daan lacht even om die lof.

,,Ik zal dat vertrouwen niet beschamen,'' zegt hij.

,,Volgens mij weet mijn man nog heel goed waar hij mee bezig is.'' Vragend trekt Daan zijn wenkbrauwen op. ,,Door jou als de enige man te zien die zijn plaats kan innemen. Heb je al enig idee of jij dat ook wilt, Daan?''

,,Ik weet het nog niet,'' zegt Daan. ,,Wel heb ik er met mijn ouders over gesproken. Mijn vader zag het wel zitten. Mijn... moeder niet. Nu had ik zo gedacht, voorlopig blijf ik u nog helpen. In die tijd zal ik alles eens goed overwegen.''

Ze knikt en lacht verontschuldigend. ,,Mijn man is ongeduldig, die zou het liefst willen dat je morgen meteen met Christine trouwt om dan de boel op jullie naam te zetten. Maar daar is meer tijd voor nodig, dat begrijp ik wel.''

Met een hoofd vol gedachten gaat Daan aan het werk.

De weken komen en gaan. Hij heeft naar huis gebeld, waar

de opgewekte stem van Helga vertelt dat ze het zo druk heeft. Ze zit er niet mee zo te horen, lacht Daan zacht. Integendeel, Helga fleurt ervan op dat ze weer kan zorgen.

,,Kunnen jullie niet nog een kind adopteren?'' schertst hij.

,,Kom jij dan maar terug.''

,,Nu even niet, ik begin hier net in te burgeren.''

,,We komen met je verjaardag.''

,,Leuk, komt goed uit op zaterdag.''

Naar André gaat trouw iedere veertien dagen een brief. Kleine briefjes krijgt hij terug. Voor André is er ook niet veel meer te beleven, begrijpt Daan.

Met grote laarzen aan is hij bezig de sloot wat uit te baggeren. Het is geen koude winter geweest. Nu zou je zelfs zeggen dat de lente in aantocht is. De zon voelt al warm aan, aan de vogels kun je dat ook merken, ze kwetteren dat het een lieve lust is. Hier en daar hangen zelfs de katjes al aan de bomen. Daan ademt diep terwijl het leven door hem heen tintelt. Het is heerlijk om te leven, om jong te zijn met een hele toekomst nog voor je. Hij begrijpt niet dat er een tijd was dat hij die toekomst niet meer zag zitten. Hij kan het leven weer aan, al weet hij dat zijn moeder nooit meer terug komt. Maar Daan mag leven. Even doet het pijn als hij aan André denkt. Maar daarom mag hij toch wel dankbaar zijn dat híj gezond is en mag werken op 'Gods akker' zoals hij altijd denkt. Hij moet er alleen voor zorgen dat hij een goede rentmeester is, lacht hij zacht bij zichzelf, een die woekert met zijn talenten. Zal hij het kunnen, hier blijven bij Tom en Christine? Hij lacht weer zacht, Christine is veranderd. Van het bedeesde, stille meisje is ze veranderd in een veel vlottere en spraakzamere jonge vrouw. Een die weer met open ogen de wereld inkijkt. Die er naar verlangt om samen met Daan opnieuw te beginnen. Er is een licht gekomen in haar ogen dat de kleur ervan donkerder maakt, stralender. Die ogen kijken iedere nieuwe dag vol verwachting tegemoet, nieuwsgierig wat die dag

143

haar zal brengen. Christine is verliefd. Ze kan zich niet herinneren ooit zo verliefd te zijn geweest. Christine is naar de kapper geweest. En naar de stad, waar ze zonder enig schuldgevoel royaal haar beurs heeft geopend en zich kleding heeft aangeschaft die ze zich een jaar geleden niet had durven aanschaffen. 's Avonds op haar eigen kamer heeft ze haar nagels verzorgd en een nieuwe crème uitgeprobeerd, een beetje donkerder dan de vette crème waarmee ze haar huid altijd beschermt tegen de zon of ruwe wind. Christine wil mooi zijn, mooi voor Daan. Op die manier wil ze hem een beetje verleiden en de verliefdheid die zij voelt op hem overbrengen. En dat lukt, want welke man zou onberoerd blijven als een vrouw zich mooi maakt voor hem.

Nee, dan moet je wel van ijs zijn. En van ijs is Daan niet, dat wil hij ook niet. Daan wil ook leven en liefhebben en genieten van al het moois dat God ons gratis zendt. Daan weet dat je blij mag zijn, ook met je kerk en je geloof. Daarom gaat Daan nog steeds naar zijn eigen kerk en niet naar de kerk waar Van Heiningen hem heen wil hebben.

,,Ik wil het geloof blij beleven,'' heeft hij gezegd, ,,niet op zo'n sombere manier als jullie doen.'' Van Heiningen is een man van rechte wegen.

,,Geen fratsen,'' vindt hij. ,,Al dat moderne gedoe is uit de boze. Met al dat feest eromheen vergeten de mensen waarvoor ze komen, om naar Gods woord te luisteren.''

,,Zingen is ook geloven, Van Heiningen, zingen en spelen, lees er psalm honderd maar eens op na,'' weerlegt Daan. Nog liever ziet Daan een kerk waar iéder kan komen. Maar zolang de mensen star blijven in hun eigen opvattingen zullen er steeds meer aparte groepen worden gevormd. Jammer is dat.

Maar nu staat Daan bij de sloot en kijkt naar de hoge blauwe lucht. Hij ziet de velden die liggen te wachten op een nieuw seizoen, de tijd waarin ze vruchtbaar zullen zijn. Achter dat land

144

weet hij de rivier die als een zilveren lint langs de heuvelrug kronkelt met vrachtboten en ranke witte vaartuigjes. Daarachter het golvende heuvellandschap met de donkere bossen. Oh, Daan zou dat land willen omarmen. Op dit ogenblik weet hij hoevéel hij houdt van dit stille groene land. Ook van de boomgaard waarin hij maandenlang heeft gewerkt. Ja, hij houdt van dit leven, maar ook van Tom, en... van Christine. Opeens weet Daan dat hij dit alles nooit meer wil missen. Hij heeft Christine zien veranderen en begrepen dat ze dit voor hem deed. Hij heeft ook de blik in haar ogen gezien, die blik die al haar liefde voor hem openlegt. Het heeft hem ontroerd dat zelfs een vrouw als Christine daar zo voor durft uit te komen terwijl hij haar nog niets gezegd heeft. Met de grote riek haalt hij de groene slierten en modder naar boven om dat alles op de kant te gooien. Sterk voelt Daan zich, een man in de kracht van zijn leven. Hij is al heel wat meer mans dan acht maanden geleden toen hij hier begon.

Ineens ziet hij haar aankomen. Ze heeft haar nieuwe rode jack aan op een spijkerbroek. Haar krullen waaien in de wind. Tom loopt achter haar aan.

,,Hallo!'' steekt hij zijn hand op.

,,Hallo!'' klinkt haar stem helder langs de nog kale bomen en struiken. Ze komt dicht bij hem staan. ,,Ben je nu nog bezig?''

,,Een boer op het land houdt de dag in zijn hand,'' grinnikt hij.

Ze lacht: ,,Heb ik nog nooit gehoord.''

,,Klopt, verzin ik ter plekke.''

,,Je zou dichter kunnen worden,'' plaagt ze.

,,Wie weet wat ik nog word. Als ik bijvoorbeeld naar jou kijk krijg ik zeker dichterlijke neigingen.''

,,Laat eens horen,'' daagt ze uit.

,,Nou eh...'' kijkt hij naar haar krullen. ,,Een vrouw met krullen als pompoenen, zou je meteen moeten zoenen.''

Ze giert: ,,Heb je er nog een?''

Hij knijpt zijn ogen een beetje toe.

,,Als ik in je ogen kijk, zie 'k een licht en weet gelijk: Op 't moment dat ik jou zag komen, heb ik mijn besluit genomen. Is het nee, of is het ja? Ik word spoedig Tom z'n pa.''

Ze kijken elkaar aan, Christine en Daan. De lach die er daarnet op haar gezicht lag vertrekt in een grimas, en haar mond beeft.

,,Je meent het?''

Als antwoord gooit hij zijn riek neer en slaat zijn armen vuil en wel om haar nieuwe rode jack. Dan kust hij haar bevende mond. Even blijft het stil, alleen een vogel stijgt op, de wijde blauwe lucht tegemoet.

De dagen worden lichter, maar zwaarder van inhoud. Het nieuwe dat in hun leven is gekomen houdt hun gedachten bezig. Het werk blijft doorgaan, binnen en buiten. Van Heiningen heeft de tekening gekregen van hun nieuwe huis. Dat zal in de zomer worden gebouwd. Ook is de notaris bij Van Heiningen geweest om alvast de papieren in orde te maken voor de eventuele overdracht van het huis en het bedrijf. Dit wordt pas wettelijk bevestigd en ondertekend als het zover is dat Van Heiningen met zijn vrouw in het nieuwe huis gaan wonen en Daan getrouwd is met Christine. Daan wil daar in ieder geval nog een jaar mee wachten, tot hij drieëntwintig is. In haar hart stelt dat Christine wel wat teleur, maar er is nog heel wat te doen en een jaar is ook zo weer om. En Daan heeft gelijk dat hij niet in alle dingen meteen doet wat haar vader wil.

Zaterdag komt de familie op bezoek. Ze zullen ook blijven eten. Daan verheugt er zich al op.

,,Op hoeveel kan ik rekenen?'' vraagt hij.

,,Op ons allemaal, en misschien brengen we Anja ook mee. Goed?''

146

,,Hoe meer zielen hoe meer vreugd,'' zegt Daan.

,,Vind je het erg, Daan, als ik die middag met moeder naar de stad ga?'' vraagt Christine. ,,Tom moet kleren hebben en moeder ook, maar daarna kom ik bij jou.''

Die zaterdag gaat Daan al vroeg op pad voor de boodschappen. Hij zal maar een pan met macaroni maken, dat lusten ze allemaal. De fiets wiebelt onder de zware tassen en het laatste eindje gaat Daan maar lopen. Van Christine heeft hij al een boek gekregen, en een enveloppe met inhoud van haar ouders. Nou, dat is altijd welkom. Je kunt aan die man merken hoe opgelucht hij is dat eindelijk de kogel door de kerk is. Pa en ma Van Heiningen. Daan grinnikt, het zal nog wennen zijn om straks vader en moeder te zeggen. Maar dat heeft de tijd nog. Tom gaat vanmiddag een kadootje voor hem kopen, meteen een lokkertje om Tom mee te krijgen naar de stad, waar hij een grondige hekel aan heeft.

De koffie staat juist te pruttelen, als hij de familie ziet aankomen. Daan haast zich om de deur open te doen, en bedenkt dat hij die deur zelden of nooit gebruikt. Hijzelf loopt altijd achterom. De meisjes begroeten hem onstuimig, dan volgen Helga en pa. Dan... o ja, Anja. Ze komt achter Bram naar binnen. Ze is een tamelijk lang meisje met kortgeknipt donkerblond haar. Haar gezicht is goed van vorm, de donkere wimpers en wenkbrauwen geven een fraai effect bij haar donkerblauwe ogen. Ze geven elkaar een hand en kijken elkaar onderzoekend aan.

Daan is een beetje onder de indruk van Anja. Maar Sandra en Grizelle hebben de taart ontdekt en roepen dat ze zo'n honger hebben.

,,Ik kom!'' roept Daan. ,,Gaan jullie maar naar binnen dan haal ik de koffie.''

Helga is nieuwsgierig en wil alles zien. Anja zit nog wat onwennig in de vreemde kamer. Maar bij de koffie met taart breekt het ijs.

147

,,Is Christine er niet?'' vraagt Helga.

,,Die is naar de stad,'' vertelt Daan, ,,ze komt vanavond.''

,,Maar wij kunnen niet laat weg,'' zegt Bram, ,,de laatste bus gaat om zeven uur. Dus Daan, je hebt de knoop maar doorgehakt,'' stelt Bram tevreden vast. Daan knikt.

,,Als je er maar geen spijt van krijgt,'' zegt Helga bezorgd.

,,Spijt, waarom zou ik spijt krijgen?''

Meteen valt zijn oog op Anja. ,,Bevalt het in Holland?''

,,Holland...?'' ze lacht, ,,mooi... rijk.''

,,En de opleiding is zeker moeilijk?''

Weer lacht ze.

,,Heel moeilijk... de taal weet je. Maar de anderen helpen. Allemaal aardige mensen.''

Daan lacht. ,,Wees maar niet te goed van vertrouwen. Tenslotte zijn alle mensen leugenaars, staat er in de bijbel.''

,,Wat?'' Ze kijkt Helga aan die het vertaalt. Ze lacht weer. ,,Jij?'' wijst ze naar Daan.

,,Wie weet.''

Na de boterham gaan ze naar de rivier. Ze kijken naar de voorbijvarende vrachtboten, naar de dorpjes aan de overkant, en naar de kwelders met de lichte rietstengels en de vele watervogels. In de verte staat de grote toren aan de voet van het stadje. Donkere wolken komen aandrijven, de wind wordt krachtiger.

,,Mooi,'' zegt Anja, naast Daan. ,,Heel mooi, schoon.''

,,Niet overal,'' tempert Daan.

,,Dit wel.''

,,Ja, dit wel. Daarom wil ik hier blijven.''

,,Ik ga weg uit mijn land naar jouw stad, en jij gaat weg uit jouw stad om hier te wonen.'' Ze lachen allebei om het onlogische ervan.

,,Houd jij van jouw land?''

,,Ja,'' zegt Anja, ,,het blijft mijn vaderland. Maar er is armoede, geen geld. Hier kan ik verder, Grizelle ook. Zij heeft

148

een goed hoofd.'' Daarbij tikt Anja op haar eigen hoofd.
,,Grizelle is knap.''

Jij ook, denkt Daan, maar zegt het niet.

Ze lopen weer naar huis met de wind in de rug en de kragen hoog op. In de kamer wordt het behaaglijk als Daan de verwarming hoger zet en de schemerlampjes aandoet.

,,Mooi huis,'' vindt Sandra. ,,Als oom Peter thuiskomt moet jij dan weg?''

,,Misschien niet meteen, maar ik kan hier toch niet altijd blijven.''

,,Jammer,'' vindt Sandra.

,,Ja,'' zegt Daan, ,,was het mijn huis maar.''

,,Maar jullie krijgen dat grote huis toch?''

,,Ja, maar dat is veel ouder dan dit.''

Na de thee maakt Daan aanstalten de macaroni klaar te gaan maken.

,,Laat mij het doen?'' vraagt Anja.

Daan aarzelt: ,,Jij bent mijn gast.''

Ze lacht: ,,Ik hou van koken.''

,,Laat haar maar,'' zegt Helga.

In de keuken zet Daan de spullen klaar die ze nodig heeft. Als hij de pan uit het kastje pakt en haar die aangeeft, raken hun handen elkaar. Daan schrikt, het lijkt wel alsof er een elektrisch schokje door hem heengaat. Zou Anja dat ook gevoeld hebben? Verward kijkt hij naar haar gezicht. Maar ze lacht alleen heel lief tegen hem.

,,Zo gaat het zeker wel,'' zegt hij en loopt meteen de keuken uit. Het lijkt wel een vlucht, wat mankeert hem opeens? Laat-ie nu alsjeblieft een beetje normaal doen en zich niet aanstellen als de eerste de beste kwajongen. Tenslotte is hij zo goed als verloofd met Christine en bijna vader van Tom, hoor je: van Tom. En straks eigenaar van het bedrijf van Van Heiningen. Nee, nu nog niet, want Daan wil nog een jaar wachten tot… ja,

149

tot wat? Zeker tot hij echt weet wat hij wil. Maar dat wist hij toch al. Hij heeft Christine immers zelf gezegd dat hij die beslissing heeft genomen. In een gedicht nog wel, gek die hij was. Gek... maar wat wil hij dan? In gedachten ziet hij Christine, de nieuwe Christine met haar blije gezicht en die zo haar best doet er leuk voor hem uit te zien. Christine die van hem houdt, haar lippen trilden van ontroering toen hij haar kuste.

,,Alle mensen zijn leugenaars,'' zei hij vanmiddag voor de grap. Is hij dat soms ook? Ach, laat-ie z'n kop nu maar bij elkaar houden. Hij heeft A gezegd, hij zal ook B zeggen. En dat meisje daar in de keuken zal hij maar een enkele keer zien. Hij ként haar trouwens niet eens. Hij moet maar zo denken, straks gaan ze allemaal weer weg en hij blijft bij Christine en Tom met zijn lieve oogjes. Hij strijkt zijn haar naar achteren en stapt de kamer in.

,,Zo, daar ben ik weer, even de kokkin aan het werk gezet.'' Dit gezegde brengt Helga op de gedachte aan het pension Grüben.

,,Daar zou je wel heen kunnen op je huwelijksreis, Daan,'' zegt ze lachend.

,,Hè... huwelijksreis?''

,,Ja, of doen jullie daar niet aan?''

,,Weet ik niet, dat ligt aan de tijd, tijdens de pluk in ieder geval niet.''

,,Het is daar 's winters ook heel mooi,'' zegt Helga even wegdromend.

,,Beter dan hier.'' Bram kijkt naar buiten, waar de wind steeds heviger wordt.

,,Ik dacht nog wel dat de lente in aantocht was,'' zegt Daan.

,,Vergeet het maar,'' weet Bram, ,,we zijn er nog niet.''

,,Daan... Daan,'' klopt een kinderhandje op het raam. Kom maar, wenkt Daan. Christine volgt. In de keuken kijken Anja en Christine elkaar aan.

150

,,Hallo,'' zegt Christine zacht en ze denkt: wat moet die nu hier? Maar Daan is er ook al en hij neemt Tom op zijn arm mee naar binnen. Tom danst van blijdschap als Daan heel verrast het papier van het pakje afhaalt. ,,Nee maar Tom, heb jíj dat voor mij gekocht?'' doet Daan verbaasd en bewondert de leren boeklegger. ,,Die is voor mijn nieuwe boek. Nu lust jij zeker wel limonade en een stukje taart?''

Dat wil Tom wel, en iedereen kijkt vertederd naar het opgetogen jongetje. Bram kijkt ook met belangstelling naar de nieuwe Christine die er zoveel beter uitziet dan bij zijn vorige bezoek. Wat de liefde al niet vermag te doen, denkt hij. Nou, wat hem betreft wil hij haar wel als schoondochter. En geen zorgen meer om Daan, wiens bedje gespreid is. Nu kan hij zijn aandacht weer op de anderen projecteren, op Sandra en Grizelle en ook nog een beetje op Anja die hij al in zijn hart heeft gesloten. En Dick?

,,Dick wil naar de marine, als hij weer thuiskomt,'' vertelt Bram aan Daan.

,,Flinke kerel,'' maakt Daan een grimas.

Bram lacht een beetje. ,,Ieder op zijn eigen terrein.''

,,'t Gaat slecht met André,'' zegt Daan opeens. ,,Ik wil hem nog een keer opzoeken.''

,,Arme kerel,'' zegt Bram. Daan denkt: zou pa dat ook gezegd hebben als hij met hem bevriend was gebleven?

Anja komt binnen.

,,Eten is klaar,'' zegt ze. Helga dekt de tafel.

,,Blijf je eten?'' vraagt Daan aan Christine. Maar ze schudt haar hoofd.

,,Tom moet naar bed en ik wil nog even moeder helpen met vader. Straks kom ik wel.'' Meteen neemt ze afscheid.

,,Dochter van de baas,'' legt Daan uit aan Anja.

,,Oh.''

,,Daan gaat met haar trouwen,'' vertelt Bram.

151

Grote, verwonderde ogen.

,,Trouwen... jij?''

Daan knikt wat stuurs en keert zijn hoofd af.

,,Kom, meiden,'' tegen Sandra en Grizelle. ,,Help eens even.''
Het eten smaakt heerlijk en de volle pan is al spoedig leeg.

,,Had ik meer moeten maken?'' vraagt Anja. Maar Daan haalt
nog een lekker toetje.

,,Uit een pak, hoor.'' En iedereen is tevreden.

Daarna brengt hij de familie naar de bus. De paraplu's moeten
eraan te pas komen.

,,'t Zal eens niet regenen,'' moppert Bram. Daan zwaait ze
na. Het is vreemd stil in huis als hij binnenkomt. De afdruk van
het bezoek is nog in de bank te zien. Hij gaat even zitten, alleen.
De anderen zitten nu gezellig samen in de bus na te kletsen.

,,Holland mooi... schoon,'' zei ze.

,,Wel verdraaid.'' Ineens staat hij op en schopt tegen de bank
aan. Hij kan beter gaan afwassen. Straks komt Christine en dan
staat die troep er nog. Hij is net klaar als Christine binnenkomt.
Ze vleit zich tegen Daan aan.

,,Was het leuk vandaag?''

,,Heel leuk, jammer dat jij er niet bij was.'' Hij streelt haar
haar. ,,Zijn jullie geslaagd?''

,,Dat wel, maar Tom neem ik niet meer mee.''

,,Je had hem beter hier kunnen brengen. Hadden Sandra en
Grizelle op prijs gesteld.''

,,Wie was dat andere meisje?''

,,Zus van Grizelle.'' En Daan vertelt hoe Anja hier verzeild
is geraakt.

,,Dat ze dat zo durven,'' zegt Christine, ,,en zo'n heel andere
taal.''

Daan denkt: Christine had het niet gedurfd, zij is altijd bij
moeders pappot gebleven. Maar dat is niet eerlijk, corrigeert hij
meteen. 't Is toevallig dat hij hier nu is, anders zat hij ook nog

152

bij moeders pappot, stiefmoeders pappot dan.

,,Koffie Christine, 'k heb voor jou nog een lekker stukje taart over.''

De avond wordt toch nog gezellig. Ze kijken naar een film en praten over het huis hoe ze het zullen inrichten.

In de week erna krijgt Daan een briefje van de zus van André waarin ze vraagt of hij nog eens langs wil komen. Dat heeft haar broer gevraagd.

,,Niet te lang wachten,'' zei André met Kerst. Toch té lang, denkt Daan. Hij gaat meteen de volgende zaterdag. Christine wil niet mee.

,,Nee hoor,'' griezelt ze, ,,eng zo'n man.''

Daan ziet er ook tegenop, maar gaan doét hij. Regelrecht neemt hij de bus naar André's huis vanaf het station. Bij het huis aangekomen aarzelt hij even, heeft de neiging rechtsomkeert te gaan. Hoe zal hij hem aantreffen? Meteen vermant hij zich en drukt op de bel. Hetzelfde meisje doet hem open.

,,Kom maar mee,'' zegt ze terwijl ze voor hem uitloopt.

,,Hoe is het?'' vraagt hij naar haar rug.

,,Slecht,'' zegt ze. Het klinkt berustend, maar als ze zich naar hem omkeert ziet hij in haar ogen de pijn die ze moet voelen.

,,Zorg jij voor hem?'' vraagt hij.

Ze knikt. ,,Ik wil het.''

,,Goed van je.''

Ze lacht, cynisch. ,,'k Ben verpleegster van m'n vak.''

,,Daan is er, André,'' zegt ze als ze samen de kamer inlopen. André ligt met gesloten ogen. Wat mager, denkt Daan, wat een aftakeling. En weer komt zijn gevoel in opstand tegen zoveel zinloosheid. Toch weet André nog een glimlach tevoorschijn te toveren. Dan pakt Daan die magere hand.

,,Vertel eens wat?'' vraagt André. Daan moet even slikken voordat hij vertelt dat zijn toekomst nu vaststaat. ,,Goed,'' zegt André.

Maar Daan zou willen schreeuwen: Goed... wat is goed. Wie kan me vertellen of het goed wordt... goed blijft. Niemand geeft je toch die zekerheid, dat heeft jou toch ook niemand kunnen geven. En een goed leven willen we toch allemaal? Je maakt plannen, droomt ervan, André heeft dat stellig ook gehad. En wat bleef er voor hem over? Een wrak, ja, dat is er van hem overgebleven, een wrak van ten hoogste vijfentwintig jaar. André zegt iets, Daan verstaat hem niet. Daarom buigt hij zich naar hem toe.

,,Wat zeg je?''

,,Wil je iets voor me spelen?''

,,Spelen... ik?''

André knikt.

,,Daar,'' wijst hij. In de hoek staat een gitaar, en André wil dat Daan er op zal spelen.

Ik kan het niet, wil Daan zeggen. Maar André wacht met gesloten ogen. Daan voelt zich als een kat in het nauw. Hoe kan hij spelen, terwijl André hier ligt te wachten, te wachten op zijn dood... Dan loopt hij naar de hoek en pakt de gitaar. Hij stelt de snaren, stemt de klanken. Wat moet hij spelen? Dan weet Daan het opeens. Dat stuk dat ze met Pasen speelden uit de Johannespassion en waar André bij zong. Hij probeert een paar accoorden, dan weet hij het weer. Hij ondergaat weer die sfeer die er was in dat tehuis. Hij hoort weer André's stem, het juichen van zijn Hosanna. En de gitaar zingt en fluit. Dan is het voorbij. Het is weer stil in de kamer. Daan kijkt naar André, slaapt hij? Het lijkt wel of er een glimlach om zijn mond ligt. Zacht zet hij de gitaar weer in de hoek. Bij André's bed blijft hij staan, weet niet goed of hij weg zal gaan of weer zal gaan zitten. Dan slaat André zijn ogen op.

,,Dank je,'' fluistert hij. Een stuurloze hand zoekt die van Daan. Daan houdt die krachteloze hand in bij zijn sterke handen.

,,Dag André.'' Dan legt hij de hand terug en vlucht het huis uit.

154

Hij loopt zonder iets te zien. Een koude noordwestenwind snerpt door de straten. Maar de zon schijnt fel en krachtig en belooft: nog even en het is weer lente. In de stadsplantsoenen en de voortuintjes van de huizen zijn de crocussen al te zien. Het leven gaat door, maar niet dat van André. Dat leven dooft langzaam uit als een kaars in de nacht. Daan loopt en loopt met zijn handen gebald in de zak. Dan is hij thuis. Thuis... Heeft hij zich eerder zo thuis gevoeld als nu in die bekende kamer waar de zon zo vrolijk naar binnen schijnt en waar Helga hem troost als ze haar arm om hem heenslaat en meehuilt om die jongen die ze niet eens kent. Ze haalt brood en soep en bemoedert hem.

Later zegt ze: ,,Ieder leven heeft zin gehad. Ieder laat wel iets achter voor zijn omgeving of voor de volgende generatie.''

Onwillekeurig gaan Daans ogen naar de foto van Lidy, zijn moeder. Helga volgt die blik.

,,Ook háár leven, Daan. Zij is vrouw geweest en moeder. Ze heeft drie prachtige kinderen nagelaten en ze een geloof meegegeven. Is dat niet mooi, Daan?''

Hij lacht even.

,,Jij kunt haar taak nu afmaken.''

Ze knikt. ,,Dat doe ik dan ook met heel mijn hart. Door middel van jouw moeder heb ik nog een gezin gekregen en daar dank ik God nog iedere avond voor.''

De meisjes komen binnen met veel lawaai en drukte. Langzaam wordt Daan weer betrokken bij de dagelijkse dingen.

,,Blijf je, Daan, zo vaak kom je hier niet.'' Daan kijkt naar de klok, al bijna half vier. Als hij naar huis wil moet hij zich haasten vanwege de laatste bus.

,,Goed, ik blijf,'' zegt hij, ,,maar dan even Christine bellen.''

Met zijn vader wandelt hij later naar het havenhoofd waar de woeste golven grommend tegen de stenen muur uiteenspatten. Het natuurgeweld beneemt je de adem. Maar Bram en Daan zoeken aan het eind de beschutting van het baken waaromheen

155

een houten bank uitnodigend staat. Ze gaan uit de wind even zitten. Ze zeggen niet veel, maar genieten van het schouwspel, het spel van wind en water dat al eeuwenlang steeds maar doorgaat. Als de golven steeds hoger worden en hun broeken natspatten stappen ze weer op. Met de wind schuin in de rug lopen ze naar huis.

,,Toch fijn, weer eens terug te zijn,'' vindt Daan.

,,'t Is daar beter, jongen. Je krijgt daar alles wat een mens zich maar kan wensen.''

,,Maar ook een hele verantwoordelijkheid.''

,,Met een boel geld kun je heel wat doen.''

,,Dat ú dat zegt.''

,,Ach, misschien wil ieder mens graag hebben dat zijn kind het beter krijgt dan hijzelf. Maar wij waren tevreden hoor, je moeder en ik, en Helga ook.''

,,Nou dan.''

Bram lacht. ,,Je hebt gelijk, geld maakt niet gelukkig. Het is alleen maar dat jij toevallig boft.''

Daan zegt niets, hij boft ook, maar hij denkt er nooit aan dat hij straks rijk zal zijn. Hij heeft dat ook nooit gemerkt aan Christine en haar ouders. En je ziet maar: Van Heiningen heeft nu ook niets meer. Meteen zijn zijn gedachten weer bij André.

,,Als je gezond bent dan ben je rijk,'' merkt hij op.

,,Je hebt gelijk Daan, we mogen weer dankbaar zijn.''

Die avond willen de meisjes een spelletje doen.

,,Ik dacht eigenlijk dat jij daar niet van houdt,'' zegt Daan plagend tegen zijn zus. Schuin kijkt Sandra even naar Helga.

,,Nu wel,'' zegt ze. ,,Grizelle vindt het ook leuk en tante Helga ook.''

Ze lachen allemaal als ze eraan denken dat het weleens anders was. Midden in het gelach komt Anja ineens binnen. De lach op Daans gezicht verstart. Waarom schrikt hij daar nu weer van.

,,Jullie hoorden mij niet,'' houdt Anja de sleutel omhoog.

,,We gaan spelletjes doen, doe je mee?'' vraagt Sandra. Anja schuift aan tafel.

,,Ben je niet te moe?'' vraagt Helga.

Anja schudt haar hoofd. ,,Morgen ben ik vrij.''

Ze blijft dus ook hier, gaat het door Daans hoofd. Ineens heeft hij spijt van zijn besluit om thuis te blijven. Nu kan hij niet meer weg. Maar waarom zou hij weg. Als het erop aankomt heeft hij meer recht om hier te zijn dan zij. Dan moet Anja maar weg, als het haar niet aanstaat. Maar Anja zit er niet mee. Ze is vrolijk en gaat helemaal op in het spelletje.

,,Waar is Christine?'' vraagt ze.

,,Thuis bij Tom,'' vertelt hij, ,,ik moest hier op ziekenbezoek.''

Ze is hier al helemaal thuis, denkt Daan als Anja ongevraagd voor de koffie zorgt.

,,Ik bof, dat zie je zeker wel,'' lacht Bram, ,,al die vrouwen die me hier verwennen.''

,,Wij doen daar niet aan mee, hè Grizelle?'' zegt Sandra. ,,Wij zijn tenslotte geëmancipeerd.''

Gieren natuurlijk.

,,Nee,'' geeft Bram toe, ,,jullie kunnen alleen maar lachen.''

Daan kreunt: ,,'k Heb met je te doen pa, vreselijk, jongens zijn gelukkig anders.''

,,Wat vreselijk?'' komt Anja binnen.

,,Dat lachen van die twee,'' wijst Daan. ,,Heb jij dat vroeger ook zo gedaan?''

,,Ja hoor,'' zegt Anja met een knipoog naar de meisjes. Daan kijkt verbaasd.

,,Ja hoor,'' probeert ze hem te overtuigen, ,,nu nog weleens.''

Dan lacht Daan hardop. ,,In ieder geval is het beter dan huilen.'' Daar zijn ze het allemaal mee eens.

Het is al laat eer de meisjes hun bed opzoeken.

,,Ik ga ook,'' geeuwt Anja meteen.

157

,,Jij moet ook naar zolder Daan, vind je dat vervelend?'' zegt Helga. ,,Jouw spulletjes staan al boven.''

,,Welnee,'' begrijpt Daan, ,,ik ben al zo goed als de deur uit. Laat die meiden maar samen, kunnen ze nog eens lachen...''

Hij drinkt nog een glaasje wijn met Bram en Helga. Dan houdt die laatste het ook niet meer uit.

,,Welterusten hoor.''

Niet veel later volgt Bram. Dan zal Daan ook maar gaan. Langzaam loopt hij de krakende zoldertrap op. Hij doet voorzichtig, bang dat hij Anja wakker zal maken. Of zou ze nog wakker zijn? Even luistert hij bij haar kamerdeur. Maar alles blijft stil. Zo zacht mogelijk kleedt hij zich uit en kruipt in bed. Hij huivert tussen de koele lakens. Hoe lang heeft hij nu niet thuis geslapen, bijna negen maanden. Zou hij weer terug willen? Nee, dat ook niet. Het huis van oom Peter is heerlijk om in te wonen. Maar hij kan daar niet blijven. Over een jaar zal hij met Christine in het grote huis wonen. Ineens krijgt Daan het warm. Eigenlijk moest hij er heel erg naar verlangen om met Christine hun huis in te gaan richten. Dan wordt Daan hoofd van het gezin. Maar nee, dat laat hij aan Van Heiningen over. Van Heiningen als zijn schoonvader die het allemaal zo goed voor elkaar had. In Daan zag hij de ideale opvolger. En een geschikte man voor zijn dochter, zelfs een vader voor zijn kleinzoon. Maar Daan wil dat toch ook. En Christine niet te vergeten? Christine, die zoveel van hem houdt. Als hij nu maar in staat is haar net zoveel liefde terug te geven, waar ze op rekent. Als hij daar is, is dat misschien niet zo moeilijk omdat ze op hetzelfde werkterrein toeven. Ook niet als het om Tom gaat. Zelfs niet op zo'n avond als op zijn verjaardag, heel gezellig en heel knus allemaal. Maar er moet toch meer zijn, denkt hij ineens wanhopig. Heeft hij te vlug zijn jawoord gegeven? Maar terug kan hij niet meer. Hij kan Christine onmogelijk teleurstellen, ze heeft het al moeilijk genoeg gehad in haar leven. En wat is ze niet opgefleurd de

158

laatste weken. Ze straalt gewoon en dat komt allemaal door hem. Zal hij haar dan weer terug duwen naar dat diepe dal waar ze net is uitgeklommen? Nee, dat zou hem nooit vergeven worden.

En Tom... wat zou hij daarvan denken. Tom die al de vader in hem ziet, de vader die hijzelf nog nooit heeft gehad. Kijk, als hij daar blijft en niet meer van de plaats afkomt zal het hem niet zo moeilijk vallen. Maar dan moet hij ook niet meer thuiskomen en andere meisjes ontmoeten, dan moet hij...

In de kamer naast hem kucht Anja. Ze keert zich om in haar bed en mompelt iets. Ze droomt zeker. Even lacht Daan, wat zou ze dromen? Hij moet Anja niet meer ontmoeten. Want die Anja met haar fijne gezichtje en haar donkere wimpers heeft een gevoel in Daan wakker gemaakt dat hij nog nooit voor een meisje heeft gehad, zelfs niet voor Christine. Het is een heerlijk gevoel, opwindend en teder. Een gevoel van verwachting, zoals je dat wel hebt als de lente in aantocht is. Het doet hem diep ademhalen en dat gevoel maakt hem zo vol en zo blij dat hij de slaap wel kan vergeten. Dan moet Daan wel toegeven dat hij de liefde heeft ontdekt, de liefde in zijn mooiste vorm zoals God bedoeld heeft. Daan ligt doodstil om dat gevoel vast te houden zodat het hem niet meer kan ontglippen. Maar meteen weet Daan dat hij daar geen recht op heeft.

De volgende morgen is het haasten om naar de kerk te gaan. Daan kan niet verhinderen dat Anja naast hem komt zitten. Verrast wordt hij hier en daar begroet. Ze zijn hem zeker toch nog niet vergeten, denkt hij. Maar dat komt misschien ook wel door Helga, want zij staat nog te praten bij diverse banken, terwijl de anderen allang zitten. Bram geeft Daan een veelbetekenende knipoog. Het is gezellig vol en ze zingen veel liederen. Anja heeft een mooie, warme stem. Ze probeert zoveel mogelijk mee te zingen. Soms neuriet ze alleen de wijs. Ze ziet er goed uit, is een beetje voller geworden. Heimelijk kijkt hij naar haar. Ze lacht open als ze zijn blik ontmoet. Daan geneert zich om zijn gekijk. Dat meisje heeft geen enkele bijgedachte, die denkt niet anders dan dat hij al bijna getrouwd is. Weer is daar die onrust. Na het eten gaat hij meteen naar huis, dit is niet goed voor hem, dat voelt hij wel. Hij zucht, waar is hij ook aan begonnen. Had oom Peter maar nooit... Nee, nu niet een ander de schuld geven, het is zijn eigen keuze. Hij kan zijn aandacht beter bij de preek houden, die gaat over de gelijkenis van de verloren zoon. Dat komt beter uit, dat was hij ook. Nu niet meer, hij is weer terug bij de familie. Maar vanmiddag gaat hij weer naar Christine. Al is hij er niet voor op zondag te reizen, nu moet het dan maar. En thuis wacht Christine op hem, en Tom.

HOOFDSTUK 8

,,Tom is zo ziek,'' zegt Christine direct bij zijn aankomst.

Daan ziet aan haar ongeruste gezicht dat het ernstig is. Hij loopt met Christine mee naar het kamertje waar het kind met rode wangen van de koorts in zijn bedje ligt. Een slap handje gaat omhoog als hij Daan ziet.

,,Hij wil niet eten en drinken,'' klaagt Christine.

,,Heb je de dokter al gebeld?''

,,Vader zei dat ik maar moest wachten tot morgen.''

,,Zeker tot het te laat is,'' vliegt Daan op. ,,Ik ga thuis meteen de dokter bellen.''

,,Zou je dat nu wel doen?'' aarzelt Christine nog. ,,Vader...''

,,Wat vader, het gaat om je kind, Christine.'' Hij ziet die oude onderdanigheid die zo kenmerkend is in dit gezin. Opeens komt er een bang vermoeden in hem op. Hij pakt Christine bij haar schouder.

,,Tom is toch wel ingeënt?''

,,Ingeënt... nee, waarvoor?'' aarzelt ze weer.

160

Daan denkt aan de geruchten over polio die de ronde doen.

,,Jullie hebben zeker geen nieuws gehoord vandaag?''

Als Christine weer haar hoofd schudt zegt hij bars: ,,Dan zou ik dat nu maar eens doen.''

Meteen heeft hij spijt van zijn woorden als Christine in huilen uitbarst.

,,Oh Daan, wat moet ik doen?''

,,Ik doe wel iets,'' zegt hij en loopt meteen naar huis. Daar belt hij de arts in het dorp, die belooft meteen te komen.

Als Daan terugloopt is de arts al gearriveerd en die deelt Daans bange vermoeden.

,,'k Weet het nog niet zeker,'' zegt hij, ,,maar de kans bestaat wel.''

Ze slaan een deken om Tom heen en Daan draagt de lichte last naar de auto van de dokter, die Tom persoonlijk wegbrengt. In het ziekenhuis wordt Tom in een aparte box gelegd, waar niemand bij mag dan alleen de verpleegster die hem zal verzorgen.

,,Gaat u maar naar huis,'' zegt ze zacht. ,,Als er iets is wordt u meteen gebeld. Ik zal goed voor Tom zorgen.''

Tom merkt niet eens dat ze weer weggaan. Met zijn arm om Christine heen lopen ze samen naar de bushalte.

,,Stil nu maar, Christine,'' sust Daan, ,,het komt misschien nog best in orde.''

Net zoals hij haar troostte toen haar vader ziek was. Maar dit raakt haar veel dieper, merkt ze. Nu pas voelt ze dat Tom een stukje van haarzelf is, haar kind. En dat dat kind alleen van haar afhankelijk is. En zij heeft haar verantwoordelijkheid verwaarloosd.

,,O Daan, had ik Tom maar laten inenten. Nu gaat Tom misschien dood door mijn schuld.''

,,Kom Christine, zover is het nog niet.''

Niemand leeft zonder doel, denkt Daan. Maar als Tom eens

doodgaat, wat is dan het doel van zijn leven geweest? Daan weet daar geen antwoord op. Wel op de vraag die Van Heiningen stelt als hij met Christine het huis binnenkomt.

,,Waar bemoei jij je eigenlijk mee?'' schreeuwt hij naar Daan.

,,Wat bedoelt u?'' vraagt Daan koel.

,,Je weet wat ik bedoel, om achter mijn rug de dokter te bellen.''

,,Het is Christines kind, en als het er op aankomt hebt u daar niets over te vertellen. In plaats dat u God dankbaar bent dat Hij middelen stuurt om de kinderen te vrijwaren van allerlei ziekten laat u liever de natuur zijn gang gaan. Maar zo werkt dat niet meer in de maatschappij waarin we nu leven. Nee Van Heiningen, dan moet u consequent zijn en ook niet meer sproeien onder de fruitbomen bijvoorbeeld. Want daar zit meer gif in dan in zo'n serum. Als je van zo'n kind houdt wil je er alles aan doen om hem gezond te houden. Het is te hopen voor u dat Tom het er goed afbrengt.''

Van Heiningen kijkt Daan woedend aan. Zijn hoofd wordt knalrood en hij hapt naar adem.

,,Toe Daan, laat nu maar,'' trekt Christine hem mee.

Ook mevrouw Van Heiningen sust: ,,Stil nu maar, het is allemaal al erg genoeg. Hoe gaat het met Tom?'' vraagt ze dan.

,,Ik ben zo bang,'' zegt Christine weer.

Daan zucht. ,,'t Lijkt me het beste dat ik maar ga.''

,,Ja ga maar,'' zegt Van Heiningen, die het niet kan verkroppen dat zo'n snotneus hem even de les komt lezen.

Na een paar dagen vol spanning kan de arts Christine meedelen dat het gevaar is geweken en dat het de goede kant opgaat met Tom. Lieve kleine Tom die zo dapper tegen zijn ziekte heeft gevochten. Hij lacht alweer als Christine hem komt bezoeken. Ze moet een speciaal schort aan als ze bij hem in de box wil. Het liefst zou ze hem in haar armen nemen en hem eens stevig knuffelen. Ze beseft nu pas hoeveel dat kind van haar tekort is gekomen in zijn leventje, tekort aan liefde dan. Maar het is nog niet te laat en Christine zal er voor zorgen dat hij zijn schade zal inhalen. Ze zal ook meer tijd voor hem vrijmaken. Daarom verlangt ze er naar dat ze over een jaar samen met Daan en Tom een echt gezin zal hebben. Wie weet, krijgt Tom er nog eens een broertje of zusje bij. Dan is Tom ook niet meer zo alleen, want wat dat betekent weet Christine maar al te goed. Zij is altijd alleen geweest en dat is niet leuk voor een kind. Daardoor was Christine zo'n verlegen meisje die zich nergens vrij durfde te bewegen. Nu is ze dat niet meer en dat komt door Daan. Ze is mooier geworden, niet alleen uiterlijk. Hij komt van binnenuit, die glans in haar ogen. Christine houdt van Daan, zoveel dat ze zich geen raad zou weten als ze hem ooit zou moeten missen. Ze kan zich een leven zonder Daan dan ook niet voorstellen. Als het met pa en Daan nu maar goed blijft gaan. Het is Daan niet in dank afgenomen dat hij pa de waarheid heeft gezegd. Maar Christine staat achter Daan. Ze weet nu pas goed wat het is om moeder te zijn en te moeten vechten voor je kind, terwijl ze voor Toms ziekte hem eigenlijk alleen maar verdroeg. Net alsof Tom haar broertje was, in plaats van haar kind. Door Daan zijn haar ogen opengegaan. Ze heeft zich vaak verwonderd dat Daan als buitenstaander meteen al zo'n goede band met hem had. En een kind voelt meteen aan als die ander echt belang in hem stelt. Dat is een groot voordeel, want Tom zal straks vader zeggen tegen Daan.

,,Nog een week, dan mag je naar huis, Tom.''

,,Ja,'' zegt Tom, hoewel hij niet eens weet wat een week is.

,,Als het weer vrijdag is,'' verduidelijkt zijn moeder. ,,En als je thuiskomt krijg je een kadootje. Wat wil je hebben, Tom?''

,,Een hondje,'' zegt Tom.

,,Zo'n hondje?'' wijst ze naar een speelgoedbeest dat op het tafeltje staat.

163

,,Nee,'' zegt Tom, ,,een echt hondje.''

Nog niet eens zo gek, denkt Christine, dan heeft hij een kameraadje.

,,Jij krijgt een hondje,'' belooft ze, ,,hoe moet hij dan heten?''

,,Hondje,'' zegt Tom.

Christine lacht. ,,We zullen wachten tot hij er is, dan zullen we wel een naam bedenken.''

Tom is thuis, en het hondje is ook gearriveerd. Langzaam wordt Tom weer sterker. Warm ingepakt loopt hij met Lars, de bruine teckel, achter Daan aan die de boomgaard inspecteert en het eerste gras wegmaait.

,,Mooie bloemen, hè Tom?'' wijst Daan naar de witte bloesemtrosjes. Als er maar geen storm meer komt die die tere trosjes eraf zal zwiepen, denkt Daan, want dan is het vruchtje meteen verloren. Zondag is het Pasen, en Helga heeft Daan en Christine uitgenodigd te komen. Tom ook natuurlijk. Daan voelt er niet zoveel voor, hij blijft net zo lief thuis, rustig met z'n drietjes. Maar Helga drong aan, en, wat hij niet had gedacht, Christine heeft er veel zin in.

,,Leuk om je familie eens goed te leren kennen,'' zei ze. ,,Misschien kunnen we dan nog even naar zee. Tom zal het ook geweldig vinden.''

Dan kan Daan niet anders doen dan de uitnodiging aannemen. Lars de hond mag bij oma blijven, al wil Tom hem liever meenemen. Maar dat kan niet, want ,,Lars is nog veel te klein om te reizen,'' zegt zijn moeder.

Het kleine rode autootje van de PTT stopt voor het huis van Daan. Samen met Tom gaat hij even kijken. Tegelijk als hij de rouwkaart ziet weet hij het: André. Hij leest de mededeling dat André na een diep lijden eindelijk rust heeft gekregen. De begrafenis zal plaats hebben op 1 april om 14.00 uur in besloten kring. Er staat een gedicht onder:

164

'De wind neemt me mee naar de horizon.
Ik ben niet meer bang, want ik hoor het gezang van de eng'len,
en de stem van mijn God.'

Daan staat doodstil tegen de muur van het gangetje, met de
kaart in zijn hand. Op dat moment slaat de kerktoren in het dorp
twee slagen. Alle gevoel zakt uit Daan weg terwijl stille tranen
langs zijn gezicht glijden. 'Ik ben niet meer bang...' André is
bang geweest. Nu niet meer, want hij hoort het gezang van de
engelen... en de stem van God.

,,Daan... waar ben je!''

Moeizaam maakt Daan zich los. Het leven roept. Meteen stapt
dat jongetje Tom de gang in. Hij kijkt een beetje verwezen naar
die grote, sterke Daan die hij in Toms ogen is.

,,Moet jij huilen?''

Daan lacht een scheef lachje.

,,Nu niet meer.''

Hij pakt het kind op de arm en drukt het tegen zich aan. Daan
wil dat leven voelen, dat hartje horen kloppen, de warmte van
dat tintelende leven grijpen. Tom troost hem. Het kinderhandje
veegt de laatste traan weg, een kusje en dan: ,,Is het nu over?''

,,Ja, nu is het over.''

Dan wil Tom weer op de grond en dat is goed. Het leven gaat
immers verder.

Die zaterdag gaan ze al vroeg op pad. Tom vindt het prachtig
om in een echte trein te rijden. Op zijn knieën voor het raampje
meldt hij alles wat hij ziet. En dat is heel veel. Daan en Christine
glimlachen naar elkaar om die blijdschap van het kind. Christine
legt haar hand op Daans knie en haar hoofd tegen zijn schouder.
Zo gelukkig voelt Christine zich, dat er geen woorden voor zijn.
Alleen haar blik toont dat aan Daan. Het vertedert hem, maakt
hem ook een beetje onrustig nu ze weer naar zijn woonplaats
rijden. Als Anja er maar niet is, denkt hij. Maar misschien heeft
zij dienst, dat hoopt Daan dan maar.

,,Dubbeltje voor je gedachten,'' plaagt Christine hem zacht.
,,Hè... eh, ik zat er eigenlijk aan te denken of je het wel zal
bevallen.''
,,Wat bevallen?''
,,Nou, thuis.''
Het valt Christine op dat Daan het over thuis heeft. En
eigenlijk is dat ook zo, het is daar nog steeds zijn huis. Gek, zij
beschouwt dat huis van Daans oom meer als zijn huis.
,,Nog even, dan hebben we zelf een huis,'' zegt ze. ,,Kunnen
we niet wat eerder trouwen, Daan? Het huis van vader en
moeder is immers in september al klaar.''
,,Nee zeg, al die drukte met de pluk, en daarna moeten we het
huis verbouwen. We komen misschien nog niet eens klaar voor
maart. Nou ja, als het grofste werk maar gedaan is voor die tijd.
Later kunnen de kleine dingen nog gebeuren.''
Christine ziet het al helemaal voor zich. Ze wil alles licht, wit
en pastel. Het zal een heel ander huis worden. Dat wil Christine
ook. Ze moet niet het idee krijgen dat ze weer gewoon verder
gaat. Nee, alles moet nieuw worden, modern. Even lacht
Christine, het zal niet naar de smaak van haar ouders zijn. Maar
daar trekt ze zich nu eens niets van aan, ze doet nu wat zij wil,
en wat Daan wil natuurlijk. Maar Daan vindt alles best wat zij
wil. Maar dat vindt Christine ook weer niet leuk.
,,Jij moet het ook zeggen,'' vindt ze, ,,het is niet alleen voor
mij.''
Soms zou ze Daan wel wakker willen schudden. Eisen dat hij
wat dat betreft ook wat initiatief toont omdat ze vaak het gevoel
heeft dat het hem niet echt interesseert.
,,Je vindt het toch wel leuk?'' vraagt ze daarom.
,,Wat leuk, naar huis?''
,,Nee ons huis, hoe we het zullen inrichten en zo.''
,,Natuurlijk vind ik het leuk,'' zegt hij en denkt: vindt hij dat
echt?

Christine heeft gelijk, hij toont te weinig belangstelling. Dat is niet eerlijk van hem. Hij moest eerder wildenthousiast zijn om zo'n prachtig huis op te mogen knappen en in te richten. Ze hoeven niet op een tientje te kijken, heeft Van Heiningen gezegd. ,,Alles is toch voor Christine, of je het nu uitgeeft of later als ik dood ben, dat maakt niet uit!''

Het ijs is weer een beetje gedooid tussen Van Heiningen en Daan. Daan houdt zijn mond, maar ook Van Heiningen weet nu wat hij aan Daan heeft, namelijk iemand die best zijn eigen boontjes kan doppen. Ook een die voor Christine opkomt als het moet. Voor dat laatste moet Van Heiningen maar blij zijn, omdat hij dat zelf niet meer kan. En zo hoort het ook, want de man moet voor zijn vrouw zorgen en zij moet hem gehoorzamen. Van die nieuwerwetse toestanden zoals emancipatie houdt Van Heiningen niet. Dat leidt alleen maar tot echtscheidingen. De onzin, al eeuwen is het goed gegaan, dan kan dat nu ook nog.

Ze zijn er. Nu in de bus, wat Tom ook prachtig vindt. Helga staat voor het raam. In het voortuintje bloeien de bollen al volop.

,,Leuk,'' vindt Christine, ,,in het najaar zet ik ze ook in de tuin bij ons. Dan bloeien ze in maart misschien al als we trouwen.''

,,Bij Helga krijg je wel informatie,'' zegt Daan. ,,Zij heeft er verstand van.''

Tom is het middelpunt en Sandra en Grizelle leggen meteen beslag op hem.

,,Pas maar op,'' zegt Daan tegen Christine, ,,straks word je hier ter plekke uit de ouderlijke macht ontzet.''

Christine lacht, ze vindt het leuk hier. Daans vader en Helga zijn aardige mensen. Een jaar geleden zou ze zich nog terugge- trokken en verlegen hebben gedragen. Maar nu is Christine een zelfverzekerde vrouw geworden. Ze hoeft ook niet onder te doen bij de anderen hier. Zeker niet als Helga haar pakje bewondert.

167

Maar 's middags trekt ze toch maar een lange broek aan, want Tom wil de zee zien.

,,Laten we meegaan,'' stelt Bram voor. De meisjes stemmen daarmee in. Helga niet, ze moet nog wat bakken voor de zondag. De meisjes dollen met Tom als ze langs de zee lopen. De zon schijnt al lekker warm. Het is er behoorlijk druk. Moe maar voldaan komen ze weer thuis, waar Helga wacht met de thee.

,,'t Was heerlijk,'' verzucht Christine, ,,best leuk om bij de zee te wonen.''

,,Alles heeft zijn voor en tegen,'' zegt Bram.

Maar Helga geeft Christine gelijk. ,,Dat trok mij nu ook zo aan.''

,,O ja,'' zegt Bram, ,,ik dacht altijd dat ik de trekpleister was.''

,,Ook een beetje, hoor,'' strijkt Helga hem over zijn haar. Christine ziet de blik waarmee Helga haar man aankijkt. Dat kan dus nog, denkt ze, als je al zo oud bent, nog zoveel van elkaar houden. Kijk, dat wil zij nu ook, over zo'n dertig jaar nog lief voor elkaar zijn. Maar die twee zijn nog niet zo lang getrouwd, daar zal het wel aan liggen. Hoewel... Daan haalt haar nooit eens zo aan, zij hem wel. Dat valt Christine nu eigenlijk pas op. Bij Tom doet hij dat wel, waarom dan niet bij haar? Maar kom, ze moet daar niet te zwaar aan tillen, iedereen is niet hetzelfde.

Ditmaal is het Christine, die in het andere kamertje slaapt. Tom op een veldbedje bij haar. Daan denkt aan de vorige keer, toen Anja daar sliep en hoe hij zich toen voelde. Als het goed is zou hij hetzelfde moeten voelen voor Christine. Maar dat gevoel is er niet. Toch houdt hij van Christine. Als ze zo met z'n drieën zijn voelt Daan zich best tevreden, echt als gezinnetje. Misschien heeft Christine gelijk en is het beter wat eerder te trouwen, dan zit hij vast en hoeft zich geen malle fratsen meer in het hoofd te halen. En werken, hard werken, dan heeft hij geen tijd om te prakkizeren. Maar Daan is toch blij dat Anja er

168

niet is. Dan zal ze morgen ook wel dienst hebben, wel zo rustig.

Als ze allemaal uit de kerk komen, komt de geur van versgezette koffie hen al tegemoet.

,,Er zijn kabouters in huis!'' roept Bram. Daans hart slaat een slag over, het kan niet anders dan dat het Anja is. Voor de grap is Anja achter de keukendeur gaan staan. Ze zoeken waar die kabouter zich wel bevindt. Net als ze om de hoek van de deur kijkt, steekt Daan zijn hoofd juist die kant op. Bam... hun hoofden knallen tegen elkaar. Verdwaasd kijken ze elkaar aan en wrijven over de pijnlijke plek. Dan gieren ze het opeens uit. Anja zakt proestend tegen Daan aan. Daans glimlach verstart meteen, net als die keer toen hun handen elkaar raakten. Even blijven ze zo elkaar aan staan kijken, de lach nog om haar mond, hij ernstig. Maar hun ogen ontmoeten elkaar, tasten af, zoeken de ander. De lach om haar mond verdwijnt, terwijl een warm rood naar haar hoofd stijgt. De betovering is verbroken als de anderen merken dat de koffiezetster gevonden is. Daan keert zich om en loopt Christine na die al in de kamer is. Bevreemd kijkt Helga naar het ontredderde meisje, dat als betrapt de koffiekopjes tevoorschijn haalt.

,,Ik wilde jullie verrassen,'' zegt Anja.

,,Leuk toch Anja,'' vindt Helga, ,,gezellig dat je er bent.'' Als ze niets meer hoort zegt Helga weer: ,,Christine is er ook met de jongen.''

,,Oh.''

,,Die kleine is een schat,'' probeert Helga nog eens.

Geen antwoord.

Als Helga opkijkt ziet ze tranen in Anja's ogen.

,,Ik geloof... dat ik toch maar niet blijf.''

Dan zijn Helga's armen om het meisje heen. Ze begrijpt opeens iets van de gevoelens van Anja.

,,Nee, Anja,'' zegt ze in haar eigen taal, ,, jij blijft. Je kunt de moeilijkheden niet uit de weg gaan.''

De verdere dag mijden Anja en Daan elkaar zoveel mogelijk. Helga, die zich daarvan bewust is, krijgt het een beetje benauwd. Wat hangt er nu weer boven hun hoofd, denkt ze. Haar hart doet pijn om Anja, maar er is ook angst voor Daan al is ze van hem nog niet zeker. Ze heeft alleen Anja's reactie gezien. Hoewel, zoals die twee elkaar aan stonden te kijken, dat zegt haar toch wel iets. Veronderstel dat het werkelijk zo is, en dat Anja verliefd is. Dat is nog te begrijpen, maar Daan..., nee, daar moet Helga niet aan denken. Christine is zo'n lief meisje en dol op Daan, dat zie je zo. En Tom niet te vergeten. Toch is Helga er in haar hart weleens bang voor geweest toen Daan meteen op dat aanbod van Van Heiningen inging. Bram niet, die vond het een prachtoplossing. Zijn eerder oordeel over Daan sprak daar natuurlijk een woordje in mee. Mannen zijn nuchter en bekijken alles nu eenmaal anders dan vrouwen. Vrouwen laten hun gevoel meer spreken. En Helga's gevoel laat haar niet zo vaak in de steek. Ze probeert zo luchtig mogelijk het gesprek gaande te houden. De anderen merken niets. Of toch...?

,,Is er iets, Daan?'' vraagt Christine als op dat moment alle aandacht naar Tom uitgaat.

,,Nee, wat zou er zijn?'' doet Daan wat narrig.

Dus toch iets, begrijpt Christine daaruit. Toen ze uit de kerk kwamen was Daan nog zo gezellig. Sinds ze thuis zijn is hij stil geworden, een beetje afwezig. Ze gist, kan niet begrijpen hoe dat ineens komt. Misschien is er iets verkeerds gezegd. Of... het moet door dat meisje komen, die Anja. Maar Anja doet normaal, ze zit nu gezellig te keuvelen met Helga en Bram. Maar níet met Daan en haar. Nu Christine erover nadenkt realiseert ze zich ineens dat dat meisje nog helemaal niets tegen Daan en haar gezegd heeft. Ja, 'alsjeblieft' toen ze koffie presenteerde, maar meer ook niet. Zijzelf heeft er trouwens ook geen moeite voor gedaan om een gesprek te beginnen, terwijl ze nog wel van elkaars leeftijd zijn. Daarom gaat Christine op de plaats naast Anja zitten en vraagt of het Anja bevalt in Holland. Ook informeert ze naar de opleiding in het ziekenhuis en hoe het gaat met de studie en de taal.

Anja geeft vriendelijk antwoord op Christines vragen. Ja, het bevalt haar prima in Holland. De opleiding is moeilijk, maar met wat extra hulp redt ze het wel. En ze heeft Helga als steun, keert ze zich met een lief lachje naar Helga. Mooi is Anja, denkt Christine, een mooi, expressief gezichtje, en dan die ogen... Iedere man moet dat ook zien als hij zijn ogen niet in de zak heeft. Ze kleedt zich goed, eenvoudig maar smaakvol, maar wat wil je ook met zo'n figuur. Is Christine jaloers? Nee, want al is ze niet zo mooi als Anja, zij heeft Daan en Tom en dat is haar oneindig meer waard dan een mooi gezichtje.

Ongemerkt heeft Daan zijn gitaar van boven gehaald. Hij tokkelt wat, slaat dan een paar forse tonen aan. Het gesprek neemt af, ze luisteren als Daan gaat spelen. Het is iets van Mozart, gelooft Helga. Hoe vaak heeft ze niet zitten luisteren als Daan zat te spelen, waaraan ze kon horen hoe Daan zich voelde. Zo eenzaam klonk die muziek haar vaak in de oren. Zo eenzaam dat het Helga's hart soms brak, omdat ze hem niet kon helpen. En wat was ze blij toen ze merkte hoe hij stilaan veranderde, hoe hij opfleurde daar in Gelderland. Hoe leefde ze mee toen het scheen dat Daan zijn bestemming had gevonden. Nu twijfelt ze daar weer aan, temeer daar ze die melancholieke tonen beluistert. Het heeft ook zijn weerklank bij de anderen. Helga ziet een trek van pijn op zijn gezicht. Christine ziet het ook.

,,Die vriend van Daan is gestorven,'' zegt ze zacht tegen Helga.

,,André?''

Christine knikt: ,,Hij trekt het zich nogal aan.''

171

,,Vorig jaar hebben ze samen nog gespeeld in de paasdienst,''
herinnert Helga zich.

Dat zit Daan natuurlijk dwars, denkt Christine. Maar meteen
valt haar blik op Anja. Anja luistert vol aandacht naar Daans
spel. Haar hoofd een beetje naar hem toegebogen. Om haar mond
ligt een flauwe glimlach. Maar als Christine haar ogen ziet, houdt
ze even haar adem in. Die ogen van Anja branden terwijl ze naar
Daan kijkt. Zo kijkt een meisje niet die niets voor zo'n jongen
voelt, denkt Christine. Zo kijkt een volwassen vrouw naar de
man waar ze van houdt. Christine wil die blik niet zien, ze wil
die betovering verbreken. Ze wil dat vuur uitblussen in die ogen
van Anja. En dan, pats... daar valt Christines kopje bovenop de
voet van Anja.

,,O sorry,'' zegt ze te hard en quasi verschrikt. Gelukkig is
het kopje nog heel en er is geen thee meer in. ,,Heb je je
bezeerd?''

Anja kijkt Christine aan alsof ze van een andere planeet komt.
Dan zegt ze: ,,Nee hoor, niets aan de hand.''
Meteen staat ze op om nog eens thee te halen.
Na de maaltijd moet Anja weer weg, voor de nachtdienst.
,,Prettige avond nog allemaal,'' wuift ze bij de deur.

Gaandeweg wordt Daan weer zichzelf. Christine betrapt zich
erop dat ze geregeld op hem let. Ze is blij dat Anja weg is en de
avond wordt toch nog gezellig. Christine heeft nog heel wat te
vertellen over hun toekomstige huis. Daan lacht maar wat om
haar enthousiasme. Met de belofte gauw eens naar Gelderland
te komen, nemen Helga en Bram afscheid van het trio.

Christine is ineens uitgepraat. Tom, wat moe door al die
drukte, zit wat slaperig tegen zijn moeder aan in de trein. De
sfeer is anders dan op de heenweg. Christine kijkt naar buiten.
Ze heeft nu geen zin om haar hoofd tegen Daan aan te leggen.
Waarom zegt hij nu niets. Waarom haalt hij haar nu eens niet aan
en zegt tegen haar dat hij het fijn vindt om weer met elkaar naar

172

huis te gaan om daar te gaan werken aan hun huis en hun idealen?

Als ze het bijna niet meer uithoudt, zegt ze ineens hard terwijl haar brandende ogen naar buiten gericht zijn: ,,Anja is verliefd op je.''

Daan zegt niets terug.

Dan kijkt ze hem aan. Zag hij daarnet ook zo wit? vraagt ze zich af.

,,Oh,'' zegt hij dan pas en kijkt haar vluchtig aan.

,,Je wist het,'' zegt ze weer.

,,Ja.''

,,En jij?'' Ze blijft hem aankijken.

,,Ik ga met jou trouwen.''

Christines hart wordt zwaar. Daan ontwijkt een rechtstreeks antwoord en daardoor weet ze het eigenlijk al. Toch is ze bang voor een definitief antwoord, want ze weet niet wat ze daar mee aan moet. Maar ze wil weten.

,,Ben jij... verliefd op haar?'' Het klinkt zachter dan daarnet.

,,Nee,'' zegt hij.

Zegt Daan de waarheid? Christine kijkt naar hem. Maar Daan glimlacht en legt een arm om haar schouder.

,,Mallerd.''

Zijn andere hand zoekt de hare. Dan nestelt ze zich toch tegen hem aan. Het is weer goed, ze wíl dat het weer goed is. Ze zal niet toestaan dat een ander hun geluk gaat verstoren, dat een ander zich tussen hen zal dringen. Daan en zij zullen trouwen en het bedrijf voortzetten. Ze zullen een gelukkig gezin vormen, zij en Daan en Tom. Daan kijkt over haar hoofd heen naar het zonovergoten landschap. Ze gaan weer terug en dat is goed. De onrust zal langzaam weer verdwijnen. Anja blijft dáár, híj hoort bij Christine en Tom. ,,Houd je van haar?'' vroeg Christine. ,,Nee,'' zei hij. Een leugen? Misschien wel, maar hij zal de leugen ontwarren en vechten voor het geluk van Christine en

Tom. Dat kan hij alleen doen, hij kan het maken of breken. En dat laatste wil Daan niet, daar is Christine te goed voor. En Tom rekent ook op hem. Daan kijkt naar de stralende blauwe lucht. Nog is het paasfeest, het feest van de opstanding en vernieuwing... God. Hij is niet voor niets gestorven, Hij wil de mensen helpen die op Hem vertrouwen. Dat wil Daan ook, op Hem vertrouwen en de weg gaan die Hij hem wijst.

HOOFDSTUK 9

Anja fietst de weg naar het ziekenhuis. Ze heeft geen haast, de dienst begint pas om tien uur. Maar Anja wilde niet langer blijven in de gezellige beslotenheid van dat gezin... Ze gaat er niet meer heen als ze weet dat Daan daar is, en zeker niet samen met Christine. Een poosje terug, toen Anja Daan voor het eerst ontmoette, wist ze al meteen: met zo'n man zou ik willen trouwen. Daan lijkt op zijn vader, die ze ook meteen al zo sympathiek vond. Echt een man om van te houden. Ze kan goed begrijpen dat Helga hem heeft uitgekozen. Toen ze Daan ontmoette zag ze meteen de gelijkenis tussen hem en zijn vader wat in Daans voordeel uitviel in verband met zijn leeftijd. Sinds dat weekend is Daan niet meer uit haar gedachten geweest, hoe ze er ook tegen vocht nadat ze van Helga te weten kwam dat Daan zo goed als verloofd was. Ze had geen zin voor hem uit de weg te gaan. Zo vaak komt hij trouwens niet thuis. Maar nu ligt dat anders, sinds vanmorgen, toen de familie uit de kerk kwam en ze Daans ogen ontmoette, zo dichtbij. Het was alsof er een elektrische vonk van haar naar Daan ging en omgekeerd. Het was zo'n vreemde, maar ook een prachtige gewaarwording dat het was alsof de tijd even stil stond. Het maakt haar blij en bedroefd, want ze weet dat ze

174

geen enkel recht op hem heeft. Wat er precies door Daan heen ging op dat ogenblik kan ze alleen maar gissen, zoals hij haar gevoelens alleen maar kon peilen uit haar blik. Ze hebben niet veel meer tegen elkaar gezegd de verdere dag. Maar de spanning bleef, voelde ze als ze in zijn buurt kwam. Ze hoorde het weer toen Daan op zijn gitaar ging spelen, net alsof hij haar daarmee iets wilde vertellen over dat ene moment dat die vonk er was. Maar wat moet ze ermee, niets immers, je kunt je geluk niet bouwen op de puinhoop van dat van een ander. Het beste voor Anja is om te proberen Daan te vergeten en niet meer aan hem te denken. Dat zal moeilijk zijn, maar haar werk zal haar daarbij helpen, zoals haar dat ook wel helpt als plotseling het heimwee de kop opsteekt naar thuis, naar haar moeder. Werken en leren en niet toegeven aan gevoelens waar je niets mee kunt doen.

Ze is er. Ze zet haar fiets, een oudje dat bij Helga thuis stond, in de stalling en zoekt haar kamer op. De lift brengt haar naar de zesde etage van het zusterhuis. Ze heeft gelukkig een kamer voor zichzelf, al is die dan niet zo groot. Het is stil, veel verpleegsters zijn dit weekend naar huis. Anja strekt zich even uit op haar bed. Ze heeft niet geslapen en hoopt dat ze het volhoudt vannacht. Morgen kan ze weer uitslapen. Morgen zijn Daan en Christine weer weg. Dat jongetje is lief. Anja wil ook best een kind hebben, later. Een man en een kind. Het gewone rolpatroon, mannetje, vrouwtje, kind... huisje, boompje, beestje. Anja wil dat, het lijkt haar heerlijk om een eigen huis te hebben. Ze zal hard werken om haar diploma te halen. Misschien gaat ze daarna wel naar huis, als het contract is afgelopen. Maar het leven hier is beter, minder armoede. Ze zal zoveel mogelijk geld naar huis sturen, als ze wat meer verdient. Ze heeft zich nu nog veel moeten aanschaffen, zoals boeken en een uniform. Ze zal haar best doen. En wie weet ontmoet ze hier nog eens een rijke man waarmee ze zal gaan

175

trouwen. Weer komt het beeld van Daan haar voor de ogen. Daan die speelde op zijn gitaar... Anja's ogen vallen dicht.

Het werk buiten is in volle gang. Ook binnen, waar Christine haar moeder helpt, die alvast dingen gaat opruimen. Christine wil er niets van hebben. Ze wil met een schone lei beginnen. Het huis dat voor Van Heiningen en zijn vrouw wordt gebouwd, schiet al aardig op. 's Zondagsmiddags gaan ze meestal even kijken. Het is te lopen, ook voor vader Van Heiningen.

,,Vindt u het naar om het huis uit te gaan?'' vraagt Christine aan haar moeder.

,,Niet nu ik weet dat jij er in gaat wonen. Het blijft nu in de familie. We boffen maar dat Daan voor dit werk voelt, anders had pa de boel moeten verkopen en had hij niets meer om handen. Nu kan hij nog eens een oogje in het zeil houden en wat adviezen geven hier en daar.''

,,Als pa er zich maar niet teveel mee bemoeit,'' vindt Christine bezorgd. ,,Als Daan hier de baas wordt zal hij dat ook willen zijn.''

Haar moeder meent echter dat een goed advies altijd wel op z'n plaats is.

,,En trouwens, vader kan niet veel meer beginnen. Hij is een oude man geworden die al aan het eind van zijn leven staat.''

,,Pa wil zeker ook graag dat Daan bij onze kerk komt?''

Als haar moeder knikt zegt Christine: ,,Daan wil dat niet. Al die strenge opvattingen, daar kan hij niet tegen. Dat heb je gemerkt toen Tom zo ziek was.''

Moeder zucht, ze is het wel een beetje met Chrstine eens, maar ze wil haar man niet afvallen.

,,Misschien verandert hij nog wat,'' aarzelt ze, hetgeen Christine betwijfelt.

Als de voorjaarszon de aardbeien een warmrode kleur bezorgt komt er een brief van oom Peter. In juni hoopt hij terug te zijn.

176

Het geeft Daan even een schokje, zo vlug alweer. Weg vrijheid. Hoewel oom Peter er bij schrijft dat Daan net zolang kan blijven als hij wil, al is het tot aan zijn trouwen. Dat moet dan maar, denkt Daan, hij zou niet weten waar hij anders heen kan. 't Zal trouwens wel meevallen, oom Peter is gemakkelijk. Dick zal nu ook wel naar huis komen en zich melden bij de marine, zoals hij van plan was. Hij zal daar een goede kans maken.

Die avond belt Helga verheugd over Dicks thuiskomst. Dick zal wel een stoere kerel zijn geworden, denkt Daan, dat zat er altijd al in. Thuis zal hij Anja wel ontmoeten. Wie weet hoe gecharmeerd hij van haar is. Nou, wat let hem, Dick is vrij man. Even raakt die gedachte hem. Het is ook zo tegenstrijdig allemaal in Daan, dat hij er soms geen weg mee weet. Het zal zijn tijd moeten hebben.

Voordat ze het weten zitten ze al volop in de oogst. De plukkers zijn schaars. Daan slaapt korter en werkt langer, trouw terzijde gestaan door Christine. Op het moment dat ze even naast elkaar in het gras ploffen, spreekt Daan zijn waardering daarover uit.

,,Als ik jou niet had zou ik niet weten, hoe ik het voor elkaar zou moeten krijgen.''

Ze bloost bij die lof, en tot Daans verbazing springen de tranen in haar ogen.

,,Hé Chris, hoe heb ik het nou?'' Daan beseft ineens hoe weinig waarderende, maar vooral tedere woorden er tussen Christine en hem worden geuit.

Ze legt haar hoofd tegen hem aan en zegt zacht: ,,Ik verlang ernaar dat we getrouwd zullen zijn, en dat we dag en nacht bij elkaar kunnen blijven.''

Het klinkt verlegen, alsof ze zich voor die woorden schaamt. Daan zit doodstil.

,,En jij Daan, jij toch ook?'' Ze kijkt hem wat ongerust aan. Dan zegt ze hartstochtelijk: ,,Ik wil niet nog eens meemaken wat ik toen... toen met Toms vader heb meegemaakt. Zo in de steek gelaten voelde ik me toen.''

Het is voor het eerst dat Christine over die tijd praat tegen Daan.

,,Begrijp je het een beetje, Daan, hoe ik me toen voelde?''

Hij streelt haar haar en sust: ,,Natuurlijk begrijp ik dat.''

,,Laat me dan eens merken hoeveel jij om me geeft,'' zegt ze weer.

Dan slaat Daan zijn armen om haar heen en kust haar teder.

,,Zo goed?'' vraagt hij.

,,Ja,'' zegt ze stil, maar denkt: zo bedoel ik het niet.

HOOFDSTUK 9

Vrijdag is Bram jarig.

,,Het lijkt me het beste dat in het weekend te vieren,'' zegt Helga. ,,Dat komt voor Daan beter uit als hij van plan is om te komen.''

,,Vraag het hem,'' raadt Bram aan.

Helga verheugt er zich op de kinderen om zich heen te hebben. Daar bestaat ook nog de kans dat Peter en Dick eind van de week terug zullen zijn. Dat zal Brams verjaardag áf maken. Helga hoopt dat Anja ook vrij heeft. Anja... ineens is Helga er niet meer zeker van of deze verjaardag zo'n succes zal worden met Daan... en Anja erbij. Ze denkt weer aan dat paasweekend. Hoe ontredderd Anja was in de keuken, en dat was om Daan. Helga heeft daar later niet meer op gezinspeeld. Ook Daans naam zo weinig mogelijk genoemd. Ze wil Anja er niet naar vragen, als Anja er over praten wil zal ze zelf wel komen. Maar nu ze er aan denkt, die twee hier in huis... Het is als de kat op het spek binden. Diep in haar hart spijt het Helga dat Daan daar ooit is

178

gebleven en als vanzelf in dat werk is gerold, ook met Christine. Vaag heeft Helga het idee dat er iets niet goed zit, ook een beetje een gevoel van spijt dat zij niet geprobeerd heeft Daan ervan te weerhouden. Die jongen heeft nog niets meegemaakt, hij weet amper wat er te koop is in het leven. Het was beter geweest als hij hier eerst een baan had gezocht, en misschien een meisje had ontmoet dat beter bij hem past dan Christine. Anja...? Helga is zich er van bewust dat Anja een grote plaats in haar hart inneemt. En Anja's aanwezigheid draagt zeker bij tot Helga's negatieve gevoelens omtrent Daans relatie met Christine. Dat dat niet eerlijk is, daar is Helga zich ook van bewust.

,,Ik weet het nog niet,'' aarzelt Daan op haar vraag of hij komt. ,,'k Zal er met Christine over hebben.''

,,'t Zou jammer zijn als jij niet komt.''

,,Vanavond zal ik het vragen,'' zegt Daan. ,,Enne...''

,,Wat?''

,,Ach niets, laat maar.''

,,Er is een kans dat Peter en Dick ook thuiskomen.''

Het klinkt blij en Daan lacht.

,,Moeder met al haar schaapjes om zich heen,'' plaagt hij. Dan: ,,Komen er nog meer?''

,,Tante Clara en oom Ton komen vrijdag. Misschien Anja, als ze geen dienst heeft.''

,,Oh... dus dat weet ze nog niet zeker?''

,,Nee. Daan?''

,,Wat is er?''

,,Ik wilde vragen of alles goed is met Christine.''

,,Ja hoor, ze heeft vanmiddag behang uitgezocht.''

,,Behang?''

,,Ja, voor ons huis, als haar ouders eruit zijn.''

,,O ja, natuurlijk. Wel vlug.''

,,Voor je het weet is het december. In maart wil ze trouwen.''

Er knijpt iets in Helga's keel.

,,Jij toch ook?''

,,Waarom zou ik niet? Nou, 'k zal wel zien, groeten aan pa.''

,,Daan...''

De verbinding is verbroken. Helga heeft ineens pijn in haar buik.

,,Komt Daan?'' kijkt Bram op als Helga binnenkomt.

,,Misschien.''

Ze gaat op de bank zitten.

,,Wat is er?'' vraagt Bram.

,,Ach niets, laat maar.''

Het zijn dezelfde woorden die Daan uitte.

Bram kijkt naar zijn vrouw.

,,Zit je iets dwars, heeft hij iets naars gezegd?''

,,Nee, dat is het juist, kon ik maar in zijn hart kijken. Ik weet niet wat ik van hem moet denken.''

Bram lacht fijntjes.

,,Dat heb ik nu altijd bedoeld met Daan. Hij uit zich niet.''

,,Het spijt me dat hij daar is gaan werken, en Christine... hij is er nog niet aan toe,'' barst Helga uit.

,,Hij is geen kind meer, Helga. Je begint toch niet zomaar iets. Nee, die jongen heeft het best bekeken, maak je maar geen zorgen.''

Toch blijft het in Helga's gedachten. Ze is opgelucht als Daan haar vertelt dat hij komt. Maar waarschijnlijk alleen, zodat Christine de plukkers die maandag weer kan opvangen. En opgewekt slaat ze aan het koken en bakken.

Als Helga die zaterdagochtend naar buiten kijkt, ziet ze de lachende gezichten van Peter en Dick voor het raam. Ze holt naar de deur om Dick in haar armen te sluiten.

,,Wat zie je er goed uit,'' kijkt ze trots naar hem.

,,Heb ik niet goed voor hem gezorgd?'' wil Peter een compliment.

Even later zitten Helga en Bram te luisteren naar de verhalen

180

van het tweetal.

,,Dus nu ga je naar de marine?'' wil Bram weten.

,,Ja,'' zegt Dick, ,,ik heb de smaak te pakken.''

,,'t Zal wel iets anders zijn dan te worden vertroeteld door je oom,'' merkt Bram op.

,,Nou... vertroeteld,'' trekt Dick een gezicht, ,,hij heeft me vaak genoeg de huid vol gescholden.''

,,Ik zou bijna medelijden met je krijgen,'' zegt Helga. ,,En jij Peter, geef jij er nog niet de brui aan?''

,,Ja,'' geeft Peter toe, ,,ik ga me nu hier vestigen. 'k Heb zin in m'n huis en ik zal proberen hier een baantje te bemachtigen. Nu heb ik misschien nog een kans, als ik ouder word lukt me dat niet meer.''

,,Dat zal je niet meevallen,'' meent Bram.

,,'k Heb nog wel een vriendje hier en daar. Ik heb m'n licht al opgestoken, misschien part-time.''

,,Daan wordt straks je buurman.''

,,Gaat dat echt door?''

Bram knikt: ,,Aardig vrouwtje, die Christine. en haar vader zit er warmpjes bij.''

,,Hij is getikt,'' is Dicks commentaar.

,,Waarom, hij heeft het naar zijn zin in die fruitteelt.''

Opeens een luid gelach in de gang.

,,Daar zijn de meisjes.''

,,Dames bedoel je,'' zegt Peter als ze binnenkomen. Waarop weer een lachsalvo volgt.

Een beetje verlegen begroet Grizelle Peter en Dick die haar van het hoofd tot de voeten bekijkt.

,,De familie is er op vooruit gegaan,'' steekt hij zijn mening niet onder stoelen of banken.

,,Dit is nog niet alles,'' zegt Helga, ,,vanavond komt Anja ook nog.''

Als Daan ook gearriveerd is, kijkt Helga tevreden de kring

rond. Allen die mij lief zijn, denkt ze. Hoe dankbaar mag ze zijn.

,,En Helga, zou je nog terug willen?'' plaagt Peter die de blik van voldoening op haar gezicht ziet.

Helga schudt haar hoofd.

,,In het begin heb ik het weleens moeilijk gehad, maar nu zou ik niet meer willen ruilen.''

Haar ogen zoeken die van Bram die haar toeknikt.

,,We zijn weer een gelukkig gezin,'' beaamt hij, ,,ik wens dat iedereen toe.''

,,Slaat zeker op mij,'' zegt Peter met een grijns.

,,Wie de schoen past, trekke hem aan,'' lacht Bram.

Daans ogen zoeken de foto van Lidy. Een jaar geleden zouden die woorden van zijn vader hem nog pijn hebben gedaan. Waarschijnlijk zou hij de kamer uit zijn gerend om zijn boosheid lucht te geven bij zo'n uitspraak, dat nu Helga het middelpunt van dat gezin is. De pijn is inmiddels verzacht, want Daan weet dat Helga zijn moeder niet opzij heeft geschoven. Lidy's plaats is gebleven, al is zij niet werkelijk meer aanwezig. Dat heeft ze Daan duidelijk gemaakt, toen ze zei: ,,Dank zij jouw moeder heb ik nu het gezin gekregen waar ik altijd naar verlangd heb. Zij heeft niet voor niets geleefd.''

Zal hij ook zo gelukkig worden met Christine? Nee, nu even niet piekeren.

,,Ik zal wel voor de koffie zorgen,'' zegt hij.

Meteen als hij de gang door loopt klinkt een kort belletje. Met het blad nog in de hand doet hij open. Anja staat voor hem. De frisse buitenlucht hangt om haar heen. Even staan ze elkaar wat beduusd aan te kijken.

,,Ik wist niet... ik dacht,'' zegt hij.

Ze glimlacht: ,,Mag ik binnenkomen?''

,,O sorry,'' doet hij een pas naar achteren. Hij staat wat mal met het dienblad in zijn hand.

182

,,Laat maar niet vallen,'' waarschuwt ze.

,,Ik ga juist inschenken.''

,,Vergeet mijn kopje niet!'' roept ze hem na en gaat naar binnen om de jarige te begroeten.

Daan, in de keuken, haalt diep adem. Is hij blij of niet, dat ze er is? Een ezel is hij, om zo stuntelig te doen. Wat moet ze wel niet denken? Hij morst met de koffie en de melk. Bah, ineens heeft hij zin om weg te lopen. Wat doet hij hier ook alleen, zonder Christine. Hij had beter thuis kunnen blijven. O stommerd, scheldt hij zacht als hij alweer morst.

,,Komt er nog wat van?'' schiet Sandra de keuken in.

,,Doe dan ook iets,'' zegt hij nors.

,,Nou, rustig maar, ik kan het niet helpen dat jij zo morst. Ik neem de cake vast mee.''

Wat stil zit hij later naar het vrolijke gesprek te luisteren. Af en toe dwalen zijn ogen Anja's kant uit. Wat ziet ze er lief uit, denkt hij een beetje ongelukkig. Een keer ontmoeten hun ogen elkaar. Hij krijgt het er warm van. Bah, hij lijkt wel een meisje als Sandra. En haastig keert hij zich naar Peter, vertelt lukraak wat over de tuin. Maar steeds ziet hij dat lieve gezichtje met die schitterogen.

,,We worden buren, hè?'' lacht Peter, een beetje te hard.

Dick, die dat opvangt, gaat er meteen op in, ook te hard.

,,Ik begrijp niet waar je zin in hebt, om nu al te trouwen.''

Daan haalt zijn schouders op.

,,En meteen al vader,'' verwondert Dick zich weer.

Dat laatste hoort Daan niet, of wil het niet horen.

,,Zal ik iets inschenken?'' vraagt hij aan Helga.

,,Graag, Daan.''

Het lijkt wel een vlucht. Was ze maar niet gekomen. Hij voelt zijn onrust als verraad aan Christine.

Om half elf zegt Anja weer te gaan.

,,Morgen heb ik vroege dienst.''

183

,,Kun je wel alleen?'' plaagt Dick.

,,Ik zal je wel wegbrengen,'' zegt Daan opeens.

Meteen heeft hij spijt van zijn woorden. Dat had hij nu juist niet moeten zeggen. Maar nu kan hij niet meer terug.

,,Gezellig,'' zegt Anja en groet de familie.

Haastig pakt hij een fiets uit de schuur en stommelt de gang door naar buiten, waar Anja staat te wachten. Zwijgend fietsen ze naast elkaar. Het is nog niet eens helemaal donker.

,,Midzomer,'' merkt ze op. ,,Het lijkt me leuk om de kortste nacht buiten door te brengen, zoals ze in Scandinavië doen, midzomernachtfeest...''

Hij lacht zacht. ,,Wat romantisch.''

Ze lacht mee.

,,Af en toe moet je dat wel zijn, anders is alles zo saai.''

,,Wat let je?''

,,Geld en tijd. Wat ik heb moet ik sparen om naar huis te gaan.''

,,Vertel eens iets van je thuis?''

Ze moeten afstappen voor een stoplicht.

,,Zullen we verder lopen, of heb je haast?''

Naast elkaar lopen ze langzaam verder de parkachtige wijk door waar aan het eind het ziekenhuis staat. Een zacht zomerbriesje streelt hun wangen. Het is goed zo te lopen en naar elkaar te luisteren. Ze vertelt van haar huis in dat verre land, het dorp aan de rivier waar ook Helga vandaan komt. Van haar ouders die haar en Grizelle lieten gaan terwille van hun toekomst.

,,Ga je terug, Anja?''

,,Als ik daar nodig ben en werk kan krijgen.''

,,Misschien wil je niet meer tegen die tijd.''

,,Soms verlang ik om terug te gaan. Ik weet niet hoe ik er na een paar jaar over zal denken, hoe mijn leven hier zal verlopen. Het is hier goed en ik kan altijd bij Helga en je vader terecht. Grizelle is daar ook, dus ik ben niet echt alleen.''

184

,,Misschien trouw je nog eens hier.''

Ze struikelt over een steen. Daan pakt haar vast om haar te behoeden voor een val. Hij neemt zijn hand niet terug. Onwillekeurig staan ze stil. Het is er weer, dat zware, opwindende gevoel. Hoe lang staan ze zo? De donker wordende hemel welft zich over hen heen. Twee nietige mensjes in het grote heelal. De warmte van de zomeravond omarmt ze.

,,Ik ga nu maar,'' zegt ze opeens gejaagd.

Nog houdt hij haar vast. Hij trekt haar naar zich toe en even legt ze haar hoofd tegen hem aan.

,,Christine,'' zegt ze zacht.

Ja, Christine... levensgroot staat ze tussen hen in. Dan pakt ze haar fiets en stapt op. Hij kijkt haar na totdat hij haar niet meer kan onderscheiden.

Christine ligt op bed. Een zacht briesje waait de nachtelijke koelte door het geopende raam. Christine is moe, maar de slaap wil niet komen. Tom keert zich om in het bed aan de andere kant van de muur. Hij zucht even, wordt toch niet wakker. Hij droomt zijn kleine jongensdromen. Christine gunt het hem. Nu kan het nog, onbezorgd slapen en dromen. Worden als een kind. Ja, dat zou Christine ook nog weleens willen zijn, een onbezorgd kind, dansend door de wei, een bosje bloemen plukkend voor haar moeder. Het zal nooit meer komen, dat onbezorgde, zeker niet als je zelf moeder bent. Christine heeft ondervonden wat het is een kind te hebben, waar je de verantwoordelijkheid voor hebt. Zoals toen Tom zo ziek was. Sinds die tijd heeft Christine zich voorgenomen er alles aan te doen om hem weerbaar te maken, lichamelijk en geestelijk, hem ook meer aandacht te geven. Ze heeft geleerd van haar kind te houden. Ze verbeeldt zich zelfs dat Tom er al beter uitziet. Over een poosje zal ze hem opgeven voor de peuterschool. Het is goed voor een kind om vriendjes te hebben en geen eenling te zijn zoals zij dat zelf is geweest. Eigenlijk zou Tom een broertje of zusje moeten hebben. Ze heeft ervan gedroomd dat gezin te stichten, samen met Daan. Ze is er nu niet meer zo zeker van dat die droom ooit werkelijkheid zal worden. Christine houdt van Daan, zoveel, dat ze alles voor hem over heeft. Of dat bij Daan ook het geval is, daar twijfelt ze de laatste tijd aan. Misschien is Daan er zichzelf niet van bewust, denkt ze weleens. Ook dat hij nog te jong is voor die verantwoording samen, met een bedrijf. Misschien heeft haar vader te veel aangedrongen. Maar Christine zal geduldig zijn en wachten en van hem houden. Wat dat laatste betreft, daar heeft ze geen moeite mee. Maar Christine wil zo graag dat dat wederkerig is, dat Daan net zo verlangt naar een eigen huis als zij. Ze zal er alles aan doen om Daan niet kwijt te raken. Hij heeft haar zijn belofte gegeven en kan die zomaar niet breken. Eigenlijk heeft zij de troeven in handen in de vorm van het bedrijf, de bankrekening... en Tom. Dat laatste zal voor Daan het zwaarste wegen want Daan is geen streber, is ook niet uit op geld en macht.

Zal Daan nu ook slapen? Misschien ligt hij wel wakker en denkt aan haar, Christine. Of... aan die ander, aan Anja. Zal ze ook op die verjaardag komen? Ineens zit Christine rechtop in bed. Ze had mee moeten gaan, met Daan. Ze had hem moeten beschermen. Maar waartegen? Daan is geen klein kind meer. En dat zag je toen ze wel bij hem was. Onder haar ogen zag ze het gebeuren. Ze zag de ogen van Anja branden, branden van liefde voor Daan. Christine zou wel uit haar bed willen springen en Daan achterna gaan. Ze had het hier best kunnen regelen met die plukkers, en moeder is er immers ook nog. Ze zakt terug in de kussens, misschien was het wel angst dat ze niet meeging, angst om de waarheid te zien. Ach, ze moet Daan meer geloven, hij heeft toch gezegd dat hij niets voor die Anja voelde en dat hij nog steeds van plan was met haar te trouwen.

Christine slaat haar armen om zich heen alsof ze het koud heeft. En zacht kreunt het in haar: Daan... Daan laat me niet in de steek. Hou van me zoals ik van jou houd en van Tom.

Christine weet zich geen raad als ze er aan denkt dat het haar wéér zal overkomen. Hoe kan ze Daan aan zich binden, met nog meer dan hem beloofd is? Ze weet er maar één antwoord op, en dat is zo snel mogelijk trouwen. Als Daan het er maar mee eens is. Maar desnoods zal ze hem dwingen. Dwingen...? Na een uurtje valt Christine in een onrustige slaap.

Als Daan haar begroet ziet hij donkere kringen om haar ogen.

,,Ben je moe, Christine? Ik had niet weg moeten gaan,'' zegt hij spijtig.

Ze lacht alweer. ,,Nu niet meer, nu jij er bent.''

Daan houdt haar tegen zich aan. Hij zou haar om vergeving willen vragen. Waarom weet hij zelf niet. Misschien om dat gevoel van schuld kwijt te raken, als hij aan Anja denkt.

,,Als het wat meeloopt van de week kunnen we zaterdag weleens naar meubels gaan kijken,'' maakt hij het goed.

,,O Daan, wat fijn,'' juicht ze. ,,Laten we meteen maar beginnen.''

Even huivert Daan als hij haar nakijkt als ze naar de boomgaard loopt.

Druk, druk en regen. Met bakken valt het uit de hemel, iedere dag weer aan. Het vrolijke gelach van de plukkers is verdwenen. Stilzwijgend en zo snel mogelijk wordt het werk gedaan. Veel van de kersen- en bessenoogst mislukt omdat de vruchten kapot geregend zijn en niet meer geschikt voor de veiling. Wat ze nog kwijt kunnen gaat naar de fabriek, die de gekneusde vruchten gebruikt om jam van te maken of sap. Van Heiningen kijkt somber naar de weinige kistjes in de schuur. Zijn hoop is nu alleen nog gericht op de appels en peren.

,,Vorig jaar was het een goed jaar,'' troost zijn vrouw.

Maar Van Heiningen blijft naar de lucht turen of de wolken zich eindelijk zullen oplossen. De plukkers doen hun best en druipen in hun regenkleding. Ze zijn koud van het constante water en verlangen er alleen naar dat het spoedig vijf uur zal worden en ze thuis warm en droog van hun maaltijd kunnen genieten. Daan heeft Christine naar huis gestuurd.

,,Er is nu toch niet veel meer te redden,'' zegt hij teleurgesteld.

Daan gebruikt nu weer de maaltijd bij Peter, die het gezellig vindt voor iemand te koken. Om zes uur houdt Daan het ook voor gezien. Hij zwaait nog even naar Tom die het niet leuk vindt dat Daan zijn huis voorbij loopt. Christine is van de weeromstuit ook stilletjes. Het uitje naar de stad kan ze wel vergeten. Het leven verloopt eigenlijk maar saai, denkt ze somber. Iedere dag is er dezelfde sleur. Daan spreekt ze maar weinig, alleen op zondag, die in dezelfde sleur verloopt. Daan komt koffiedrinken bij haar en zij gaat 's middags naar Daan, waar ook oom Peter is. Christine is er niet blij mee dat Daans oom weer thuis is, hoewel het een aardige man is, dat moet ze toegeven. De vrijheid is nu een beetje weg, vindt ze. Ze komt er niet achter of Daan dat ook vindt, hij klaagt er niet over.

Als Christine er zo aan denkt vindt ze dat ze niet veel opschieten. Wat er moet opschieten weet ze zelf ook niet zo goed. Toch, zoals ze morgen ieder naar hun eigen kerk gaan... nee, daar moet verandering in komen.

,,Voortaan ga ik met Daan mee naar de kerk,'' zegt ze plotseling tijdens het eten.

,,Wat...?'' kijkt haar vader haar aan. Hij wordt rood en zijn mond hangt open.

Christine kan er ineens niet meer tegen om naar dat gezicht te kijken. Ze zou willen schreeuwen: ,,Doe je mond dicht!'' Maar dat kan ze niet en daarom kijkt ze maar voor zich.

,,Jij gaat daar niet heen,'' gromt haar vader.

,,Toe nou man,'' springt mevrouw Van Heiningen voor haar dochter in de bres. ,,Christine is volwassen en ze zal haar man straks volgen, dat weet jij best. Er is niets verkeerds aan als

Christine mee naar die kerk wil.''

,,Ik zeg je, als dat doorgaat komt die... die Daan hier niet meer in.''

Tom zit verschrikt naar zijn boze opa te kijken. Ook naar zijn moeder die met een wit gezicht opspringt.

,,Dus u wilt Daan op die manier pressen. Maar dan bent u bij hem aan het verkeerde adres. En wat denkt u wel, dat daar meer zondige mensen zitten dan in onze kerk? Ik weet dat dat niet waar is, en u weet dat ook.''

Meteen kijkt Christine naar Tom en ziet zijn angstige gezicht. Ach Tom, en ze had zich nog zo voorgenomen om het beter te doen. Mooi voorbeeld voor hem om zo tekeer te gaan. Ze pakt het kind op en houdt hem tegen zich aan.

,,Opa is boos,'' zegt Tom.

,,Nee Tom, opa is een beetje verdrietig, maar nu is het over.''

Ze geeft hem zijn toetje en praat er niet meer over met haar vader.

Later onder de afwas vraagt ze haar moeder: ,,Meende pa dat nou?''

,,Ach kind, je weet hoe hij is, een beetje driftig, hè?''

,,Maar ú begrijpt toch wel dat ik met Daan meega?''

,,Ik zal er eens over praten met de dominee,'' zegt haar moeder.

Christine zucht en denkt: die man zal haar vader wel gelijk geven.

,,Jaag je vader nu niet weer in het harnas,'' zeg moeder. ,,Hij moet zich vooral niet opwinden, zegt de dokter.''

Nee, denkt Christine kwaad, maar intussen jaagt hij wel een ander in het harnas. Het is misschien beter dat zij er niets meer van zegt en zelf beslist wat ze doen moet.

In september is het nieuwe huis klaar. De appeloogst is in volle gang. Christine helpt waar ze kan. Samen met haar moeder maakt ze het nieuwe huis schoon. Het huis is nog groot genoeg, alles weliswaar op de begane grond, zonder drempels. Alleen boven is er nog een logeerkamer en een bergruimte. Het is de bedoeling dat Christine en Tom voorlopig nog bij haar ouders intrekken. In die tijd kunnen ze het oude huis opknappen. De grond om het huis is nu nog modderig. Maar met een beetje goede wil is daar volgende zomer een leefbare tuin van te maken. Half oktober wordt het huis betrokken. Christine popelt van verlangen om aan de verbouwing te beginnen. De timmerman uit het dorp heeft beloofd enkele avonden zijn medewerking te verlenen. Als de pluk voorbij is en het fruit in de koelruimte staat, is het ook tijd voor Daan zijn handen uit de mouwen te steken. Oom Peter zal ook wel een handje helpen, zegt hij.

Iedere ochtend als Christine wakker wordt tintelt een nieuwe levenslust door haar heen. Als het nog lang niet licht is staat ze al naast haar bed en maakt zich klaar om de klus weer aan te pakken. Als ze ooit al plezier in haar werk heeft gehad dan is het toch wel het oude huis om te toveren tot een eigen nestje, waar ze zal leven met Daan en Tom. Ze kan de hele dag wel zingen, niets is haar teveel. De blijdschap om eindelijk te krijgen waar ze zo naar verlangd heeft, maakt haar onvermoeibaar. Ze zingt zacht als ze de rollen behang op de muur plakt en neuriet nog als ze de witkwast hanteert. Door haar blijheid merkt ze niet dat Daan almaar stiller wordt. Ze wil hem meeslepen in haar enthousiasme. Ze pakt Tom op en tolt met hem in het rond tot hij het uitschatert.

,,O Tom, nog een klein poosje, dan gaan we hier wonen met Daan. Jij en Daan en mamma.'' En zacht, alsof ze een geheimpje vertelt, fluistert ze in zijn oor: ,,En dan wordt Daan jouw pappa.''

,,Pappa... pappa,'' juicht het kind met zijn armen in de lucht, ,,pappa!''

Daan, die een muurtje aan het uitbreken is, hoort dat blije kinderstemmetje: ,,Pappa!''. Daan weet ook dat hij daarmee bedoeld wordt. En ineens kan Daan het niet hebben dat Tom dat zegt, en dat die twee daar zo vrolijk in de rondte dansen en lachen om de mooie tijd die voor hen gaat aanbreken. Een nieuwe tijd voor Christine en Tom, maar ook voor Daan. Op dat ogenblik dringt ineens de draagwijdte van dat besluit tot Daan door. De zwaarte ervan valt op hem als een verstikkende deken die hem de adem beneemt en waar hij niet onderuit kan komen. Nog nooit eerder is Daan er zo van doordrongen geweest dat hij zijn eigen weg aan het zoeken is, een weg vanwaar geen terug mogelijk is. Even staat hij star om dat beklemmende gevoel dat hem vasthoudt en hem verder duwt op een weg die hij eigenlijk niet wil, waar hij nog niet aan toe is. Maar hij moet wel verder zoeken, omdat Christine naast hem die weg gaat. Christine en Tom. Dan laat Daan de hamer zakken en zijn andere arm houdt hij voor zijn mond alsof hij de kreet van wanhoop, die op dat ogenblik bij hem naar boven komt, wil smoren. Dan zucht hij, diep en dieper tot langzaam dat gevoel van paniek, dat hem bijna de baas dreigde te worden, wat gaat zakken.

Niet denken, zegt een stem in hem, niet denken maar werken. En Daan slaat de hamer als een moker in de zachte spouwmuur. Het is of hij zijn eigen illusies aan gruzelementen hakt. Ook dat beeld dat hem ineens voor de geest kwam, een lief, open gezicht… Anja. Nog harder werkt hij tot het zweet over zijn rug loopt.

Af en toe kijkt oom Peter nadenkend naar zijn neef.

,,Maak jij je niet een beetje te druk, jongeman?'' vraagt hij op een avond.

,,Waarom,'' valt Daan uit, ,,de kaboutertjes doen het niet.''

,,Nee,'' grinnikt Peter, ,,maar de kaboutertjes helpen je ook niet op de been als je straks in je bed belandt.''

,,Onkruid vergaat niet,'' doet Daan chagrijnig.

Weer kijkt Peter opmerkzaam naar Daan. Die jongen is zichzelf niet. Hij maakt een nerveuze indruk op Peter. Ook merkt hij dat de jongen vaak 's nachts aan het spoken is.

,,Zie je soms tegen dat huwelijk op?'' vraagt hij langs zijn neus weg, zonder Daan aan te kijken.

Dat had hij dus beter niet kunnen vragen, want daarop schreeuwt Daan bijna: ,,Waar bemoeit u zich eigenlijk mee! Omdat ik een beetje moe ben moet ik ineens tegen mijn huwelijk opzien. Ik heb Christine zelf gevraagd of ze met me wil trouwen. Maar daar heeft u natuurlijk geen kaas van gegeten, wat weet u van een huwelijk af.''

Even verbijt Peter een lachje, Daan praat alsof hij al jaren getrouwd is geweest. Het is dat Peter iets tragisch in dat antwoord beluistert, anders had hij die knaap eens goed op zijn nummer gezet om die grote mond. Maar door dat antwoord, weet Peter, geeft Daan te veel van zijn innerlijk bloot zonder dat hij zichzelf daar misschien van bewust is. Peter zit te dubben of hij er verder op in moet gaan of het er nu maar bij laten. Als het stil blijft voelt Daan wel dat hij te ver is gegaan. Oom Peter heeft dat niet aan hem verdiend.

,,Sorry,'' zegt hij wat onbeholpen, ,,ik had dat niet moeten zeggen. 'k Had nog wel willen vragen of u getuige wilt zijn als we trouwen.''

Dan schatert Peter het uit.

,,Dat is andere koek. Maar jongen, als je ergens mee zit, dan vind je hier een luisterend oor.''

Daarbij wijst hij op zijn oorschelp.

Daan lacht maar mee. Hij weet dat oom Peter eigenlijk gelijk had met die opmerking.

Al vroeg zoekt hij zijn bed op, hoewel hij weet dat het tobben dan pas goed begint. Uren ligt hij te piekeren of het wel goed zal gaan. De oude angst steekt weer de kop op, de angst om te zullen falen en dat hij zijn belofte niet waar kan maken. Christine rekent immers op hem, en Tom ook. Als het huis maar eerst klaar is, houdt hij zich dan voor. Hij denkt aan Christines blije ogen, als een kind dat vol verwachting uitkijkt naar haar verjaardag en naar de kadootjes die ze zal krijgen. Christine, die er met de dag jonger gaat uitzien en vrolijker wordt. Hij mag daar geen domper meer op zetten, hij kan ook niet van haar eisen dat ze nog een jaar zullen wachten hoewel hij dat in zijn hart liever zou doen. Tot hij zekerder is van zijn zaak. Maar Christine heeft al zo lang gewacht. Als hij Anja maar nooit ontmoet had, dan zou Daan het wel kunnen, dat weet hij zeker.

Hij stapt uit bed en kijkt de stille nacht in. Hij ziet die donkere lucht waar geen einde aan komt... God. Hij houdt zijn hoofd tegen het koele glas.

,,Heer, zeg me wat ik doen moet, geef me de kracht om verder te gaan en niet te twijfelen. Help me om een goede man te worden voor Christine en een eerlijke vader voor Tom.''

Dan wordt Daan weer rustiger.

,,Je oom is gisteren bij m'n ouders op bezoek geweest,'' vertelt Christine aan Daan, terwijl ze samen de keuken een verfje geven.

,,Oom Peter, wat moest hij daar?''

,,Zeker het nieuwe huis bekijken.''

Ja, dat zal het wel zijn, denkt Daan, tenslotte zijn ze buren geweest. Oom Peter heeft hem er niets over gezegd. Maar dat hoeft ook niet, hij hoeft Daan niet alles aan zijn neus te hangen.

De lichte verf vrolijkt de sombere keuken zienderogen op.

,,Wat een pot verf al niet doen kan,'' zegt Christine terwijl ze tevreden het resultaat bekijkt. De regen klettert tegen de ruiten, maar binnen is het warm, net als in Christines hart.

,,Dat ik nog eens zo blij zou zijn met dit oude huis,'' zegt ze verwonderd lachend. ,,Maar dat komt door jou.''

Meteen legt ze haar armen om Daan heen.

Hij keert zich naar Christine om en zegt wat vertwijfeld: ,,Als ik je maar niet teleurstel straks.''

193

,,Hoe zul jij me nu moeten teleurstellen, ik weet toch hoe je bent.''

Aanhalig legt ze haar hoofd tegen Daan aan. Daan streelt haar haar terwijl de onrust weer toeneemt. Weet Christine werkelijk wat ze aan hem heeft? Hij weet het zelf niet eens. Christine verwacht te veel van hem. En dat zal hij moeten waarmaken. Hij zou haar dat moeten vertellen, haar zeggen dat ze zich misschien in hem vergist.

Opeens is er die angst weer, dezelfde angst die zijn vader eens voelde toen hij dacht dat Daan net zo was als André. Maar meteen drijft die angst weer weg, als hij aan Anja denkt. Anja... hij zou willen dat zij hier stond in plaats van Christine. Opeens wordt hij kwaad op zichzelf om die gedachte. Hij wíl immers van Christine houden. Hij zou het ook kunnen, als dat beeld van Anja er maar niet tussen kwam. Christine die zo weinig eist, die al blij is met een liefkozing of een teder woord. Wat is hij toch voor een vent. En ruw gooit hij zijn kwast neer en neemt Christine in zijn armen en kust haar alsof hij haar nooit meer los wil laten. Een beetje verdwaasd door die onverwachte liefdesbetuiging kijkt Christine hem wat lachend aan als hij haar net zo plotseling weer loslaat.

Daan probeert ook te lachen, het lukt niet zo erg. Even houdt ze hem nog tegen, ze wil in zijn ogen lezen wat er nu in Daan omgaat. Ze ziet alleen maar verwarring. Als ze zich omdraait heeft ze het gevoel of hij haar geslagen heeft. Door dat gevoel zakt langzaam de vreugde uit haar weg. Het is ineens net alsof ze Daan een beetje aan het verliezen is. Maar dat mag niet, dat wil ze niet. Ze gaan immers trouwen en straks zullen ze in dit huis gaan wonen, Daan en zij en Tom! Nee, Christine zal vechten voor dat geluk, vechten voor Daan van wie ze zoveel houdt. Ze zal alles in het werk stellen om Daan aan zich te binden. Ze zal... Christine weet niet eens wat ze allemaal zal doen. Maar één ding weet ze zeker: Daan moet bij haar blijven.

194

,,Ik heb een verrassing voor jullie,'' zegt oom Peter die zondagmiddag.

Vragend kijken Daan en Christine naar hem op als hij voor de bank staat waarop ze zitten.

Peter lacht een beetje als hij zegt: ,,Ik had gedacht om jullie een reisje aan te bieden. Een soort huwelijksreis, al moet je trouwdag nog gevierd worden. Maar het lijkt me dat je er aan toe bent om er samen eens uit te gaan na al die drukke weken. En in april heb je daar misschien geen tijd meer voor. Maar je mag natuurlijk zelf kiezen. En over Tom hoef je je niet druk te maken. Voor hem wil Christines moeder zorgen, dat is al voor elkaar.''

Dat was dat bezoekje zeker aan Van Heiningen, denkt Daan.

Oom Peter gaat verder: ,,Op aanraden van Helga ben ik zo vrij geweest te informeren of er bij Grüben nog een paar kamers vrij zijn. En dat is in orde, van 27 december tot 5 januari kunnen jullie daar terecht. Nu is aan jullie de beslissing of je dat ook wilt. In deze enveloppe zit een cheque die je daarvoor kunt gebruiken.''

Die oom Peter.

,,Te gek,'' zegt Daan.

Ook Christines ogen glinsteren verrast. Dat is de oplossing, denkt ze. Daan en zij samen een week eruit. Ze kunnen uitrusten en wandelen, misschien wel in de sneeuw. Ze kunnen samen praten, alles aan elkaar vertellen wat ze zo zwaar op het hart ligt. In die rust zullen ze van elkaar leren houden zoals het moet.

,,Het lijkt me heerlijk,'' zegt ze tegen oom Peter.

,,Ja dus?'' vraagt Peter.

Ze kijken elkaar aan.

,,Ja,'' zeggen ze tegelijk.

Nog harder werken ze. Het blije is weer terug, want Christine weet nu dat alles goed zal worden.

195

HOOFDSTUK 10

De kerstdagen vieren ze bij Christines ouders. Maar de volgende dag stappen ze op de trein. Eindelijk samen, denkt Christine, eindelijk Daan voor haar alleen. Geen werk dat gedaan moet worden, geen vreemde mensen meer om haar heen. Ook geen Tom, hoewel ze een beetje met hem te doen had toen hij zijn moeder zo zielig stond na te zwaaien toen ze vertrokken. Ze heeft beloofd iets voor hem mee te brengen als ze terug komen. Gelukkig heeft Tom zijn vriendje Lars. Het is een goede beslissing geweest dat hondje voor hem in huis te halen. Want waar Tom is daar is Lars en omgekeerd. En bij haar moeder is Tom in goede handen. Christine wil nu even alles van zich afzetten en alleen maar genieten van deze onverwachte vakantie. Denkt Daan er ook zo over?

,,En of,'' geeft Daan toe als ze hem dat vraagt.

Het werk is hem zwaarder gevallen dan hij wil toegeven. Ook Daan heeft zich voorgenomen er een fijne week van te maken. Hij denkt aan drie jaar geleden, toen hij deze reis ook maakte met zijn vader en Dick en Sandra, niet wetende dat hij nu hier weer zou zitten samen met zijn aanstaande vrouw. Bah, wat klinkt dat raar, meer iets voor oude stijve mensen, niet voor hem en Christine. Maar de waarheid is het wel.

Om zijn gedachten geen kans te geven een kant op te gaan die hij niet wil, vertelt hij Christine van die vorige reis. Die dagen die toen eigenlijk voor allemaal op een teleurstelling eindigden.

,,Sneu voor Helga,'' leeft Christine mee.

,,Ja, eigenlijk wel,'' geeft Daan nu toe, ,,we dachten alleen maar aan onszelf. Helga heeft het toch wel goed aangepakt, ze is thuis niet meer weg te denken. En voor pa ben ik nu ook blij.''

,,Ik vind het ook geweldig van haar dat ze Grizelle in huis

heeft genomen, van je vader ook natuurlijk. En Anja ook een beetje, daar heeft ze het toch druk mee.''

Daan knikt.

,,Helga houdt van een groot gezin, wij vielen denk ik een beetje tegen.'' Even lacht hij bij die herinnering. ,,Alleen Dick was wat toeschietelijker. Ik niet, Sandra ook niet. Nu is het beter, ik het huis uit en Sandra haar zusje.''

,,'t Zijn leuke meisjes.''

,,Sandra en Grizelle?''

,,Ik bedoel eigenlijk Grizelle en Anja.''

,,O ja, dat zal wel.''

Ineens heeft Daan de pé weer in. Waarom begint Christine daar weer over, net nu hij zo van plan was te vergeten. Nors kijkt hij naar buiten.

Anja, denkt Christine, Anja, toch nog steeds. Haastig begint ze over het huis te praten, wat ze nog moeten doen. En over de aanstaande bruiloft, welke jurk ze zal kopen en welke gasten er zullen komen. Ze praat over Tom die het zo geweldig vindt dat hij een pappa krijgt. Ze praat over de tuin, hoe ze die zal indelen en welke planten ze zal kiezen. Ze praat en ze praat tot ze niet meer weet waarover ze moet praten. Daan probeert zijn interesse te tonen. Maar hoe meer Christine praat des te zwaarder wordt zijn hart. Het is alsof die verstikkende deken die hij eerder voelde weer langzaam en zeker over hem heen wordt gelegd.

In de donkere avond komen ze aan. Een dun laagje sneeuw bedekt het landschap. Zilverig glinsteren de bergtoppen tegen de donkere lucht. Maar het warme licht vanuit het huis schijnt uitnodigend over de weg. Daar is het, wijst Daan. Ze stappen de bus uit en lopen naar dat licht toe. Christine is blij dat ze er zijn. Ze is moe van het praten en verlangt naar de volgende morgen, naar de nieuwe dag.

Ze slapen lang en ontspannen. De zon begroet hen uitbundig als ze een plaatsje zoeken bij het raam van de eetkamer waar het ontbijt gereed staat. Ze maken plannen om te gaan wandelen door het zonovergoten landschap.

,,Ik wil de sneeuw voelen,'' zegt Christine met glanzende ogen.

Daan lacht om haar spontaniteit.

,,Je lijkt Tom wel,'' plaagt hij, ,,wil je soms ook een sneeuwpop maken?''

,,Precies,'' zegt ze, ,,en sneeuwballen gooien en jou inzepen zoals vroeger de jongens in het dorp bij ons deden. Even heerlijk gek doen.''

Daan denkt: Christine heeft vast geen leuke kinderjaren gehad met die oude ouders. Ze zit daar nu zo opgetogen, zo blij met alles als een klein meisje.

,,We gaan er een leuke dag van maken,'' belooft hij. ,,En vanavond gaan we naar dat concert als je zin hebt.''

Hij wijst op de aankondiging waarop vermeld staat dat in het dorpje een pianoconcert wordt gegeven speciaal voor de wintersporters.

,,Leuk,'' vindt Christine.

Christine vindt alles leuk, als Daan maar bij haar is. Ze trekken gemakkelijke kleding aan en stevige wandelschoenen waarmee ze een paar uur de aangegeven wandelroute volgen. Ze rusten uit in een bergcafeetje waar ze zich de warme koffie en worstebroodjes goed laten smaken.

,,Ik wou dat Tom hier was,'' zegt ze even verlangend, maar veert dan weer op: ,,nee, toch maar niet. Wij samen hè Daan, dat is het mooiste van deze week.''

Ja, knikt Daan en denkt: zo kan het, samen, ver weg van hun omgeving. Zo valt het niet moeilijk om van Christine te houden. Hand in hand lopen ze terug langs die glanzende witte bergen.

Voordat ze naar het concert gaan sturen ze kaarten naar Tom, oom Peter en naar Helga.

,,Misschien krijgt Helga wel heimwee als ze de kaart ziet,''
zegt Daan met een lachje.

,,Vast niet,'' weet Christine.

Twee dagen later ligt de kaart al bij Helga in de brievenbus. Met
een glimlach bekijkt Helga de kaart met die plek die zo bekend
voor haar is, maar toch ook zo veraf. Nee, terug wil ze niet
meer, alleen nog voor een vakantie. Helga heeft haar plaats hier
gevonden bij Bram en de kinderen en nu ook Grizelle. Door
Grizelle is Sandra naar haar toe gegroeid, iets waar Helga heel
blij mee is. Langzaam maar zeker heeft ze het vertrouwen van
Sandra gewonnen. En al een paar maal heeft Helga gehoord dat
Sandra 'mamma' tegen haar zei. De eerste maal was ze er
helemaal beduusd van, toen ze dat hoorde. Het was als een
grapje bedoeld, toen Sandra haar mening ergens over vroeg. ,,En
mam, wat vind jij ervan?'' zei Sandra. Misschien was het dat ze
tegenover Grizelle wilde tonen dat ze ook weer een moeder heeft,
maar de ondertoon klonk zo gemeend dat Helga er even warm
van werd. En gisteren hoorde Helga het haar weer zeggen.
,,Vraag het dan aan m'n moeder.'' De lach in Brams ogen, die
dat ook hoorde en veelbetekenend naar Helga keek, maakt haar
zo gelukkig dat ze dat grote kind naar zich toetrok en halflachend
zei: ,,M'n dochter heeft gelijk hoor.'' Ze lachten er allemaal om,
maar ieder was doordrongen van de ernst die er achter lag. Het
geeft Helga een heerlijk volwaardig gevoel, nog steeds. Ze weet
ook dat het zo zal blijven. Ze hoopt dat die twee die de kaart
stuurden net zo gelukkig worden als zij.

Zo, en nu gauw koffie zetten voor haar oudste pleegdochter,
die een vrije dag heeft. Even later komt Anja met een rode neus
van de kou de keuken in. Ze gaan bij de keukentafel zitten.

,,Gezellig,'' vindt Anja, ,,net als bij moeder.'' Ineens
versombert haar blik. ,,Moeder is ziek,'' vertelt ze. ,,Gisteren
kreeg ik een brief.''

199

Ze laat hem aan Helga lezen.

,,Toch niets ernstigs, geloof ik,'' merkt Helga op.

,,Nee,'' geeft Anja toe, ,,maar ik vind haar niet zo opgewekt als anders. Misschien mist ze ons wel. Ik zou zo graag naar haar toe willen.''

,,Moet je doen,'' adviseert Helga.

Anja knikt.

,,Ik heb al een verlofbriefje ingestuurd. Er is nu niemand die moeder helpt nu zij niet goed is, terwijl zijzelf altijd voor iedereen klaar staat.''

Ineens valt Anja's oog op de kaart. Automatisch bekijkt ze die. Helga ziet de blos naar haar wangen kruipen als ze de kaart leest.

Dan legt ze de kaart terug en zegt vastberaden: ,,Ja, ik ga naar haar toe.''

Helga ziet de harde trek om Anja's mond als ze dat zegt.

,,Je komt toch wel terug, Anja?'' vraagt ze met een lachje.

Anja kijkt naar buiten, de nog kale tuin in waar de zon al een poging doet de donkere aarde te verwarmen.

Dan zegt ze aarzelend: ,,Soms denk ik dat ik daar beter kan blijven.''

,,Ach nee,'' zegt Helga, ,,je bent nu al een jaar hier, het gaat toch goed met de studie. Of heb jij soms heimwee?''

,,Soms een beetje,'' bekent Anja wat verlegen.

Helga pakt Anja's hand.

,,Ik had je wat meer aandacht moeten geven, maar ik wilde je niet achter de broek zitten... niet lastig vallen,'' herhaalt ze als Anja die uitdrukking niet begrijpt.

Dan lacht Anja weer.

,,U bent als een moeder voor me geweest dat hele jaar. Maar dat is het niet alleen...''

,,Daan?'' vraagt Helga.

Anja knikt.

,,Ik zal hem steeds weer zien en straks... als hij met Christi-

200

ne... misschien is het beter dat ik daar blijf bij moeder. Voor Grizelle is het hier belangrijker, zij is jong en kan alle kanten uit.''

,,Ik wou dat ik je helpen kon,'' zegt Helga, ,,maar je zult het zelf moeten oplossen. Kom, we nemen nog een kopje koffie, wie weet komt alles nog in orde.''

Hoe, dat weet Helga zelf niet. Jammer is dat, ze had Anja zoveel geluk gegund.

Mevrouw Grüben heeft een heerlijk maal klaargemaakt, vis met champignons. Na het diner gaan ze met de bus naar de kleine concertzaal. Het is er vol en warm, maar ze genieten van de muziek. Het is doodstil als de jeugdige pianist zijn plaats inneemt achter de vleugel. Zijn spel ontroert Daan, het doet hem denken aan André, André die nu misschien luistert naar de muziek waar hij naar verlangde... 'Het lied van de eng'len en de stem van zijn God.' Muziek hoort bij het leven, ook bij de dood. Eens heeft Daan ook naar die dood verlangd... nu niet meer. Hij is blij dat hij nog mag leven. Zou Christine daar ook zo over denken? Hij kijkt opzij en ziet hoe aandachtig ze zit te luisteren. Ze is weer zo heel anders dan vanmorgen. Kent hij Christine eigenlijk wel, weet hij wat er in haar omgaat? En... kent Christine hém zoals hij werkelijk is? Zou ze weten hoe vaak hij aan Anja denkt, soms zomaar als ze samen aan het praten zijn, ook als hij Christine omhelst? Een leugenaar voelt hij zich dan, een bedrieger. Toch wil hij eerlijk tegenover Christine staan. Maar er zijn dagen dat Anja heel zijn denken beheerst.

Die nacht droomt Daan van Anja zoals ze samen liepen met de fiets aan de hand.

,,Ik ga hier weg,'' zegt Anja opeens.

,,Weg... waarheen?''

,,Naar huis, en ik kom niet meer terug.''

,,Je mag niet weg,'' roept hij. ,,Ik heb je nodig.''

Daan houdt haar fiets vast, maar Anja rukt zich los.

,,Het moet,'' roept ze, ,,begrijp je dat dan niet?''

Ze stapt op de fiets om hard weg te rijden.

,,Pas op,'' roept Daan verschrikt, ,,pas op, er staat iemand op de weg!''

Dan ziet hij dat het Christine is.

,,Je staat in de weg, Christine,'' roept hij weer.

Maar Anja rijdt hard door.

Net als ze bij Christine is, wordt Daan wakker. Hij heeft het warm en slaat het dek weg. Hij gaat op de rand van het bed zitten, en strijkt met zijn hand over zijn hoofd. Betekent die droom iets, gaat Anja weg en belemmert Christine dat?

Wil hij dat, dat Anja weg gaat, en wil hij Christine houden? Of moet hij Christine pijn doen en naar Anja gaan? Maar Christine heeft zijn belofte, terwijl hij met Anja verder niets heeft.

Ineens ziet Daan er vreselijk tegenop om straks weer naar huis te gaan, om verder te gaan. Nog even, dan is het maart, onherroepelijk. Hij móét Anja vergeten. Als hij haar niet meer zal zien dan zal het niet zo moeilijk zijn om Christine lief te hebben. Misschien betekent die droom werkelijk dat Anja weg zal gaan. Met die gedachte kan Daan weer verder, want deze mooie vakantie mag hij niet verprutsen, zeker niet voor Christine. Terug kan hij niet meer en Christine rekent op hem.

,,Is er iets?'' vraagt Christine als ze naar het dorp lopen en Daan een beetje stil is.

,,Wat zou er zijn,'' zegt Daan en stopt om een pakje sigaretten uit de automaat te trekken.

,,Rook jij?'' vraagt Christine verwonderd. ,,Dat heb ik nog nooit van je gezien.''

,,Heel af en toe. Nu heb ik er zin in, omdat we uit zijn. Ook een?''

,,Nee merci, je kunt er beter niet aan beginnen, het is niet goed, niet voor jezelf en ook niet voor anderen, voor Tom... en voor baby's. Als wij nog eens een baby krijgen mag je echt niet roken hoor.''

,,Een baby?''

,,Ja, is dat zo gek, of wil je dat niet?'' kleurt Christine opeens. Ze denkt: Daan heeft het er eigenlijk nooit over hoe het zal gaan als ze getrouwd zullen zijn, ook niet over zijn gevoelens. Zelfs niet als ze daarnaar vraagt, laat staan dat hij naar haar gevoelens vraagt.

,,Waarom trouw je met me?'' vraagt ze plotseling midden op dat hellende dorpsstraatje, als hij probeert zijn sigaret aan te steken.

,,Waarom...?'' vraagt hij verbluft. ,,Hoe... waarom vraag je dat zo opeens?''

,,Ach, laat maar,'' zegt ze en loopt verder het smalle trottoir af naar beneden. Op het vierkante dorpsplein waar tientallen duiven rondlopen strooit een oud vrouwtje broodkruimels uit. Het lijkt alsof Christine vol aandacht staat te kijken, maar ze denkt: waarom vroeg ik dat toch. Ze wilde een antwoord, maar ze wil dat antwoord helemaal niet weten. Christine wil haar oren en ogen sluiten voor de waarheid, die ze diep in haar hart al weet.

,,Je houdt immers van Anja,'' had ze willen zeggen.

Als Daan eerlijk is had hij 'ja' gezegd. Maar wat moet Christine met dat antwoord? Het zou alleen maar maken dat Christines wereld in elkaar zou storten. Niets zou overblijven van haar illusies en haar dromen, hun huis waar ze in zullen wonen, Daan en zij en Tom. Als ze niets meer vraagt zal het gewoon doorgaan, alsof die bange waarheid niet eens bestaat. Toch zal er altijd die vraag zijn, diep in haar hart. Daan komt naast haar staan en samen kijken ze naar de duiven. Ze lopen naar het tandradbaantje dat hen boven op de berg brengt en waar het mooiste uitzicht is dat je je kunt bedenken. Zo stil, zo puur ligt dat panorama aan hun voeten, de witte bergen rondom hen en de kleine dorpjes in het dal. De rode puntdaken en de kerktoren waarvan het klokje twaalf slagen telt.

,,Kom Christine.''

Daan legt zijn arm om Christine heen, troostend, een woordeloos vergeving vragend. Er is opeens zoiets droevigs tussen hen, dat hij niet goed kan thuisbrengen. Waar hij eigenlijk geen raad mee weet.

,,Kom Christine, dan gaan we thee drinken.''

Hij wijst op het kleine restaurant, waar de mensen zich op het terras koesteren in de eerste warme zonnestralen. Hij bestelt thee en koek, terwijl Christine naar de lift kijkt die de mensen naar boven brengt en weer terug. Mannen en vrouwen, jongens en meisjes, blij lachend naar elkaar om hun vrijheid, de zon, het heerlijke leven waarvan ze mogen genieten. Zo wil Christine het ook, samen lachen en genieten, niet bang zijn om wat zou kunnen gebeuren, alleen blij zijn met het heden, met Daan. En opeens stuwt dat warme leven weer door Christine heen. Ze houdt van Daan en ze zal zorgen dat hij van haar houdt.

Verrast kijkt Daan naar haar opgetogen gezicht als hij terugkomt met de thee. Hij is blij dat ze weer lacht. En daar kan hij voor zorgen, weet hij. Christine hoeft ook niet te weten wat voor gedachten er weleens door zijn hoofd spoken. Daar is immers niemand mee gebaat. Hij schenkt de thee in en buigt zich naar haar over.

,,Weer blij Chris?''

,,Oh, Daan,'' ze slaat haar armen om zijn nek en trekt zijn hoofd naar zich toe. ,,O, Daan, zo blij.''

Hij kust haar lachend, stoort zich niet aan de mensen om hen heen. Het deert de mensen in het geheel niet, iedereen is vrolijk en blij. Dan fluistert Christine hem iets in het oor en wacht verlegen lachend zijn reactie af.

,,Ja Christine,'' zegt hij lief. ,,Waarom ook niet, over twee maanden zijn we toch getrouwd.''

204

Ze zingt als de lift hen naar beneden brengt. Ze zingt weer als ze haar mooie rok en blouse aantrekt voor het diner. Ze kijkt naar zichzelf als ze haar haar voor de spiegel borstelt. Haar ogen schitteren en haar wangen zijn rood van de buitenlucht. Ze zet haar lippen een beetje aan en bekijkt koket het resultaat. Dan brengt ze haar gezicht nog dichter bij de spiegel en kijkt naar haar beeld zoals Daan haar zal zien: een verliefde jonge vrouw, Daans vrouw.

,,Vanavond,'' zegt ze hardop, ,,vanavond ben je Daans vrouw.''

Daan ziet die stralende ogen ook als het licht van de kaarsen erin terugkaatst. Hij ziet die warme wangen en de zachte krullen. Ze drinken van de rode wijn en eten alles op wat op tafel staat, want de buitenlucht maakt hongerig. Het is oudejaarsavond. Straks zullen ze thuis de oliebollen verorberen. Bram en Helga, Dick en de meisjes. Misschien is oom Peter ook daar, en Anja. Maar hier zit Daan met zijn aanstaande bruid. En lachend neemt Daan nog een slokje.

,,We zullen om twaalf uur naar huis bellen,'' zegt hij.

Christine knikt en denkt aan Tom. Maar Tom zal slapen en dromen, en Lars zal voor zijn bedje liggen en op hem passen. Ze mag Tom nog even vergeten, nog een paar dagen, dan zal ze weer bij hem zijn. Nu is ze bij Daan.

Muziek klinkt door de kamer, opgewekte muziek van James Last.

,,Ik ben zo gelukkig, Daan.''

,,Ik ook, Christine.''

Het is geen leugen.

Ze merken niet dat Frau Grüben wordt weggeroepen. Even later staat ze bij hun tafeltje.

,,Het spijt me,'' zegt ze, ,,ik moet jullie storen.''

Verwonderd kijken Daan en Christine naar haar ernstige gezicht.

,,Het is niet goed met je vader,'' zegt Frau Grüben tegen Christine. ,,Er is gebeld of je meteen naar huis wilt komen.''

Pats... de mooie glimmende bel van Christines geluk spat als een zeepbel uit elkaar.

,,M'n vader,'' zegt ze.

Haar lippen trillen als ze naar Daan kijkt. Weg heerlijke vakantie, weg mooie dromen. De harde werkelijkheid is er weer. Even heeft Christine het gevoel dat die mooie droom nooit meer terug zal komen.

Daan is ook teleurgesteld, hij vraagt aan mevrouw Grüben: ,,Hoe komen we hier nog weg op oudejaarsavond?''

,,Ik ga voor jullie informeren,'' zegt ze.

Meteen loopt ze naar het kantoortje.

Even later komt ze vertellen: ,,Er gaat nog een trein van-avond. Als je een taxi neemt, kun je die nog net halen.''

Als in een droom beleeft Christine de daaropvolgende uren. Zo snel mogelijk stopt ze alles in de koffer. Kwaad en wanhopig graait ze de spullen bij elkaar. Waarom juist nu, gaat het door haar hoofd. Waarom niet morgen, overmorgen. Een heel jaar lang kan God hem nog weghalen, waarom nu juist deze avond. En waarom heeft haar moeder niet gewacht met bellen, wat heeft hij haar nog te zeggen, alles is immers al gezegd. Waarom ontglipt haar weer dat kleine beetje geluk, en uitgerekend deze avond nu Daan en zij... En woedende snikken schokken door haar heen.

Als ze haar tandenborstel pakt ziet ze haar gezicht, verwrongen, zo heel anders dan twee uur geleden. Daan... zal hij zich ook teleurgesteld voelen? Ach, Daan zal zeggen: 'We hebben nog jaren voor ons Christine.' Maar zij niet, zij, Christine, weet dat ze deze avond het geluk had kunnen grijpen. Ze voelt het van haar wegglijden, verder en verder. En met een klap slaat ze het deksel dicht.

Terwijl Daan afrekent staat de taxi al te wachten. Met een

206

flinke vaart rijdt die langs de donkere kronkelwegen. Hier en daar flitsen even de lichten vanuit de huizen langs het raam van de taxi. Christine kijkt in de donkere avond, echter zonder iets te zien. Daan houdt zijn ogen strak op de weg. Als ze het nu maar halen, anders is alle haast nog voor niets geweest. Op het nippertje halen ze de trein. In de lege coupé zit Christine, koud en teleurgesteld. Ze schopt tegen de bank voor haar.

,,Waarom juist nu, Daan?''

,,Ik vind het ook jammer,'' zegt Daan zacht.

Hij kent Christine zo niet, denkt Daan als ze even woest snikt. Ze huilt niet om haar vader, weet hij. Christine huilt alleen om haar eigen teleurstelling, alsof het allemaal voorbij is en nooit meer terug zal komen.

Die reis zeggen ze niet zoveel tegen elkaar. Christine soest wat weg. Daan kan niet slapen. De laatste dagen gaan als een film aan hem voorbij. De besneeuwde bergen, de wandeling door het bos, het concert en Christine iedere dag. ,,Waarom trouw je met me?'' vroeg ze hem deze ochtend nog. Christine houdt zoveel van hem dat het hem bijna benauwt. Maar wat was ze blij vanavond. Ook mooi, voor hem. Hij heeft dat niet verdiend. ,,Ja Christine,'' zei hij vanmorgen, ,,over twee maanden zijn we toch getrouwd.'' Is hij nu blij dat het niet doorgaat?

De reis is ten einde en midden in de nacht, als buiten het laatste vuurwerk wordt afgestoken, staan ze aan het bed van Van Heiningen.

,,Zul je goed voor haar zorgen?'' vraagt de man dringend aan Daan als die zich over hem heenbuigt.

Daan kan niet anders dan ja knikken.

Tegen Christine zegt hij: ,,Er was veel niet goed kind, vergeef me dat. Er is maar één God... ga met Daan...''

Christine pakt zijn hand. Op dat moment valt haar eigen teleurstelling weg. Ze heeft nog afscheid van haar vader mogen nemen.

In de komende dagen is ze weer de oude Christine, stil en teruggetrokken. Ze heeft haar haar opgebonden en een degelijke jurk aangetrokken als ze met haar moeder de condoleances in ontvangst neemt. Tom is de enige die nog wat vrolijkheid in huis brengt. Hij vindt het wel grappig, al die mensen die af en aan lopen, en hij is blij dat zijn moeder en Daan weer thuis zijn.

Intussen scharrelt Daan wat in de schuur rond en loopt met Tom de boomgaard door.

,,Nog even Tom, dan gaan de vogels weer zingen.''

Tom stapt als een grote kerel naast Daan, zijn voetstappen naar hem regelend. Tom knikt ijverig.

,,Word jij later ook fruitboer?''

,,Ja,'' zegt Tom, ,,jij ook?''

,,Ik?'' Daan lacht. ,,Misschien ben ik dat al een beetje. Maar we zullen allebei nog veel moeten leren.''

,,Word jij niet mijn pappa?''

,,Hè?'' Daan staat stil. ,,Zeg dat nog eens.''

,,Word jij niet mijn pappa?'' zegt Tom weer.

,,Waarom vraag je dat?''

Die vraag van Tom heeft iets dreigends, hetzelfde gevoel heeft Daan als hij naar Christine kijkt als hij bij haar in huis is. Christine is veranderd, sinds ze weer thuis zijn. Haar houding maakt hem onzeker. Ja, nu Daan er goed aan denkt weet hij zeker dat ze op iets zit te broeden.

,,Heeft mijn mamma gezegd,'' antwoordt Tom op Daans vraag.

Daan loopt weer door. Zou Christine dat echt gezegd hebben? Tom babbelt verder, vertelt van zijn kleine avontuurtjes.

Daan luistert amper, wel als Tom hem aan zijn jasje trekt.

,,Waar is opa?''

Nu moet hij wel antwoorden. Hij pakt Toms hand terwijl ze zo samen doorstappen.

208

,,Jouw opa was erg ziek Tom, en ook heel erg moe. Hij mag nu uitrusten bij God.''

,,O, heb jij ook een opa?''

Daan denkt aan zijn vader.

,,Ja, ik heb ook een opa.'' Hij hoopt dat pa het hem vergeeft. ,,En ik vind jou een heel lief kereltje,'' zegt hij dan maar. ,,Ik jou ook,'' zegt Tom en daarmee hebben ze elkaar hun liefde verklaard.

Harder is Christine geworden. Zo voelt ze zich ook, hard en zakelijk alsof ze zich een harnas aangemeten heeft. Zo moet ze zich wel opstellen om haar gevoelens de baas te kunnen, om haar gevoelens uit te schakelen, want dat is de enige manier om te overleven. Ze regelt haar zaken voor en na de begrafenis en bedisselt haar moeder, die er wat verloren bij zit. Ze zorgt voor Tom en voor het huishouden. Ze praat met Daan over de noodzakelijke dingen. Maar ze praat niet over het huis dat afgewerkt moet worden. Ook niet over hun aanstaande huwelijk. Daan weet niet goed wat hij daarmee aan moet. Is het om haar vader, heeft ze schuldgevoel, of heeft ze nog spijt van de afgebroken vakantie?

Als Daan er naar vraagt weert ze hem af. Misschien heeft hij iets gezegd of gedaan wat verkeerd is gevallen, hoewel hij het niet zou weten. Soms windt hij er zich over op, maar hij wil nu geen woorden. Wat verloren verdoet hij zijn tijd, gaat maar weer naar oom Peter als hij niets uit haar los krijgt. Maar het argeloze gebabbel van Tom heeft hem wel aan het denken gezet.

Christine weet dat Daan wacht op opheldering. Maar Christine is er nog niet klaar voor, niet met de beslommeringen thuis, maar ook niet met zichzelf. Ze weet dat ze veranderd is. Dat door de dood van haar vader haar leven veranderd is. De ommekeer was op die oudejaarsavond, toen zijn haar ogen opengegaan. Het heeft haar nachten van strijd gekost om de weg te gaan die God haar wijst. ,,Halt,'' zei God, ,,tot hier toe en niet verder.''

Christine heeft al die tijd alleen aan zichzelf gedacht. Daarbij heeft ze de realiteit uit het oog verloren. Ze had er zelfs haar stervende vader voor veronachtzaamd, want als het aan Christine had gelegen had ze haar ogen en oren gesloten om maar met Daan te zijn. Ze had gedacht: als ik maar Daans vrouw ben dan kan niets me meer gebeuren, dan moet Daan wel doorgaan op de ingeslagen weg en die ander uit zijn hart verbannen. Nu weet Christine dat ze in feite geen recht heeft op Daan al heeft hij haar zelf gevraagd te trouwen. Ze weet nu heel zeker dat Daan zich nooit vrij zal voelen in een huwelijk met haar. Alleen zal zij het wrange genoegen beleven dat ze haar zin heeft gekregen. En Tom misschien. Maar kan een kind floreren in een gezin waarvan de liefde niet de boventoon voert, al zullen ze nog zo hun best doen? Daan zal altijd het gevoel houden dat het nooit zijn echte vrije wil is geweest. En dat zal alleen maar spanningen geven, nu of later. Misschien beseft Daan nog niet eens de wijdte van zijn besluit, denkt ze verdrietig. Maar Christine houdt zoveel van Daan dat ze hem die ontgoocheling wil besparen. Want eens zal Daan erachter komen, misschien al gauw, als hij Anja weer ontmoet. Iedere keer als Anja in zijn gedachte is merkt Christine dat aan Daan. Als ze alleen haar naam al noemt ziet ze die verwarring op zijn gezicht. Ze kent hem zo goed, misschien beter dan hij zichzelf kent. Christine weet dat nu de tijd is gekomen dat zij een stapje terug moet doen. Ook dat ze het nu zal kunnen. Maar ze kan het niet alleen. Daarom zal ze steeds haar handen vouwen zoals haar vader het haar geleerd heeft. En ze mag haar hemelse Vader om steun vragen. Zo zal Christine haar nieuwe leven kunnen aanvaarden, met Zijn hulp. En ze heeft Tom. Tom zal haar ook helpen door er te zijn. Hij is haar kind, en van dat kind heeft ze leren houden. Ze zal werk gaan zoeken en haar moeder vragen om dan voor Tom te zorgen. Zo heeft zij dan ook weer een doel in haar leven. Het bedrijf zullen ze verkopen, ook het huis waar zoveel liefde in verwerkt is, het huis waar ze dacht samen met Daan een gezin te krijgen. Maar Christine is nog jong, ze zal er overheen komen. Ze heeft liefgehad, en nog heeft ze lief. Ze heeft ervan geleerd en ze zal haar lessen doorgeven aan haar kind. Misschien maakt hij later weer andere fouten, maar dan zal zij hem leiden en hem vertellen waar hij zijn steun moet zoeken, net zoals zij heeft gedaan.

Die avond vertelt Christine aan Daan van haar strijd en van haar besluit. Als ze gaat praten ziet Daan weer de Christine die hij de laatste tijd zo goed kende, ziet hij weer die zachte trek op haar gezicht komen. Met verwondering en ontroering luistert hij naar haar biecht, zoals ze het zelf betitelt. Hij valt haar niet in de rede maar kan zijn ogen niet van haar afhouden. Zo heeft hij Christine nog nooit horen praten, zo wijs eigenlijk. Ze houdt niets achter als ze hem vertelt over haar jeugd en haar meisjesjaren. En over wat later, toen ze Toms vader leerde kennen. Ook hoe blij ze was toen Daan in haar leven kwam en ze leerde wat echt liefhebben was. Even lacht ze wat verlegen naar Daan.

,,Christine,'' zegt hij en pakt haar hand.

Maar ze wil verder vertellen, alles zeggen wat ze op haar hart heeft. Van haar vader die het zo goed bedoelde en zijn dochter verzorgd wilde zien. Terwijl Daan als het ware gedwongen werd een kant op te gaan die zijn hart niet wilde, het bedrijf... maar dan ook Christine.

,,We zaten maar aan je te trekken, zodat je geen kant meer op kon,'' glimlacht ze weer even. ,,Op die oudejaarsavond zijn mijn ogen opengegaan. Ik wilde je hebben, maar je hart was bij Anja. Ga naar haar, Daan, volg de stem van je hart. Met haar zul je gelukkig worden, ik voel het gewoon.''

Tijdens dat gesprek groeit Daans bewondering voor Christine. En tijdens dat gesprek valt er ook langzaam maar zeker iets van hem af. Hij voelt zich lichter en lichter worden, maar heeft tegelijkertijd een weemoedig gevoel voor die vrouw die haar hart

211

voor hem open zet en die zichzelf volkomen wegcijfert. Wie zal haar dat nadoen?

,,Christine,'' zegt Daan, ,,ik heb er geen woorden voor, omdat ik weet dat je gelijk hebt. Wat een bewonderenswaardige vrouw ben jij.'' Zacht trekt hij haar naar zich toe en houdt haar even vast. ,,Ik dank je Christine, het is of je me een mooi geschenk hebt gegeven. Ik zal dit nooit vergeten.''

,,Ga nu, Daan,'' zegt ze moeilijk, ,,morgen regelen we de rest wel.''

En Daan gaat. Buiten haalt hij diep adem, nog eens en nog eens. Hij kijkt naar de heldere lucht. ,,Ik dank U,'' zegt hij woordeloos. Dan loopt hij naar het huis van Peter, die hem vragend aankijkt als hij binnenkomt.

,,Is er iets?''

En Daan vertelt in het kort van dat wonderlijke gesprek.

Peter geeft nog geen commentaar. Wel staat hij op om iets in te schenken.

,,Hier kerel, dit zal je goed doen.''

Peter gaat zitten.

,,Daan,'' zegt hij, ,,ik ga je iets vertellen van toen ik net zo oud was als jij. Ik had toen een meisje, een heel lief meisje, vrolijk was ze. Samen maakten we plannen voor de toekomst. Ik was dol op haar en dacht dat het nooit meer over zou gaan. Toen nam ik haar mee naar huis. En ze zag je vader...''

,,Wat?'' kijkt Daan opeens met grote ogen naar zijn oom.

,,Mijn vader, wat heeft die...?''

Peter glimlacht.

,,Ja jongen, die had er alles mee te maken, want dat meisje was Lidy, jouw moeder. Toen ze je vader zag lag ik er uit.''

Als Daan iets wil zeggen, is Peter hem voor.

,,Ik was kwaad en daar had Lidy verdriet van. Maar toen ik zag hoe die twee steeds meer van elkaar gingen houden heb ik haar laten gaan en ben gaan varen.''

212

,,En toen…'' zegt Daan.

Weer knikt Peter.

,,Toen zijn die twee getrouwd en ze werden heel gelukkig samen. Dat geluk werd bekroond met drie mooie kinderen. Jij kwam eerst, haar oudste. Ze was altijd zo bezorgd voor je. Vaak deed het pijn om die twee zo gelukkig te zien. Later was ik blij voor hen. Toen ze stierf heb ik er misschien net zoveel verdriet van gehad als je vader.''

Even denken ze allebei aan Lidy, Peter en Daan, ieder op zijn eigen manier.

,,Maar nu heeft hij Helga en dat is goed,'' vervolgt Peter.

,,En nu…'' vraagt Daan.

Peter lacht.

,,Nu ben ik weer thuis. Op mijn manier ben ik ook gelukkig geweest. En wie weet kom ik nog eens een vrouw tegen die het bij mij uithoudt.''

,,Ik hoop het echt,'' zegt Daan gemeend.

,,Dank je, jongen. Maar wat ik zeggen wilde, als je van iemand houdt wil je ook graag dat diegene gelukkig wordt, ik bedoel Christine, ze heeft goed gehandeld.''

Daan knikt, dan lacht hij.

,,Ik ga Helga even bellen.''

Als ze aan de lijn komt, vraagt Daan: ,,Is het goed dat ik weer thuiskom Helga?''

Hij hoort haar stem, ongerust: ,,Er is toch geen narigheid Daan?''

,,Ik ga niet met Christine trouwen.''

Even hoort hij niets meer, dan klinkt haar stem zacht: ,,Wat erg voor Christine.''

Helga begrijpt meteen hoe de vork in de steel zit.

,,Als ik volgende week thuiskom vertel ik alles wel.''

,,Goed jongen, je plaats blijft altijd open.''

,,Helga.''

,,Ja?''

,,Hoe is het met Anja?''

Helga lacht zacht: ,,Ze is er niet.''

,,Is ze weg?''

,,Ze is naar Hongarije.''

,,Ze komt toch wel terug?''

,,Misschien als ze weet dat jij vrij bent?''

,,Wilde ze voor mij weg, Helga?''

,,Ook, haar moeder is ziek, maar omdat het voor haar zo moeilijk was als ze jou steeds zou zien had ze daar wel haar gedachte over.''

,,O Helga, wat moet ik doen?''

,,Schrijven.''

,,Een brief duurt te lang. Wil jij me meteen haar adres opsturen, dan stuur ik haar een telegram.''

,,Oh malle jongen, heb je ineens zo'n haast? Maar ik zal doen wat je vraagt.''

,,Fijn. En… Helga.''

,,Ja?''

,,Je bent een schat, pa had geen betere vrouw kunnen trouwen.''

,,Wat is er aan de hand?'' kijkt Bram naar zijn vrouw.

,,Daan komt terug.''

,,Daan?''

,,Het wordt toch Anja.''

Helga zet de bloemen recht die in het vaasje naast Lidy's foto staan. Ze pakt de foto op en kijkt naar dat lachende gezicht.

,,Dank je Lidy,'' zegt ze zacht, ,,voor al je kinderen.''

Langzaam maar zeker zet de trein zich in beweging. Daan staat voor het raam en kijkt naar dat land waar hij zich ook langzaam maar zeker van losmaakt. Het is moeilijk om iets waar je aan gehecht bent los te laten, al is het dan vrijwillig. Maar soms is dat nodig, het is als een soort proces waar je bovenuit groeit, nodig om volwassen te worden.

Daan denkt aan al die dingen die hij al los heeft gelaten in zijn leven. Eerst was dat Lidy, zijn moeder. Dat proces heeft lang geduurd. De pijn daarvan is minder geworden, hoewel hij haar nooit zal vergeten. Later was dat André, op een andere manier. Nu is het dat mooie stukje land waar hij de natuur heeft leren kennen. De lente, waarin die natuur tot leven komt. De zomer vol en rijp, waarin hij de vruchten zag groeien. De herfst met de overdadige oogst. En de winter met die stille donkere dagen waarin alles weer tot rust komt, tot alles weer opnieuw begint. Dat wonder heeft Daan met eigen ogen kunnen aanschouwen, daar is Daan dankbaar voor. Maar in dat land heeft hij ook Christine moeten achterlaten, Christine die van hem hield en nog houdt met zoveel onzelfzuchtige liefde dat ze hem liet gaan, dat ze hem zelfs dat duwtje gaf wat hij nodig had om weer vrij te zijn. Christine, die hij heeft zien opbloeien van een verlegen, schuchter meisje tot een mooie jonge vrouw waar hij het grootste respect van de wereld voor heeft. De Christine die nu verdriet heeft, maar dat moedig weg zal slikken. Het zal haar misschien hard maken en dat vindt Daan jammer. Maar Tom zal haar troosten. Tom, die nu ook verdriet heeft omdat Daan weg is. Dat doet Daan misschien nog het meeste pijn, dat hij Tom dat verdriet willens en wetens aandoet. Want zo'n kind kun je nog niet aan het verstand brengen dat het beter zó is. Maar Tom zal opgroeien en naar school gaan en hem zoetjesaan vergeten. Hij zal de trots van zijn moeder worden, want Christine heeft geleerd van haar kind te houden en voor hem te vechten. Daan glimlacht als hij aan dat jongetje denkt, net zo'n jongetje als hijzelf vroeger was.

De trein rijdt verder en verder naar zijn bestemming. Voor Daans ogen ontrolt zich het wijde landschap met de velden en sloten. Vlak voor zijn oog schiet opeens een vogel verschrikt op en vliegt met zekere slag de wijde blauwe lucht tegemoet. En nog een... en nog een. Daan glimlacht, het is niet één vogel die zich losmaakt, altijd zullen er meer zijn die de toekomst tegemoet vliegen. Daan gaat weer zitten en denkt aan zijn toekomst, samen met Anja van wie hij houdt. Ze zullen zich niet haasten. Anja wil eerst haar diploma halen. En Daan zal eerst werk gaan zoeken. Voorlopig kan hij nog thuis wonen tot hij een baan heeft en een huis kan bemachtigen. Weer glimlacht Daan. Hij is er nu zeker van dat het goed is dat hij teruggaat. Ondanks de pijn, want pijn hoort bij het leven net zoals de vreugde bij het leven hoort. En Daan droomt van alle vreugde die hij nog hoopt te krijgen. De trein vermindert zijn snelheid. Daan nadert zijn bestemming.